ちくま文庫

牧神の影

ヘレン・マクロイ
渕上瘦平 訳

筑摩書房

PANIC

by

Helen McCloy

1944

主な登場人物

フェリックス・マルホランド……ギリシア古典文学の元教授
ロニー・マルホランド……フェリックスの甥
アリスン・トレイシー……フェリックスの義理の姪
ハナ……マルホランド家の家政婦
ルイス・デンビー……フェリックスの主治医
フランシス・ヘミング……フェリックスの顧問弁護士
アームストロング……陸軍参謀本部情報部の大佐
ジェフリー・パリッシュ……陸軍通信部隊の将校
ヨランダ・パリッシュ……ジェフリーの姉
カート・アンダーズ……ロニーの同僚
マット……食料品店の配達人
フィリモア夫人……コテージの住人
レンデル……警部

目次

編集＝藤原編集室

牧神の影

ベティとセシル・オーウェンに捧ぐ

影が射す

1

電話の鳴る音で目が覚めた。

　暗闇の中、彼女は枕元のランプのスイッチを手探りした。突然輝いた照明の光に目を細める。時計は一時五分で止まっていた。ほんとは二時と六時のあいだのはず。二時前なら、ニューヨークはこんな静寂に包まれていない。六時には暗闇は白みはじめる。

　ベルが再びつっかえるように鳴った。これも、未来はすでにできあがり、待ち伏せしているだけのように思える瞬間の一つ。理屈の上では、電話に出なければ自分で未来をつくれる。実際は無理。不安、好奇心、責任感――この三つが、深夜にかかってきた電話でも、取るように強いる。

「もしもし？」彼女の声は震えた。

「アリスン？」ロニーが屋内の内線でかけてきたのだ。「すぐ来てくれ。彼が……亡くなったようだ」

「彼って……？」胸につかえるような咳で言葉が途切れ、体全体がガクガク震えた。

「フェリックス伯父さんだ」

「でも、伯父さんの仕事はまだ終わってないわ」汗で額にくっつく、もつれた髪を手で振り払った。「確かなの？」

「こっちに来て、自分で確かめたらいい」

「どこにいるの？」

「彼の部屋だよ」

開け放った窓からは、熱帯夜だというのに、そよとも風が入らない。スリッパの革の裏地すら素足に生温かく、薄地で軽いシルクの部屋着も、暑苦しく、肩に重い。

終夜灯が一つだけ、廊下の上に照り、青白い天井に影を投げかけていたが、色の冴えない壁は暗いまま。なにかが暗闇の中を動いた。息をのんで立ち止まる。もつれた明るい色の髪、細面の青白い顔が、はっとした茶色の目で彼女を見つめ返す。暗闇でよく見えない壁掛け鏡に映る、自分の顔と気づくのに数秒要した。振り向いてみた。鏡がもう一つ、前の鏡の映像を反射し、繰り返し映し出している。黄緑色に身を包む小さな娘が、五十人くらい、暗い階段の端にいるように見える。下の玄関ホールには明かりがない。フェリックス・マルホランドの部屋に行くには、この階段を降りて、向かいのもう一つの階段を上がらなくてはいけない。二つの階段に共通の踊り場から見下ろすと、下の暗闇に白んだグレーの明かりが見える——玄関のガラスパネルだ。もう夜明けなのか？

向かいの階段を上がり、家の両側で階段の吹き抜けを囲む、手すり付きの歩廊を進んだ。暗闇を引き裂く細い光の筋が、半開きのドアから漏れている。彼女はドアを押し開けた。

ロニーが部屋の中央に立っていた。きちんとした服装で、そばのテーブルに、帽子、手袋、ブリーフケースが置いてある。若く整った顔は、少し鷲鼻をした古代ギリシアの彫像の顔のようだ。フェリックス伯父は、なんにでもギリシアとの関連を見つけたがるが、ロニーはアテネのアポロンではなく、ミュケナイのディオニュソスであり、アーモンドのような目にはシリア起源の神の雰囲気があると言っていた。その目は、今はショックで大きく見開き、飛ぶ鳥の翼のように鋭い傾斜を描く美しく黒い眉の下で、涙もなしにきらきらと輝いていた。躍動的で、一瞬だけの捉えどころのない表情に見えるのは、その相対する眉の斜線のせいだ。静的な芸術（スタティック・アーツ）では、斜線は常に飛翔の道筋を描く線だから。

ロニーは彼女のほうに一歩歩み寄った。躍動的な勢いの幻影はかき消えた。神の足は粘土製だったのだ。ロニーは生まれつき足が不自由だった。子どもの頃、ロンドン、パリ、ウィーンと、うんざりするほどあちこちの専門医に診せた。だが、二十八歳の今も、老人のようによろめきながらでないと一歩も歩めない。外科医も彼の障害は治せなかった。

彼は電話で言った言葉を繰り返した。「彼は……亡くなったようだ」ロニーが口ごもると、実際より若い印象を与える。

アリスンは、いつも自分のほうがいとこより年上のような気がしたが、実際は五歳年下だ。「なにかの間違いじゃないの」彼女は母親がなだめるように言った。勇気を奮い、彼の背後のほうに歩み寄った。

フェリックス伯父は、大きなクルミ材のベッドに身じろぎもせず座っていた。七十三年前に彼自身が生まれたベッド。積み上げた枕に背をもたれて。白いリネンのパジャマに、ラクダ毛の部屋着を肩からゆったりと掛けている。膝を曲げ、その上に本を開いていた――寝る前によく読むプルタルコスの著作だ。高く堂々とした眉の上に生える白髪は、アザミの冠毛のようにか細く、色もかすんでいる。目は閉じていたが、口は開いたまま。眠っているのでは。

「フェリックス伯父さん」アリスンは、ベッドカバーの上で鉤爪(かぎづめ)のように曲がった、ひ弱そうな動かぬ手に触れた。生命の抜けた冷たさを感じたとたん、眠っているのではないと分かった。

(どうしてなにも感じないの? ショックも悲しみも、不安さえも? どこに行ってし

ないのと同じよ）

まったの？——私たちが愛し、よく知っていたフェリックス伯父さんは。ベッドにいるのは、フェリックス伯父さんじゃない。手の形が残ったまま捨てられた手袋が、手じゃないのと同じよ）

彼女は振り返った。

ロニーが見つめ返した。「亡くなったんだ」それはもう問いかけではなかった。

「お医者さんは呼んだの？」

「いや。呼んだほうがいいな」ロニーは電話をかけに行った。

パジャマの上着はボタンをかけておらず、老人の青白く胸毛のない胸があらわだった。アリスンは、みっともない死にざまを嫌悪し、前を丁寧にかき合わせた。失敗だった。触れたばかりに、たまたま保たれていた死体の均衡が崩れた。死体はがくんと傾き、支えて枕に押し戻さなかったら、そのまま倒れていただろう。開いた本のページがパラパラとめくれ、折りたたんだ紙片がページの間から床に舞い落ちた。彼女は見もせずに、紙を自分の部屋着のポケットに押し込んだ。

「デンビー先生ですか？」とロニーはしゃべっていた。「ぼくです——ロニー・マルホランドです。こんな早朝に申し訳ありませんが、フェリックス伯父さんが……。そう、たぶん……。ありがとう。それじゃ」受話器をカチリと置いた。「すぐ来るって」

アリスンは急に、一日中タイプを打っていたような疲労を覚えた。ベッドから一番遠い椅子に座った。冷たいものが指をつついてくる。はっとしたが、アルゴスが冷たい鼻を彼女の指にすりつけてきただけ――アルゴスは、太って年老いた黒いスパニエル犬で、いつもフェリックス伯父のベッドの端で寝るのだ。

「かわいそうなアルゴス！」彼女は囁いた。「あなたも私も、オデュッセウスに先立たれてしまったわね（アルゴスはギリシア神話の英雄オデュッセウスの忠犬）。私たち、これからどうなっちゃうのかな？」

老犬は、白内障で濁った目を上げ、ますますクンクンと鳴き声を上げた。ほかの犬たちとずっと犬小屋で暮らしてきた犬からは決して聞けない、人間が発する問いかけを模した鳴き声。彼女は一瞬、アルゴスが本当に問いを発しているような不気味な錯覚を覚えた。すると、犬は暖炉前の敷物を横切り、タイプライター・テーブルに闇雲にぶつかってべたっと伸びたが、いかにも犬らしく立ち直って、うずくまった。ロニーはちょっと驚いたようにきらきらした目で犬の動きを追った。「死の匂いを嗅ぎつけたんだな」

アリスンは身震いした。「死因は？」

「分からない」ロニーは部屋の中をうろうろと歩いた。規則正しく歩けない内反足だというのに、せかせかと落ち着きがない。「列車が遅れてね。鍵を使って入ってから、フェリックス伯父さんを起こさないように忍び足で二階に上がったんだ。ドアが半開きで、廊下に明かりが漏れていた。早起きしたのかと思って、中に入っておはようと言おうと思ったら……この状態だった。それから君に電話した。お迎えが来たと悟ったら、彼ならハナに電話しそうなものだけど？」

「お迎えが来たとは思わなかったのかもしれない」とアリスンは言った。「本を降ろして、枕に背をもたれて……死ぬことに気づく前に息を引き取ったとか。九時か十時頃から、ずっとこのままだったのかも」

「もしかして……死後硬直とかは……ないのかな？」

アリスンは肩をすくめた。つい昨日の夕食、気の利いた粋なおしゃべりをしていたフェリックス伯父のことで、こんな突拍子もないことを話しているなんて。

「伯父さんはなんの仕事を？」

「仕事って？」

「フェリックス伯父さんの仕事だよ」ロニーはもどかしげに言った。「電話したとき、言ってただろ。『仕事はまだ終わってない』って」

アリスンはためらった。過去の世界からフェリックス伯父の亡霊の声が聞こえてきた。(このことを聞かれてもな、アリスン、相手が誰だろうと、絶対に口外しちゃならんぞ。分かったね？)

彼女は頭を垂れ、カーペットに目を落とした。「あら、知らないわ。なにか秘密のことね。なにも教えてくれなかったもの」

「だが、知ってるはずだ！」ロニーは声を上げた。「君は伯父の秘書で、ずっと一緒に仕事してた。陸軍省から受けた仕事じゃないのか？」

もつれた髪がヴェールのように顔を隠してくれるのを、アリスンは嬉しく感じた。

「引退したギリシア文学の教授が、陸軍省からどんな仕事を受けるっていうの？　悲劇に出てくる合唱の失われた部分や正確な数を陸軍が調べたりするわけないでしょ？」

玄関の呼び鈴が聞こえた。

「デンビーだ」とロニーは言った。「ぼくが出るよ」

たどたどしい足音が遠くへ消えていく。アリスンは一瞬、死者と取り残されるという、不敬ながらも素朴な恐怖を感じた。玄関のドアが開いて閉まり、階段を上がってくる足音が聞こえた。

「ワシントンにいたのかね？」耳慣れない声はデンビー医師に違いない。

「ええ。OSEで仕事してましてね」ロニーの声がややかん高くなった。「ワシントンとニューヨークのオフィスを定期的に往復してるんです。自宅はワシントンだけど、ニューヨークにいるときは、フェリックス伯父さんの家に滞在してます」

「OSEとは？」

「戦略経済局（Office of Strategic Economy）ですよ」

「ああ、なるほど。それで？」

「伯父がベッドに座ったまま身じろぎもせず、目を閉じて口も開けたままだった。戸口から声をかけたけど、反応がない。部屋を横切って手に触れたら……冷たくて。こんな暑い夜なのに」

デンビー医師は老人だ。いずれベッドの人物のように身じろぎしない存在になる。まぶたを上げ、脈を測ると、首を横に振った。いかにも通り一遍。しょっちゅう死と向かい合ってきて、見慣れてしまったものを見逃すはずもない。問いかけるようにアリスンをちらりと見た。

彼女はしゃべりかけて、咳で話せなくなった。

「内線でアリスンに電話したんです。フェリックス伯父さんが……死んでると気づいてすぐ。そう……それだけです」口ごもるのはロニーらしくない。「もちろん、二年前に心臓発作を起こしてるんだし、こんな事態も覚悟しておかなきゃいけなかったんだろうけど、死ぬ準備をしておく者などいないでしょう。こんなに早く最期が来るとは、先生だって思ってなかったんじゃないですか？」

「ああ」デンビー医師は再び首を横に振った。「こんな心臓の状態では、予測がつかない。病院に来られたのはほんの二日前だが、そのときは元気そうだった。以前処方したジギタリスのことを問い合わせてきただけだがね。分量を調整するのが苦手だったんだな。そんな患者は多い。常識に従えばいいと率直に言ったよ。気分がひどいときは、一日くらいはジギタリスの量を増やし、あとはまた少なくすればいいとね。漸加薬（少量ずつ数回服用した後に初めて効果が表れる薬）はそうするしかない。この二十四時間以内に診察できなかったのは残念だ……。それはそうと……」医師は腕時計をちらりと見た。「検死官に電話して、どういう処理を望んでいるか、確かめなくては。昔からの友人だし、いつもなら六時には起きてるはずだ」

ロニーが外線のかけ方を教えると、医師は番号をダイヤルした。「エリクソン先生を頼む……やあ、ジョージか？　ルイスだ。急死の事案を抱えていてね……。フェリックス・マルホランド、アイスキュロス『オレステイア』の研究書の著者だよ……。今朝の四時か五時頃だな。甥が今朝早くワシントンから来て見つけたんだ。電気をつけっぱなしで、ベッドで本を膝に広げたままの状態だった。明らかに、目が覚めて、朝食前に少し本を読もうとして、枕元の電話に手を伸ばす間もなく息を引き取ったんだな……。ここ二年ほど、心臓を患っていてね。私の処方でジギタリスを飲んでいた……。いや、二日前に私の病院に来てね……。そう、だいたい三十六時間前だ。夕方遅くだった……。必要ないかね？　ならいい。それがあったものだから、こんな早朝に電話したのさ。確かめたくてね……。いいとも。ありがとう。それじゃ」安堵の吐息を漏らしながら受話器を置いた。「心配だったのさ。亡くなる二十四時間以内にマルホランド氏を診察していないとなると、その……調査が必要になるかもと思ってね。だが、ジョージは——検死官のことだが——手続きを進めて、死亡診断書にサインしてもいいと言ってる」

「それはなによりです」とロニーは言った。

「まったく」医師はそっけなく応じた。

二階の廊下はもう明るい――廊下に点灯する電球一つにしては明るすぎ、影も落としていない。

「いい人をご存じありませんか？　その――葬儀屋ですが」ロニーは口ごもった。

「一番近いのはメリオンだ――レキシントン・アヴェニューにある。どこも似たり寄ったりさ。彼らにすれば仕事だからな」ひと息つき、帽子と手袋をもぞもぞといじった。

「なんとお悔やみ申し上げてよいか。マルホランド氏は患者というだけでなく、友人でもあった」

「ありがとうございます。私たちも――」アリスンは咳をしはじめた。

医師は彼女に鋭い視線を向けた。「ひどい咳だね、ミス・トレイシー」

「たいしたことないの」彼女はなんとか弱々しく微笑んだ。「五月にインフルエンザを患って」

「今は八月だよ。夏はずっと町にいたのかね？」

彼女は頷（うなず）いた。

「空気が冷たく乾燥した山間部で保養したほうがいい。この海抜の湿気は、慢性の咳にはよくないよ」

彼らは玄関の戸口に来ていた。顔を出したばかりの朝日から斜めに射す日差しが、誰もいない通りをうっすらと照らしている。イースト・リヴァーの上に見える空は、輝くピンク色に染まっていた。

「また蒸し暑い日になりそうだな」デンビー医師はため息をついた。「残りの夏は都会から離れていたほうがいいね、ミス・トレイシー。薬は要らない。必要なのは、新鮮な田舎の空気、一日十時間の睡眠、三度の食事をきちんととることだ。ご不幸で心折れたとあっては、なおさらだよ」

ドアが閉まった。アリスンは振り返って、ロニーのほうを見た。彼は階段の下に立っていた。二人はしばらく、にこりともせずに互いを見つめていた。沈黙を破ったのはアリスンで、とりとめもない考えを抑えきれずに思わず口にした。

「ほんとに……いいの?」

「いいって?」彼はぴしりと言った。「なんのことだい?」

「なにも……調査しないなんて。だって……伯父さんの死因も分からないのに」

「そんなこと言わないでくれよ!」マルホランド家の者らしい、スキャンダルを恐れる気持ちがロニーの声ににじみ出ていた。「老人がベッドで安らかに亡くなったときは、『調査』なんてしないもんだ! 亡くなる二十四時間以内にデンビー先生がフェリックス伯父さんを診ていなかったのは、ただの診療上の巡り合わせだよ。ありがたいことに、検死官はそのことに気づくだけの分別を持ちあわせていたのさ。ワシントンだと、融通のきかない役人どもがわんさといて――」

玄関ホールの電話が鳴って、彼は口をつぐんだ。

アリスンが受話器を取った。

「フェリックス・マルホランド氏のお宅ですか？　こちらは〝オクシデンタル通信社〟と申します。マルホランド氏が今朝、心臓発作で亡くなったとの情報を得たのですが、訃報欄に載せるのに、ご逝去の詳細を教えていただけませんか？」

ロニーの言うとおりだ、とアリスンは思った。「調査」などとおくびにでも出そうものなら、いくらなんでもないことでも、この手のハイエナどもに生肉を投げてやるようなもの。

自分の言葉が反射的に出てくるのを感じた。「マルホランド氏は、今朝早く亡くなっているのを、戦略経済局に所属する甥のロナルド・マルホランド氏が発見しました」

「あなたはフェリックス・マルホランド氏の秘書ですか？」

「ここ数か月は秘書の役割を務めてました。私は義理の姪で、アリスン・トレイシーといいます」

「私どもの手元にあるマルホランド氏の情報をご確認いただいてもいいですか？」その声は、相手の同意も待たずに急いでしゃべりはじめた。「一八七一年生まれ。ハーヴァード大学、ハイデルベルク大学に在学。ハーヴァード大学でギリシア文学を教え、コロンビア大学でギリシア文学教授になり、一九〇一年にデボラ・トレイシーと結婚。一九二三年までレキシントン・アヴェニューの旧マルホランド邸に在住。その後、東六十二丁目の現在の家に移住。著書十六冊。最もよく知られた著作は、ええっと……」紙のすれる音。「ああ、そう。『ミュケナイ時代の母系相続の証拠たるオレステイア』。この本は、一九二七年に、ライプチヒ大学のゴットフリート・バウムガルトナー博士から、『大西洋の向こう側の恥知らずなたわごと』と攻撃された。ホメロスが、〝クサンテー〟、つまり、〝ブロンドの〟という形容詞を、デメテル女神を描写するのに用いていることが、古代ギリシア人がギリシア人ではなく、ドイツ人だったと証明しているという、バウムガルトナー博士自身の仮説を反駁したためです」

アリスンは、ペリクレスとプラトンが、ドイツのピルスナー・ビールのジョッキを揺らしながら、〝かわいいアウグスティン〟を歌っている様を思い浮かべ、思わず吹き出しそうになるのを抑えた。

「バウムガルトナー博士が用いた言葉は、『アーリア民族』と『インド＝ゲルマン語族』でした。それ以外は、みな正しいと思います」

「マルホランド氏に、なにか趣味は？」

「存じません」だが、アリスンは眉をひそめた。フェリックス伯父は、数年前、なにか趣味の話をしてなかったっけ？　チェス？　クロスワード・パズル？　今となってはどうでもいいことだけど……。

「亡くなられた際、陸軍省のために調査をしておられたというのは本当ですか？」

「とんでもない！」苛立ち(いらだ)のせいで、またもや咳の発作が出た。話せるようになると、すぐさま言った。「陸軍省とはなんの関係もありませんでした」

「ありがとうございます、ミス・トレイシー」疑わしげな様子がありありと分かった。

「失礼します」

　受話器を受け台に戻して目を上げると、ロニーの問いかけるような視線とぶつかった。

「そこまで秘密にすることかな？」

「なにが？」

「フェリックス伯父さんが陸軍省のためにしてた仕事さ」

「でも、言ったでしょ——」

　ロニーは、その激しい反応に苦笑した。「この女性はやけにむきになって言い返すようだな！（シェークスピア『ハムレット』第三幕第二場より）嘘のつき方も知らないんだね、アリスン」

　二人とも、二階の廊下の奥の裏階段に続くドアが開く音が聞こえなかった。糊(のり)のきいたエプロンが擦(こす)れる音に気づいたのはアリスンだった。彼女は目を上げた。ハナ。フェリックス伯父に仕える年配の家政婦だ。二階の廊下から降りてきて階段の下に立っている。朝食用の盆を持ち——アイス入りオレンジ・ジュース、コーヒー、朝刊を載せて。淡いブルーの目は、アリスンが部屋着とスリッパ姿なのを不興気に見ると、ロニーには愛情のこもった笑みを湛えて見つめた。「おはようございます。マルホランド様はもうお目覚めでいらっしゃいますか？」

ロニーは言葉を失った。

アリスンは喉を痛々しく痙攣させた。

マルホランドさんは今朝亡くなったのよ。その言葉は、頭の中で形になったとたん、口をついて出てきた。ところが、いざ話そうとすると、「亡くなった」という言葉で言いよどんでしまった。涙が頬を伝う。それ以上言えない。

盆がガシャンと落ちるのが聞こえた。

「泣かないで、ミス・アリスン！」ハナとロニーが彼女に駆け寄ってきた。

「いざ自分で言葉にしたら、ほんとに死んだんだって思えてきて……」アリスンはすすり泣いた。

ハナの支えで階段を上がり、廊下を歩いて自分の部屋に行った。ベッドに横になり、すすり泣くうちに、ハナが日除けを上げて、日差しを入れた。

「コーヒーをお持ちしますわ、ミス・アリスン。なにかお食べにならなくては。戻ってくるまでお休みください……。これって大事なものですか？　ポケットから落ちましたけど」

　アリスンは涙にかすむ目で、ハナが差し出したものを見た。折りたたんだ紙片――フェリックス伯父のプルタルコスから落ちたのをポケットに突っ込んだ紙片だ。文字で埋まっているのに気づいたが、文字は意味をなしていない。まったく言葉になっておらず、発音もできない語の羅列。新しいインクリボンを試すのに、でたらめにタイプしたような感じだ。RLYU YQJQ NOAH……。ただ、文字はタイプで打ったものではなく、ペンとインクで手書きしたもの。

「いいえ」アリスンはぐったりと枕に背をもたれた。「ただのゴミよ。屑籠に捨ててちょうだい」

　ドアが静かに閉まるのが聞こえた……。

　ハナはすぐ、湯気の立ちのぼるコーヒーを別の小さな盆に載せて戻ってきた。

「お飲みください、ミス・アリスン。それと……恐縮ですが、起きていただかなくては」

「どうして？」

「下のマルホランド様の書斎に、男の方が来ていらっしゃいます。すぐにお目にかかりたいと」

「男の方？」アリスンはなんとか身を起こし、腫れたまぶたから、乱れた髪を払いのけた。「また記者?」

「いえ」奇妙なことに、ハナの目に恐れの色が浮かび、真顔になった。「陸軍省の方だそうで」

2

フェリックス・マルホランドの書斎は一階にあった。大きな窓からは家の裏庭が見渡せる。もともとこの区画の家は、どれも小さな裏庭があり、板塀でほかの家の庭と仕切られていたのだが、世帯主同士で合意し、板塀を取り払って三十余の敷地を一つにまとめ、立派な大きさの共同庭園に変えたのだ。この区画には七階以上の高い家がなく、朝の日差しが、ニワウルシの葉が織りなす大きな緑の日傘の隙間から射し込み、ダナエーの神話のように天から黄金のシャワーをまだら模様に道に降り注いでいた。フェリックス・マルホランドは、古い象牙みたいに黄色っぽい、ペンテリコン山産出の大理石のニンフ像を寄贈したのだが、これは睡蓮(すいれん)が浮かぶ池のそばに立っていた。アッティカの山腹から掘り出された像は、風雨の浸食で輪郭がぼやけていたが、厚いヴェールを通して見える微笑のように、謎めいた微笑をいまも見てとることができた。家々を囲む壁のおかげで、車の往来の騒音は庭ではつぶやき程度にしか聞こえない。その朝、書斎にまで届く音は、鳩がクークーと鳴く声とかすかな羽根のはためきだけだった。

カーキ色の制服の男が庭に面した窓の前に立っていた。少年のようにスリムな背中をピンと伸ばしている。男が振り向き、アリスンは、大佐の記章を肩に付けた、四十五歳くらいの男だと気づいた。細面のいかつい顔と不穏な目には、アメリカ人には珍しい、抑制された獰猛さが宿っている。そんな目はドイツ軍参謀本部の将校たちの写真でしか見たことがない。それを見たとき、アリスンは、平均的なアメリカ人の上等兵たち――陽気で、気楽で、あやしくもなく、まったく正常な上等兵たち――を思い起こしながら嫌悪を覚え、狂気じみた軍事精神を憐れに思ったものだ。ところが、ここに同じ目つきをしたアメリカ人将校がいる。冷酷極まりないドイツ人以上にそんな目つきをした将校が。アフリカ戦線の退役軍人で、敵に打ち勝つにはその相手と同じようになるしかなかったとでも？　それとも、あの写真のドイツ人将校と同じように職業軍人で、第三世代か第四世代のウェストポイント陸軍士官学校出であり、単純で限られた戦闘の役割を厳格に叩き込まれたせいで、ほかの目的には適応できなくなり、その結果、種付け用の牛とか、特定の目的のために使われる動物と同様、個性を喪失してしまったのか？

ファシストの社会では、市民生活も軍の方針に従って営まれるが、そんな社会で生きるのが耐え難いという感じには見えない。だが、権威に反射的に従っているだけで、民主主義的な政府の下にいれば、その政府のために計画を立てたり、戦いもするだろう。

きっと、戦争経験のない多くの良心的な民主主義者よりも見事に。平和時には、民主主義がこんな男を産むことはほとんどない。戦時には、こういうごく少数の男たちは、民主主義の軍事力の核として不可欠な存在となる。彼らは、牧羊犬のように少数であり、大胆かつ巧妙に羊を狼から守る術を心得ているが、それは彼ら自身に狼と同じ血が流れているからだ。アリスンは思った。不愉快な人だけど、こういう戦時には必要とされるタイプ……。

男は不穏な目で彼女を値踏みするように見た。「もっと年長かと思ったが」その声は、ぴんと張ったワイヤのように震えた。

彼女は不意に、慌てて着込んだ、だぶだぶのセーター、襞(ひだ)付きのスカート、平底のモカシンが気になりだした。

「私は二十三です。身なりをきちんとすれば、もっと年上に見えます。それがなにか?」

「三十五か四十くらいの女性かと思っていたよ。話からすると」

「話って、なんのことです?」

「君のことは伯父さんからお聞きしていた。機密情報を若い娘に打ち明けるとは思わなかったのでね」大佐は、遅まきながら儀礼を思い出した。「マルホランドが亡くなったのは……残念なことです。よりによって、こんなときに……。お悔やみ申し上げますよ」

「ありがとうございます」こんな男がお悔やみを言うのは似つかわしくない。「お座りください」

男はおじぎし、堅苦しく座った。「私はアームストロング。陸軍参謀本部情報部に属している。例のフォルダーはどこかな？」

「フォルダーって？」

苛立ちが目に浮かび、彼女の顔をそのまま見据えた。「おやおや、ミス・トレイシー！　用心なさるのは見上げたものだが、私には率直に話していただきたい。伯父さんが亡くなったとき、一緒に仕事をしていたのは私なのだから」

「用心してるわけじゃないわ、アームストロング大佐。なんの話なのか、まるで分からないの」

「そんなばかな！　君は伯父さんの秘書だった。君に打ち明けていいことではないが、むろん、打ち明けたに違いない。民間人は口をつぐんではいられないものだ。いとこのロナルド・マルホランド氏の話だと、君は伯父さんが陸軍省の仕事をしていたことを知っていたし、午前中はいつも、彼の作業中、この部屋で二人だけだったとか」

「午前中、私に個人的な手紙の口述をしただけよ」とアリスンは応じた。「それと、『オレステイア』研究の新版を出すためのメモ。戦争関連の仕事の話をしたことはないわ。

その仕事は機密事項で、集中力を要すると言ってただけ。午後、この部屋で一人で仕事をしているあいだ、邪魔が入らないように気を張っているのも私の仕事」

苛立ちは疑惑と敵意に変わった。「この部屋と寝室にある伯父さんの書類にはすべて目を通した。我々のためにしていた仕事は跡形もない。メモを綴（つづ）ったフォルダーはどうしたんだね？」

「そんなフォルダーがあることも知らなかったわ」

アームストロング大佐は、暖炉のほうをちらと見た。アリスンはそのときやっと、炭化した紙らしき、細かく黒い灰で暖炉がいっぱいなのに気づいた。

「昨夜、伯父さんは紙を燃やしていたのかね？」

「知らないわ。自分のメモを燃やしたとでも？」

「そうかも。メモがもう不要ならね。まずい相手の手に渡らぬようにしたかったのだろう」

「紙の灰から文字を復元する化学的な処理とかはできないの？」

「灰が崩れていなければね。この灰はほとんど粉だ」焦りの色が厳しい声ににじみはじめた。「君が最後の希望なんだ、ミス・トレイシー。伯父さんなら、なにか隠そうと思ったら、どこに隠す？　デスクに秘密の引き出しがあるとか？　この部屋には隠し金庫があるかね？　貸金庫を持っていたとか？」

「そんなものないわ。秘密を持つような人じゃなかったもの」

「ここで見てるから、このデスクにメモがあるか探してくれないか？」

「メモがどんなものかも知らないのに、どうやって探すの？　どんなものか説明していただければ、探してみるけど」

「それはできない」

「できないですって？」アリスンはあっけにとられた。「でも、伯父と一緒に仕事してたのなら、そのメモがどんなものかぐらい知ってるでしょ！」

「伯父さんはすべて打ち明けてくれたわけじゃない」アームストロング大佐はきっぱりと言った。「ご存命中は、それも無理からぬことだった。だが、亡くなった今となっては、メモがほしい」

「伯父がなにをしてたかも分からないのに、闇雲にお手伝いするわけにいかないわ」アリスンは、同じくきっぱりと言い返した。「私に手伝ってほしいのなら、それがどんなものか説明してもらわないと」

アームストロング大佐は立ち上がり、部屋の中を行き来しはじめた。沈黙を守るという、反射作用のように徹底して身に着いた習慣と葛藤しているようだ。「君がこれほど若くなければ！」とつぶやいた。

「歳がどう関係するのか分からないわ」

彼は立ち止まり、彼女をじっと見つめると、奇妙なことを口にした。「知らないほうが君のためかな」

「でも、私が『最後の希望』だと言うのなら、ほかに道はないし、私だってそうよ」

「確かに」彼は深く息をついた。「たいして言えることはない」彼が窓の外を眺めると、気まぐれなそよ風が木の葉を揺らすのに合わせて、斑点のような影がニンフ像の金色の肩に揺らめく。「戦地用暗号(サイファー)というものを聞いたことは？」それでアリスンは思い出した。フェリックス伯父の趣味は、暗号法だったのだ。

「戦地用暗号って？」彼女は聞き慣れない言葉をゆっくりと繰り返した。「つまり、コードとか？」

アームストロング大佐は、彼女がとんでもない鑑定ミスでもやらかしたみたいな目で見つめた。「コードは、別の語や文を表すのに任意に選ばれる語や数字のリストのことだ」二足す二は四だと知的障害のある子どもに説明する精神科医のように、大げさなほど辛抱強く話した。「たとえば、DIPLOMA（卒業証書）という語がAttack at once（ただちに攻撃せよ）を意味するという具合にね。コードを使うには、発信者と受信者はどちらも、語とその意味を列挙した辞書並みに大きなコードブックを持つ必要がある。これを失くしたり、破棄されでもしたら、コード化されたメッセージは読めなくなる。だから、敵の手に渡ろうものなら、傍受されたコード化メッセージはみな読まれてしまう。

戦地にいる軍隊は、コードはめったに使わない。軍はサイファーを使うし、戦地での使用に適したサイファーを戦地用暗号と言うのだ」

　彼が口を閉ざすと、アリスンはこう言ってつついてやりたい浮ついた衝動を抑えた。

（で、サイファーってなんなの、ボーンズさん？）（ボーンズは、ミンストレル・ショーで掛け合いをする人物）

だが、アームストロング大佐は自分の解説に夢中で、つついてやる必要もなかった。

「サイファーは、暗号文の文字、数字、あるいはシンボルが、それぞれ平文の一つの文字を表している。サイファーは二種類——転置式と換字式だ。転置式サイファーは、アナグラムの一種でね。平文と同じ文字を違う順序で含む。子どもにも分かる単純な例を挙げれば、平文を六文字ずつの行にし、その文字を縦に読んで暗号文にする。こんなふうに」と紙に走り書きした。

第一段階：ATTACK AT ONCE

第二段階：A T T A C K
A T O N C E

第三段階：AATTOANCCKE

「換字式サイファーは、暗号文の文字、数字、あるいはシンボルが、平文の文字の置き換えになっている。たとえば、ユリウス・カエサルは、平文の文字をアルファベットの四文字あとの文字に置き換えた。こうだ」と再び走り書きした。

平文：ATTACK AT ONCE
アルファベット：A B C D E F G H I J K L M
N O P Q R S T U V W X Y Z
サイファー文：EXXEGOEXSRGI

「Eは通常のアルファベットでAの四文字あとの文字だからAを表している。文のほかの文字も同様というわけだ」

アリスンは興味を惹かれはじめた。「E、X云々のでたらめな文字の羅列が『ただちに攻撃せよ』を意味するなんて誰も思わないわ！」

「おやおや、ミス・トレイシー！」またもや彼女はまずいことを言ってしまった。アームストロング大佐は、神がゴキブリに教えさとすように平たい表現を用いて説明した。「このくらい単純な暗号文は、暗号の初歩を知る者なら、四百年も前から、ひと目で解読してしまったさ」

「ひと目で？」アリスンはとりすまして繰り返した。

「まあ――二十分かな。金庫の発明が金庫破りを生み出したように、サイファーや暗号法が発明されたことが暗号破り、つまり、暗号解析者を生み出した。暗号解析は、暗号文だけをもとに平文を導き出す技術だ。優れた暗号解析者なら、暗号文だけを使って平文を解読していく過程で、用いられている転置式や換字式の手法も、どんなキーワードも解読できるし、転置式と換字式を組み合わせた現代の最も複雑な暗号でも、さっき説明した単純な換字式と転置式の例と同じくらい簡単に解読してしまう」

「まるで黒魔術ね」アリスンは囁くように言いながら、自分は四百年も時代遅れなの、と不快に思った。

「ルネサンス期には実際そう思われていた」

大佐が部屋の中をウロウロと歩くのを目で追っていると、大佐は肩越しに言った。

「第一次大戦がはじまると、どの国の軍も、傍受した他国の軍の暗号文を苦もなく解読してしまったから、秘密の指令は平文にしたほうがまだましなほどだった。解読不可能な暗号などありはしないと広く信じられていた」

「じゃあ――そんなものがあるとでも？」

軽く口にしたその言葉のせいで、アームストロング大佐の迸（ほとばし）るような雄弁にブレーキがかかった。立ち止まると、彼女を見つめた。「それこそが、世界中の参謀幕僚が知りたいと思ってるものだ。記号は通常、記号同士の関係に基づいて数字に翻訳できる。暗号文を数字で表してしまえば、数学的に解読できる。暗号法に手を染めたエドガー・アラン・ポーは、どんな複雑なパターンの暗号だろうと、人間の頭で考えたものは人間の頭で解読できると断言した。現代の暗号解析者の多くは、ポーは正しかったと考えている」

「実際正しかったの？」

「私には分からない」彼は「私」を強調した。「要は、伯父さんのフェリックス・マルホランドは、ポーは間違っていたと考えていたのだ」

二人がしばらく押し黙っていると、鳩が一羽、窓敷居に降り立った。鳩がくちばしで爪を掃除しようと身をかがめると、日差しがそのほっそりした首をピンクからグリーンまで色とりどりに輝かせた。

「というと……」鳩が舞い上がり、羽がはためくかすかな音がした。「フェリックス伯父さんが解読不可能な暗号を創り出したとでも？」

アームストロング大佐は力を込めて答えた。「それこそが君から聞きたかったことさ」

「でも、私は知らない！」

「伯父さんは、完璧な戦地用暗号を創り出したと主張していた。戦地用暗号が満たさなければならない要件は三つ。すなわち、暗号法の知識に乏しく、戦闘の緊張の最中にある兵士でも、すぐに正確に使うことができるほど単純でなくてはならない。だが、傍受されたメッセージが敵の暗号解析者に解読されるのを防ぐか、少なくとも遅らせるくらいの複雑さがなくてはならない。さらに、敵の手に渡ったら暗号が解読されてしまうような装置のたぐいは使用を必要としてはならない。最も理想に近い暗号は、暗号機で作られた暗号で、この機械は、計算機が数字の並びを攪乱（スクランブル）するのと同様、巧妙に文字の列を攪乱（かくらん）する。こうした暗号は解読不可能と考えられる。だが、戦場では、暗号機にはコードブックと同じ欠点——失くしたり、破損したり、壊れたり、敵の手に渡ったりする可能性——がある。完璧な戦地用暗号とは、人が自分の頭に入れておける解読不可能な暗号なんだ。

　これまでの戦地用暗号は、どれもなにか欠点があって理想的とは言えなかった。伯父さんは、自分の暗号がこの三つの条件すべてを満たしていると主張していた。使いやすく、解読し難く、装置も要らず、紙と鉛筆とタイプライターがあればいいと。人々が長い間むなしく探索し続けてきた賢者の石と言えるほどの解読不可能な暗号だともね。

　おそらくその主張は間違っている。だが、古い原理に加える新たな原理や改変を見つけたのかもしれない。優れた戦地用暗号なら、我々は何でも差し上げるし、それが解読不可能な暗号なら、命だって差し出すさ。敵とて同じだろう。だから……伯父さんがしていたことを突き止めなくてはならないんだ」

　アリスンは不思議に思った。「伯父はどうして、真っ先にあなたに伝えなかったの？」

大佐は彼女に向き合い、暖炉の冷たい灰に背を向けた。「最初にやってこられたときは、我々も半信半疑だった。一人の老人、素人の暗号作成者が、多くの専門家が失敗してきたことに成功するとは思えなかった。素人はいつも、〝解読不可能な〟暗号なるものを持ち込んできては我々を煩わせる。素人の発明家が〝永久機関〟を発明したと言って特許庁を煩わせるのと同じさ。だが、伯父さんの主張には説得力があった。たいていの素人と違って、自分の暗号には、解読の困難さだけでなく、速さと単純さもあると主張していた。私も興味を惹かれはじめてね。彼の暗号を試すために、約五百字の暗号文を三つ提示させた。いずれも、元の平文の内容を示す手がかりも、暗号化に用いた手法も教えてもらわずにね。それが十日前。十日間まるまる取り組んでみたが、暗号は解読できなかった。伯父さんは、今日の午前、その秘密を教えてくれる約束だった。朝食のとき新聞を見て、亡くなったと知ったわけさ」

窓に息を吐きかけたみたいに、大佐の目がかすかに曇った。「敵方の手に落ちないよう、記録の保持には気をつけてくれと注意しておいた。明らかに私の忠告をくそ真面目に受け取ったんだな。書類にはワークシートもなかったし、メモを入れていたというフォルダーも、暗号システムを記した記録もなかった。担がれたかと――暗号の作業などなにもやってなかったかと――思うところだが、暖炉にあれだけ灰が残っていたとなると……」

「なんの灰だと?」とアリスンは聞いた。

「メモとワークシートの灰だろう。すっかり頭に入っていたから、書類をすべて燃やし、灰も潰して、秘密を盗まれぬようにしたんだろう。だとすると——彼とともに秘密も消えてしまったわけだ——もっとも——」大佐はしばらく彼女の目を探るように見た。

「君が手伝ってくれれば別だが」

「私が?」アリスンはじっと見つめられてまごついた。

「そう。君だ。君は伯父さんと一緒に暮らしていたし、毎日一緒に作業をしていた。君は一番身近な助手だった。彼がなにをやっていたか、思い当たる節はないかね? 意識せずにたまたま口にした言葉。君がふと覗き見たノートのページ。彼がなにか考えていたときに、ぼんやり描いていた図形とか。そんなとき、彼がした、あるいはしゃべった、ちょっとした妙なこととかは?」

アリスンは記憶を探った。今朝になるまで、伯父の家庭はなにもかもがいつもどおり、退屈でありきたりだった。陸軍省のためにしていた秘密の「調査」があったにしても、自分の書斎で平穏にこっそりやっていたわけだし、それも家庭内の穏やかな日課の一部にしか見えなかった。

「なにもないわ」と彼女はなおも言った。「伯父がやっていたことも、言ったことも、みんなまったく通常の当たり前なことばかり。ただ……」

「ただ？」

「フェリックス伯父の暗号文はどんなもの？　発音もできない、でたらめな文字の羅列？　こんなふうな？」彼女は、大佐がAATTOANCCKEとEXXEGOEXSRGIと走り書きした紙に目を落とした。

　アームストロング大佐は、わずかな動きでも彼女の気をそらし、思い出せなくしてしまうのではと恐れるかのように身じろぎもしなかった。

「すると」ほとんど囁くように言った。「なにかメッセージがあったとでも？」

「みたい。伯父が読んでいた本から落ちたの。伯父が……死んだときに」その言葉はまだ口にするのが辛かった。

「それはどこに？」

「まさか重要なものとは思わなかったの。ハナ――うちの家政婦――に屑籠に捨ててと言ったわ」

「どこだ？」

「私の部屋」

「案内してほしい」

　彼女はドアの前で立ち止まった。「暗号を解く鍵とは限らないでしょ？　関係があるとしても、ただの暗号文かも」

「暗号文が多ければ、それだけ暗号を解読する可能性も高まる」と大佐は言い返した。

「平均の法則だよ」

窓のない二階の廊下は涼しくて薄暗く、二人はそこから、暑い日差しの射し込む、アリスンがこの五年間使ってきたブルーとホワイトの部屋に入っていった。ハナか女中たちがきちんと仕事をしていた。ベッドはすでに整っていたし、ベッドカバーもしわがなく白い。車の往来の喧騒が、通りの見える半開きの窓から聞こえる。

アームストロング大佐は、彼女を追い抜き、デルフト焼の青と白に塗られた枝編みの屑籠に突進した。

「くそっ！」

彼女もあとに続いた。ハナはよくできた家政婦だ。籠は汚れひとつなく――空っぽ。

アリスンは内線でハナに電話した。

「屑籠ですか、ミス・アリスン？　まあ、一時間前に捨てましたよ！　ゴミはみな焼却炉で燃やしてしまいました」

アームストロング大佐は、この知らせを冷静に受け止めた。「メッセージの文字列でなにか憶えているものは？」

アリスンは眉をひそめ、内なる記憶の声に耳を傾けた。

「R……」彼女は口ごもった。「L……Y……」

耳をつんざくマシンガンの掃射音のように、空気ドリルの〝ドドド〟という音が部屋の静寂を粉々に引き裂き、通りから聞こえるほかの騒音をすべて打ち消した。

「それで？」

アリスンは首を横に振った。もはや狂ったようなドリルの響きしか聞こえない。歯医者の巨大なドリルのように、頭に穴をあけて入ってくるみたいだ。生命のない窓がその振動を受けてブンブンと音を立てている。生きた脳細胞に、どれほどの破壊的な効果を持つのだろうか？　まさに文字どおり、〝自分の考えていることが聞こえない〟状態。詩人、神秘主義者、それに数学者も、記憶とインスピレーションの内なる声を呼び起こしたいときは、静寂や孤独を求めるわけがはじめて理解できた。

「ごめんなさい」彼女はずきずきする額に手を置いた。「もう思い出せないわ」

ドリルは、勝ち誇るように唸(うな)り、まるで（すぐにこの界隈(かいわい)の人間の思考をみんな停めてやる！）と叫んでいるみたいだ。自宅の窓の下で毎日騒音を立てていた空気ドリルをぶち壊して、逮捕された医師がいたのを思い出した。現代の哲学が思考の乏しさをごまかすのに百万言を費やすのは、彼らはボイラー製造工場程度の静けさしかない都会に住まなくてはいけないからかも……。

アームストロング大佐の我慢強い冷静さも、この二度目の失望にまでは通用しなかった。

「思い出したら連絡してくれるかね？」彼は階段を降りながらそっけなく言った。

「もちろん」

「思い出すよう極力努めてもらいたい」彼はなおも食い下がった。

「分かったわ。意味も分からなければ、発音もできない文字列を思い出すのは難しいけど」

「確かに。視覚記憶のある人でもないかぎりはね。だが、これは重要なことなんだ。どれほど重要か、分かっているかね？　太古の昔から、重大な決定は暗号の作成や解読に左右されてきた。歴史上最初の転置式暗号は、リュサンドロス率いるスパルタ帝国をペルシアから救った。バズリー（エチエンヌ・バズリー。一八四六—一九三二。フランスの暗号分析家。十七世紀にアントワーヌ・ロシニョールが作った大暗号を解読した）の仮定語分析法は、デルレード（ポール・デルレード。一八四六—一九一四。フランスの作家、右翼政治家。ブーランジェ事件に加担し、クーデタに失敗）の陰謀を打ち砕き、フランス第三共和制をさらに四十年延命させた。ドイツの戦時暗号を連合国側が見抜いたことが、一九一八年三月と七月の対ドイツ戦の趨勢を変えた。連合国は、ドイツ海軍と外務省の暗号を見破ったことで、兵員輸送船に英仏海峡を渡海させ、ユトランド沖海戦（一九一六年にユトランド半島沖で行われた英国とドイツの主力艦隊による海戦）に勝利したし、ツィンマーマン電報（一九一七年、ドイツのツィンマーマン外務大臣がメキシコに送った暗号電報。ドイツと同盟を結び、アメリカに宣戦布告するよう求める内容で、その内容が明るみに出たことがアメリカの第一次大戦参戦を促した）を明るみに出すことに成功したんだ」

一階の玄関ホールでは、日差しの筋が玄関のドアのガラスパネルを通して射し込み、シャンデリアのプリズムにきらめきをちりばめていた。

「ヨーロッパに滞在していたこともあるね、ミス・トレイシー？」

「ええ」脈絡のない質問にアリスンはまごついた。「父は考古学者でした。フェリックス伯父さんは、父の姉――伯母と結婚したの。私は学校を卒業したあと、クレタ島と小アジアで発掘作業をしていた三人としばらく過ごしたわ。母が死んだのは私がまだ子どもの頃」

「ドイツに行ったことは？」

「あるわ。スイスの学校に通っていたので、父と一緒にドイツとフランスで休暇を過ごしたの」

アームストロング大佐は、玄関ホールのテーブルにあった帽子と手袋を手に取った。

「もちろん……」彼はわざと口をつぐんだ。「その暗号文を憶えていないというのも、君の言葉にすぎない。それどころか、伯父さんの暗号のことはなにも知らないというのも、君が言っているだけだ」

アリスンの頬に血の気がのぼった。「私の言葉が信じられないとでも？」

「私は信じる。フェリックス・マルホランドの姪御さんの言葉を尊重するのに無論やぶさかじゃない。だが気づかないかね……ほかの人間は必ずしも君の言葉を信じないと？」

奇妙なことに、アリスンは、目に見えて変わったものはないのに、なにか邪悪なものが玄関ホールに入り込んできたように感じた。

「それはどういう意味、アームストロング大佐？」

不穏な目が、情け容赦なく値踏みするように彼女を眺めまわした。それから身を翻し、玄関のドアに向かった。大佐の話し方は穏やかだったが、声はその目と同じく情け容赦がなかった。

「暗号の秘密を握る者には、なにが起きるか分からない。それはよく考えておくんだね」

3

アリスンが振り返ると、客間の戸口にロニーが立っていた。書斎から玄関ホールを挟んで向かい側の部屋だ。

玄関のドアが閉まる音を耳にして出てきたのか？　それとも、しばらくそこにいて、アームストロング大佐の最後の言葉も耳にはさんだのか？

彼のオリーヴ色の頬は滑らかで笑みも浮かべず、黒い目はつり上がった眉の下で謎めいている。

「ヘミングが来てるよ」とロニーは言った。「君に会いたいそうだ」

客間には高い窓が両端にあり、通りと庭が見える。家具は以前住んでいたレキシントン・アヴェニューの家から持ってきたものだが、少しばかり近代性を取り入れただけで、前世紀の精神を保っている。黒いクルミ材製の細長い椅子とソファがあり、ふかふかの座部にはもともと馬毛が使われていたのだが、古びた金の落ち着いた陰影をもつサテンに張り替えられていた。ブラッセルカーペットの花柄は、秋めいた茶色と黄褐色に色褪せていた。カットクリスタルの深い鉢は、もともと茎の長いバラを活けるために意匠されたものだが、庭から採ってきたオレンジと黄色の百日草がたっぷり活けてある。マントルピースの上には、ジョージ・ルークス（一八六七―一九三三。ペンシルヴァニア出身の画家）の描いたフェリックス伯父の肖像画が掛けてあったが、シェークスピアに似た眉が強調されているほかは、全体がくすんだような陰影で描かれていた。

弁護士のフランシス・ヘミングは、書類の束を手にしたまま立ち上がった。デンビー医師や、フェリックス伯父と交友のあったほかの人たちと同様、彼も老人――年寄り過ぎて、いざというときに頼りにならない、とアリスンは思った。血色の悪い、疲れた顔は、まるで向こうが透けて見えるようで――不完全に実体化した幽霊の顔みたいだ。ほんとにそんな人ね、と内心思う。年を取ることは、まさに精神から肉体を徐々にはぎ取っていくことなのだ。フェリックス伯父にも同じ気持ちを抱いたもの。彼の肉体は、日々少しずつ萎縮していくようだった。肌はますます白く血色を失っていき、顔かたちは弱々しく不明瞭になっていった。最後の数週間は、記憶もかすみ、はっきりしなくなっていた。注意はしばしば散漫になり、現実から遠ざかっていった。弱まっていく活力を無意識に節約するようになり、ますます生来の習慣や先入観に依存するようになった――そうした反射的な精神のメカニズムはそれに必要なエネルギーを動きそのもののなかに見いだしていた。これも、伯父がますます縁遠い存在となり、気難しく、奇矯で、昔かたぎになって、老いて人生に飽きたようにしか見えなかった理由だ。心身ともに崩壊していくのを目の当たりにしているような気がしたことも。話についていけないときは、伯父が急速に別世界に消え去っていくみたいだった。本当に遠くに去ってしまった今、もはや呼び戻すこともできない。

「やあ、ミス・トレイシー！」ヘミング氏のおじぎは、襟の高いイヴニングドレスと白い短めの手袋の娘を思い出させた。すたれた仕立ての燕尾服と白いチョッキの青年と一緒に、ジャーマンダンスをゆっくり輪を描きながら踊る娘。「ミス・トレイシー、このたびは心からお悔やみ申し上げますよ」

おじぎで応じるのがアリスンには精いっぱいだった。言葉も心底尽き果てていた。縫いぐるみになったように脱力感を覚えながら、滑らかなサテンの椅子に座った。

ロニーは、マントルピースにもたれかかっていた。髪はさっきのにわか雨のせいで濡れ、両のこめかみでごわごわした巻き毛になっている。明るいグレーのフランネルの上着とスラックスに着替え、特注仕立てのあずき色のモカシンをはいていたため、どっちの足が内反足なのか分からない。

「彼女には、それとなく打ち明けたほうがいいかな?」と彼はヘミングに聞いた。「それとも、率直に伝えたほうが? ぼくにそうしたようにね」

ヘミングは困った顔をした。「ミス・トレイシー、こう申し上げるのは残念ですが、伯父さんの投資は、ここ数年うまくいってなくてね。結論を言えば、財産はかなり目減りしている」

「つまり、ぼくらは破産したのさ」ロニーはそう翻訳した。「すっからかんだ」

「フェリックス伯父さんの遺産など期待してないわ」とアリスンは言った。「ただの義理の姪だもの」

「ばかな!」ロニーは言い返した。「生きている親族は、ぼくら二人だけだ。知り合いもほとんど、君が相続人の一人だと思ってたし、ぼくは何年も遺産を当てにして生活してきた。ぼくらはどれだけ貰えるんだい、ヘミングさん? 金額で言うとさ?」

「この家は、財産を分与するために、すぐ売却しなくては。この家屋敷の価値が、裏庭の権利を放棄する前の、本来の購入額の三分の二とすれば――負債と相続税の支払い後は――総額約一万五千ドルになります」

「ヒュー！」ロニーは調子はずれの口笛を吹いた。「一万五千ドルでなにができるっていうんだ？」

「いろいろやれるでしょう」ヘミングは辛辣に言い返した。「ミス・トレイシーは財産の十パーセントを受け取る。残余財産はあなたのものです」

「十パーセントだって？」ロニーは眉をひそめた。「じゃあ、アリスンが受け取るのはたった千五百ドルで、ぼくがもらうのはおよそ一万三千五百ドルか。ほとんど文無しだな！」

「遺言書の作成時なら、あなたの取り分は約五万ドルでしたよ、ミス・トレイシー」とヘミングは説明した。「残念ながら、伯父さんは、然るべき判断のできる者から投資上の助言を受けなかったのでしょう。彼は財産の多くをギリシアの考古学的発掘の資金に使い、残りはいわゆる発明家、私に言わせれば、投機家と山師にやってしまった。伯母上の個人的な所持品はあなたに遺されましたが、それ自体価値のあるものは、ダイヤとアメジストのブローチに、古いクレタ島のレースだけです」

「この家を売却するのに数か月はかかるぜ！」ロニーはクレタ島のレースになど興味がなかった。「前渡し金はもらえるのか？　どうなんだ？」

「あなたには千ドル、ミス・トレイシーに五百ドルなら工面できるでしょう」

「ぼくはなんとかなる」ロニーは荒っぽく言った。「OSEの仕事があるからね。でも、アリスンがたった五百ドルで、いつまでニューヨークで暮らせるっていうんだ？」

「あら、私なら大丈夫よ」アリスンは、いつもの受け身に似合わず、すぐさま反応した。「私の字は汚くて誰も読めなかったから、大学でタイプを習ったの。速記も始めたから、OCD（民間防衛局）でも役に立つはずよ。速記者が足りないっていうじゃない。一週間もあれば仕事も見つかるわ」

「君の速記はいかにも遅いし、タイプは素人くさい」ロニーは親戚らしい無遠慮さで異を唱えた。「ただの素人だ。官庁や民間企業は、フェリックス伯父さんやOCDよりはるかに厳しいって気づくぞ」

「でも、学ぶこともできる。私なら――」咳で言葉が途切れた。

「それに、体も弱い」ロニーはなおも言った。「病気のせいで仕事に就けなかったら、五百ドルでどうやって暮らしていくんだ？」

フランシス・ヘミングは、血管の浮いた細い手で顎をかいた。「ほかにご親戚は？」

「いない」ロニーが代わりに答えた。「ここにいるのが、マルホランド家の最後の生き残りさ」おどけた大げさな態度をしてみせたが、目は真剣だった。

「それに、トレイシー家の親族もいないわね」とアリスンは付け加えた。

「なんともはや！」ヘミングは当惑の色を示した。「どうご助言申し上げてよいか分かりませんな。その――財政逼迫を軽減する手立てをなにか見つけて差し上げられればよいのですが、税金のことを考えますと、それも……」

ロニーは彼を玄関まで送った。客間に一人残ったアリスンには、彼らが玄関ホールでひそひそと話すのが聞こえた。「競売人」とか「目録」という言葉が耳に届く。なじみの家財に最後の目を向けた。一つにまとまってこそ、それなりに魅力的な部屋に見える。バラバラにしてしまったら、ただのガラクタ。ヴィクトリア朝風の家具は、〝骨董〟というより〝中古〟で、買うには高価だが、売れば安い。マディソン街の店のウィンドウに、ほかの有象無象と並んで、シマメノウと金時計が並んでいるのがはや目に浮かぶ。家そのものも壊され、モダンな過密住宅の用地になるのかも。壁が薄くてほかの住人のラジオの音も聞こえる住宅。早朝ほんの数時間のうちに、フェリックス伯父の所有物は、あっという間にバラバラになっていく。伯父と親しかった人々は――デンビー医師、ハナ、アームストロング大佐、ヘミング氏、それにロニーさえ――彼の死により生じた課題を処理し、彼のいない今後の計画を立てるうちに、その存在をすでに忘却しつつある。

「これからどうする?」

ロニーだ。部屋に入ってきてドアを閉めた。「ヘミングの話だと、君は明日、五百ドル貰えるよ」

「二百ドルほど借りがあるの。デパートに。服代よ」

「なにもすぐに払う必要もないだろ」

「払いたいの」

「あとは三百ドルだけか。もちろん、この家が売却されるまでは住んでもらってもいいけど、意外と早く売れるかもしれない。ヘミングはもう、買主の目星をつけている。ストリップショーのスターさ。フェリックス伯父さんが無謀な投機で財産を浪費してたなんて、誰にも分かるわけないよ。ジブラルタルの岩みたいにしっかりした人だとずっと思ってたけど、実は岩の色に塗っただけの張り子だったわけだ」ロニーは椅子の背にもたれ、頭のうしろで手を組んだ。「これからどうしたい？」

アリスンはなんとか弱々しく微笑んだ。「三百ドルしかないんじゃ、誰だって自分のしたいことなんてできないわ」

「そうかな？」彼はきらきらした茶色の目で彼女のほうを見た。「計画を立てだすと、君は必要なお金さえあれば、なにをするか、いつもいいアイデアを思いつくじゃないか。それなら、思い切ってやってみるのさ——お金はなんとか工面してさ」

アリスンは声に出して笑った。「素敵なアイデアがあっても、私の場合はうまくいかないわ。必要なお金があったら、デンビー先生の忠告に従わなきゃ。どこか山間部に移って、この咳が消えるまで、数週間、残りの夏を過ごすことにする」腕を頭の上に伸ばし、だるそうに伸びをした。「暑さと湿気、埃と一酸化炭素、空気ドリルとよその家のラジオの音から逃れて、息ができて自分の考えてることが聞こえるところに行くの！」

「避暑地のホテルに？」

「まさか！　ラジオもうるさいし、ゴシップだらけよ。今年なら、暴利で儲けた連中や徴兵回避者だってきっといる。それより、人里離れたコテージを借りて、隠遁者みたいに暮らせたらと思うの。秋になって街に戻ったら、戦時関係の仕事を探すわ。でも、平和とプライバシーはなによりも高くつく。三百ドルでやれることといったら、せいぜい、ごみごみした小さなオートキャンプ場でキャビンを借りることくらい。ラジオががんがん鳴ったり、赤ん坊が泣き叫んだり、夫婦者が大声で喧嘩したり、男の子がサクソフォンの吹き方を習ったりしてるような場所ね」


ロニーはつり上がった眉を大きくひそめた。「むろん、そんなのは嫌だろ」

「なにがいいっていうの？」

「一つの可能性だけど」

「なんのこと？」

「レインズはあの家をちゃんと手入れしてるかな。掃除は必要だろうけど、ブリッグス夫人が戦時の仕事に手を取られてなきゃ、掃除してもらえるだろう」

「ロニー！　なんの話？」

「オールトンリーのことを忘れた？」

アリスンは、ぼんやりした記憶のフィルターを通して、三年前、日差しの当たるポーチに、フェリックス伯父とジェフリー・パリッシュと一緒に座っていた自分の姿を思い浮かべた。樅の木の枝の合間に見える山を眺めると、鮮やかなブルーの空を背景に、はがね色をした、霧のかかる円錐型の頂上が見える。ホウセンカの香りが鼻を刺激したものだ。まばゆい日差しだというのに、空気は湧き水のように冷たく、厚手のウールのセーターが心地よかった。三年前どころか、ずいぶん昔のことのよう――オールトンリーで過ごしたあの夏の直後に起きたのが、真珠湾への奇襲だ！　ガソリンをたっぷり入れた車、台所には女中が二人、夏のあいだ屋根裏の寝室に入れ代わり立ち代わり泊まった宿泊客たち。山の反対側のテニスクラブではダンス・パーティーがあり、若者が大勢やってくるが、軍服を着ている者はまずいない。ジェフリーと姉のヨランダは、車では何マイルもかかるが、山道を使えば二マイルの距離の家から、夕食をともにしにやってきた。ジェフリーは、ナチスがカンザス・シティくらいまで迫ってこないかぎり、ナチスと戦う気はないと言って、フェリックス伯父をびっくりさせたものだ。ジェフリーはアリスンを連れて、山頂から星を見るために山に登った。満月の丸い顔が、ぎざぎざの松の木の背後から、ジェフリーが彼女にキスするのを驚き顔で見つめていた……。ただの気まぐれなキスで、どれほどの意味があったかもよく分からない……。あの最後の平和な夏が過ぎると、すぐさま最初の戦時の冬が来て、若者はみな軍事教練キャンプに召集された。そして、まったく無駄で退屈なカクテル・パーティーのせいで夕食会に遅れてしまった、あの暗澹たる春の夕暮れ。ハナがこう言った。「パリッシュ様が訪ねていらっしゃいました……。いえ、伝言は残されませんでした……。短い休暇をもらったとかで……。いえ、いつどこに行かれるかはおっしゃらず……」

その後は音沙汰なし――V郵便（第二次大戦中、米軍で用いられたマイクロフィルムの郵便）すらも……。

「オールトンリーですって！」アリスンは声を上げげた。「売りに出されたと思ってたけど」

「フェリックス伯父さんは売ろうとしたけど、売るのはおろか、賃貸に出すこともできなかったのさ」とロニーは応じた。「設備は旧式だし、電気も通ってない。それに、寂しすぎると思う人が多かった。君みたいに一人になりたがる人はまずいないよ」彼はにやりとした。「たいていは隣人がいるのを好むものさ。少なくとも使用人はね。フェリックス伯父さんはというと、年を取るにつれて単調な生活に飽きてしまった。だからこの三年、あの家に行こうとはしなかったんだ。でも、君が一人になりたいというなら、まさにぴったりの場所だよ。窓から外を見ても、ほかの家はまったく目に入らない。ぼくはフェリックス伯父さんの残余遺産受遺者としてあそこを相続したけど、使い道がない。何日も仕事から離れられないし、仮に手がすいても、もっと刺激のあるところに行くよ。ただぼんやりと座って時間をつぶすだけじゃね。あの家を使えばいいじゃないか？　野ネズミがなにもかも食い尽くしてしまう前に、誰かが追い払わなきゃ。賃借料を払わなくてすむから、三百ドルあれば十分だ。二年前、ぼくが一人で滞在したときは、月四十ドルほどしか使わなかったけど、必要なものはなんでも手に入った。どうだい？」

「話がうますぎて信じられないけど――」アリスンは口ごもった。

ロニーは彼女を見ながら黒い目をきらめかせた。「ジェフリー・パリッシュのことなら、この夏、帰ってきてるんじゃないかと気にすることはない。今は陸軍か海軍あたりにいるよ。サレルノにいるって話だ。もちろん、ヨランダがいるかもしれないが、彼女だったら邪魔にならない。優に二マイルは離れてるし、訪ねてはこないさ」

アリスンは、ジェフリー・パリッシュの名前が出てきても、感情を見せずに受け流すすべをとうに身に着けていた。「パリッシュ家の人たちがいるかどうかなんてどうでもいいわ」と淡々と言った。「でも、ほんとにコテージは必要ないの？」

「全然。ぼくらはワシントンのガレー船につながれた奴隷さ。数日でも休暇が取れたら、すぐ会いに行くよ。あてにはできないけどね。ほんとに寂しくないかい？」

「もちろんよ。一人になりたいの。アルゴスを連れてってもいい？」

「アルゴスだって！」ロニーは驚き、振り向いて彼女のほうを見た。輝く目がつり上がった眉の下でますますきらきらとした。興奮の色を示すと悪魔のようにハンサムになる、とアリスンは冷静に観察した。でも、どうして興奮の色を？　そこまで驚くとは、私と同じくらい神経が過敏ね……。

「なんでまたアルゴスを連れていきたいんだ？」と鋭い声で問いただした。

「田舎で犬を飼うのは素敵なことよ。犬も喜ぶだろうし、私も寂しさを紛らわすことができるもの」

「ハナを連れていけばいいのに」

「来てくれたとしても、賃金を払えないわ。それに、あんな狭い場所じゃ、人間より犬にいてもらったほうがいい。犬はおかしな新聞も読まないし、次の平和条約のことで意見をぶったりしないもの」

「それなら、子犬を買えばいいじゃないか」とロニーは言い返した。「アルゴスは老犬だし、目も見えない。番犬の役目も果たせないぞ。安楽死させてやるのが慈悲ってもんだろ」

「自分が老いて目が見えなくなっても、〝安楽死〟なんてごめんだわ」とアリスンは応じた。「それに、いくら慈悲だと言っても、アルゴスを殺させるなんて考えるのもいや。フェリックス伯父さんがあんなにかわいがってたのに。あなたにはびっくりよ、ロニー。動物好きだとばかり思ってた。みんなあなたになつくのに」

「普通に接してる分には好きだが、動物に目がないというほどじゃない。死が動物にとって最悪のこととは思ってないし、人間についてもそうさ」ズボンのポケットからくしゃくしゃのたばこの箱を引っ張り出し、口に一本くわえて火をつけたが、両手を使うのが面倒とばかりに、すべて片手でやってのけた。「君がオールトンリーに行くのならなによりだ」煙の筋を吐き出した。「あそこにいれば、まったく安全だよ」

「安全?」その言葉に引っかかった。「でも……どこにいたって安全よ。そうでしょ?」

「もちろん」ロニーは慌てて応じた。いかにも慌てすぎだ。「ただ、楽しく快適に過ごせると言いたかっただけさ」

「でも、『楽しい』とも『快適』とも言わなかったじゃない」アリスンは食い下がった。

「『安全』って言ったのよ、ロニー!」

「だから?」彼は煙を見つめていた。

「アームストロング大佐が玄関ホールで私に言った言葉を聞いたのね?」

「聞こえてしまったのさ」彼はまだ目をそらしていた。

「ヘミングさんも聞いてた?」

「そうは思わない。君がアームストロングを見送ったとき、ぼくは戸口にいたけど、彼は部屋の中央にいたからね」

「じゃあ、私をオールトンリーに行かせたい理由はそれね! 私がここにいたら安全じゃないと本気で思ってるんだわ!」

　とうとう彼は目を細めて彼女のほうを見た。「フェリックス伯父さんのやってたことが、毒ガスか高性能爆弾の実験ならよかったんだが。そのほうが、戦地用暗号を弄ぶより安全だっただろうな――彼にとっても、君にとっても。ペンと紙ほど危険なおもちゃはない。どんなゆすり屋に聞いてもそう言うさ」

「でも、戦地用暗号なんて全然知らないわ！」

「そんなこと誰が信じる？　フェリックス伯父さんは、そんなものを弄ぶのに夢中になってたようだね。それも、共有の庭からフランス窓を通って入れる書斎みたいな部屋で。この区画の住人なら、誰でも庭に入れるのを忘れたのかい？　しかも、この区画には下宿屋が二軒もある。フェリックス伯父さんがやってることを知りたかったら、下宿屋に部屋を借りて、庭窓を通って書斎に入りさえすればよかった。フェリックス伯父さんは窓に鍵をかけたことがないしね」

「そんなのただのメロドラマ的想像よ！」アリスンはきっぱりと言ったが、実は心もとなかった。

「メロドラマ？」ロニーはその言葉にこだわり、心の中で反芻した。「ぼくらはメロドラマの時代に生きてるのさ。落ち着いた控えめなもの言いをするドラマの伝統を、今の人間は〝リアリズム〟だとやたら持ち上げるけど、そんなのは平和と経済的安定の時代――十九世紀の後半――に生まれたものだ。それ以外の時代はほとんど、ぼくらの時代と同様、メロドラマ的なんだ。フェリックス伯父さんが賛美してたギリシア悲劇を見ろよ。戦争、殺人、近親相姦、残虐行為と、なんでもござれさ。フェリックス伯父さんみたいな学者は、何世代ものあいだ、その内容を精神的にはなにも実感できなかったくせに、悲劇についてあれこれ考察を加えてきた。フロイトがお気に入りのコンプレックスにオイディプスにちなんだ名を付けて、彼らを死ぬほど驚かせるまでね……。現実の人生は、戦争や経済競争の時期にはなおさらだけど、君やフェリックス伯父さんみたいな人たちが考えている以上にメロドラマ的だよ。腹背両方から敵の砲火を浴びている、なんの罪もない部外者にしてみれば、とんだとばっちりさ。イタリアで戦場をさまよい続けている子どもたちみたいにね」

「ロニー、私を怖がらせようとしてるのね！」

彼はにやりとし、つり上がった眉が左右に離れ、顔が平たく広がったように見えた。

「君を怖がらせることができりゃと思うよ、アリスン。恐怖は自己保存に不可欠の健全な反応さ。君は強すぎて怖さを知らない。時おり、勇気とは無知だと思うね。ぼくの経験してきたことを君が身をもって体験したら……」

いかにも訳知り顔の父親ぶった言い方に、彼女は苛立ちを感じた。フェリックス伯父さん亡き今、ロニーは自分を〝一族〟の〝長〟と思っているみたい。一族といっても、ほかにアリスンしかいないのに。

「〝特設部署棟Ｘ４２〟とかいうオフィスにいても、ずっと危険にさらされてるんでしょうよ！」

彼女はとたんに、軽率なことを口にしてしまったと悔やんだ。ロニーの顔に苦々しげな表情が広がり、足下を見つめた。戦争は彼に最初の挫折を味わわせ、その傷は膿んだままなのだ。それまではずっと、彼もやりたいことができた。水泳が唯一のお気に入りのスポーツだった。足の障害が他人の好奇の目に触れないよう特別に作られた水泳用シューズをはけば、歩くよりも早く泳ぐことができた。彼の目覚ましい知性は、学校や大学であらゆる賞を得たし、ウォール街の仲買業で重責を担うポストに就き、その若さにしてはいい給与を得ていた。男女を問わず友人もたくさんいる。飛行機の操縦もでき、三つの外国語を流暢に話せる。健康もおおむね優れていたし、大手術を受けたこともなければ、重い病気にかかったこともない。視力も聴力もなんの問題もなかった。一緒にいると、いつも元気溌剌として、彼の足が不自由だとはほとんど気に留めない。ところが、陸軍や海軍のどこかの部署に入ろうと試みるたびに、いつも青ざめた顔に目をぎらぎらさせて身体検査から帰宅し、誰にも、フェリックス伯父にも、そのことを話そうとしなかった。二年前にオールトンリーに行ってしまい、数か月一人きりで過ごしたのも、そうやって発作的に感情を爆発させた一例だ。最後にＯＳＥに落ち着いたが、そこで彼は重要な仕事をしているという。フェリックス伯父の話では、ロニーほど優れた経済やヨーロッパ言語の知識を持つ者はなく、その仕事をうまくこなせる者はいない。ところが、ロニーは、その仕事を最初の希望が挫折したことの象徴のように感じて嫌っている。彼はいつも仲間内ではリーダーだった。彼らは今、軍事教練キャンプか海外にいるのに、自分は取り残され、日々ますます落ち着きを失い、苦々しい気持ちを増幅させている。兵士や水兵、下級士官を羨む気持ちを隠そうともしない。近頃では、自分を除け者にする厳格な規則を定めた高官たちへの憎悪を抑えきれず、そのことで彼らを批判している。その時代に優れた業績を残した歴史上の偉大な指揮官たちも、現代ならみな〝不適格〟の診断を受けるさ、と好んで口にする――カエサルは癲癇（てんかん）、ネルソンは片腕隻眼、ナポレオンは胃潰瘍病みというわけだ。だが、と彼は言い添える。彼らの誰も、ご立派な体格の真珠湾の高級将校たちみたいに居眠りしたりはしなかったぞ！

「いや、ぼくに危険はないよ」その声は不気味なほど穏やかだった。「でも、いろいろ話は聞こえてくる。ＯＳＥは情報局のいろんな部署と一緒に仕事をしてるからね」

「そうなの？」アリスンは、ロニーがどんな仕事をしているのか、はっきりと聞いたことはなかった。

「〝戦略的経済〟とは、世界市場をよく観察し、敵国がこの国や中立国から軍需品生産の原材料を手に入れないよう監視するって意味なんだ。ぼくのデスクには、中立国や占領国、敵国にもいる我々の情報員から随時報告が届く。彼らが情報を得てくるかぎり、どうやって情報を得るのか、聞いたりはしない。警察が密告者に、情報をくれるかぎり、どうやって情報を得るのか聞かないのと同じさ。彼ら情報員は常に命がけなんだ。他人の命など気にかけない者もいる。我々が自由を守れるのは彼らの冷酷さのおかげだし、責めることはできないよ。彼らを尊敬してるけど……君を彼らの仕事に巻き込みたくはない。彼らのやり方は手荒いんだ」

「いったいなんの話？」

「アームストロング大佐は、ドイツにいたことがあるかと君に尋ねたね」

「聞いてたの？」アリスンはぎょっとした。

「君らが階段で話してるとき、ぼくは戸口にいた。たっぷり聞こえたよ。胡散臭いね、アリスン。実に胡散臭いよ。フェリックス伯父さんの書斎で戦地用暗号が見つからなかったというのも、大佐がそう言ってるだけだ。君に質問したそもそもの目的だって、君がどれだけ実情を知ってるか探りを入れることだったのかも。カルロ・フレシの話は知ってるかい？」

「いえ。知らないとおかしいの？」

「とまで言わないが。新聞にもそんなに出てなかったしね。イタリア人の無線通信士で、ブラジルが参戦する前にポルトガル・ブラジル間を飛んでいたローマの航空会社に雇われていたんだ。母親はアメリカ人でね。ベネデット・クローチェ（一八六六―一九五二。イタリアの哲学者・歴史学者。ムッソリーニ政権下でファシズムを批判し続けた）を読んで、ファシズムには与(くみ)しないと決心したが、ファシストの雇い主はそのことを知らなかった。ドイツ人は、工業用ダイヤとかをブラジルから密輸するのに、その定期航空便を使っていた。フレシは、ドイツの暗号の一つを利用していた。我が方の情報員の一人が彼を説き伏せ、その暗号を提供させた。ゲシュタポがその動きに感づいてね。彼は怖気づいて、我が方の情報員に助けを求めてきた。情報員は、ブラジルからニューヨーク行きの船に乗せてやった。彼がニューヨークに着くことはなかった。船から転落して行方不明になったんだ。事故さ。航海記録によればね」

「でも、事故じゃなかったの？」

「どう思う？」

「ゲシュタポが抹殺したのかも……」

「我が方はそう言ってる。ドイツ側がなんと言ってるか分かるかい？」

アリスンは首を横に振ったが、息が切れて言葉にならなかった。

「我が国が抹殺したと言ってるのさ」

彼女はようやく言葉を見つけた。「とんでもない嘘だわ！」

「そうかな？」

「当然よ」

「ぼくには分からない。だが、疑問に思わずにいられない……。我が方の立場からすれば、フレシは多くを知りすぎた。ブラジルにいる我が方の情報員の正体も知っていた。知っていたのはそれだけじゃない――なにより、我が方の暗号もね。ゲシュタポが彼を捕まえれば、なにもかも吐かせたかも。彼はイタリアに親族もいたし、彼らを拘束することもできた。度胸のある男でもなかった。逃亡したことからも分かる」

「でも、私たちの国はそんなこと――」アリスンは怒りを込めて言いかけた。

「しないとでも？」ロニーは鋭い声で彼女の言葉を遮った。「我が方にとって彼よりも貴重な人間の命を十数人救えるとしたら？　将軍なら、戦場で一日に何度も下している決断――一人を救うか、二十人ないし百人を救うか――だよ。君は戦争がどんなものか分かっていない。我が国のほうから戦争を求めたわけじゃないが、いまはそれを遂行しなくてはならない。自分たちを守るには、敵と同じくらい汚いやり方で戦わなくちゃならないんだ」

「そんなの信じない！　私たちは彼らとは違うのよ！」

「子どもみたいなこと言うなよ。相手が君を殺そうとあらゆる手段――君の目をくり抜くとか、君の腎臓が血みどろになるまで蹴りつけるとか――を使ってくるなら、君もどんなに汚い手だろうと、やり返すのに手段は選ぶまい。君が兵士で、敵の歩哨を背後から刺し殺せば、百人の仲間がマシンガンでハチの巣にされずにすむとしたら、なんのためらいもなくそいつの背中を刺すだろう。それが前線の戦争というものさ。しかも、情報員なる連中に前線なんてものはない。彼らの戦争はあらゆる場所で起きてるんだ」

アリスンはなにも言わず、アームストロング大佐の冷酷で不穏な目を思い返した。はじめて会ったとき、いかにも違和感があったその目を。

「フェリックス伯父さんには、暗号の仕事になど関わってほしくなかったな」つり上がった眉が再び互いにせばまった。「素人が手を出すには剣呑な仕事だ……。もうひとつ、なにが引っかかるか分かるかい？　通信社はどうやって、フェリックス伯父さんが死んだことにああもすぐ気づいたのか？　デンビー先生が玄関から出るやいなや電話が鳴った。まるで連中は、なにか起きないかと玄関前で張ってたみたいじゃないか！」

ロニーがアリスンの自信を揺さぶろうと思ったのだとしたら、それは功を奏した。

「どうしたらいい？」と彼女は聞いた。

「暗号のことは忘れるんだ。アームストロング大佐のこともね。オールトンリーへ行くといい。それと――」彼は目をますます輝かせながら彼女を見つめた。「どこに行くのか、誰にも話さないことだ」

一日目

　列車が川のそばを走っていくと、アリスンは目を閉じた。目を開けると、日陰では青緑、日なたでは黄緑に見える葉が形作るトンネルを列車が走り抜けていく。堤防のほかにはなにも見えない。ブーンという列車の猛スピードの音は、列車が発する音の混ざり合い――ゴトンゴトンという車輪の音、シューシュー言う蒸気の音、ビリビリくる金属とガラスの振動――の中に消えていく。スピードを落とし、ガタガタと震えると、ギーッと音を立てて停まった。静寂。緑の木々が上にかぶさり、砂利に覆われた斜面には、ワイルドキャロットとオオアワガエリが芽を出しはじめている。森の真ん中で停まったのはなぜ？　エンジンのトラブル？　彼女は眉をひそめた。暗くなってからオールトンリーに着きたくはない。

「ファーンウッドで下車では？」車掌が隣の席にもたれかかりながら聞いてきた。

「ええ」

「急いでください」のんびりした話し方に急かす雰囲気はない。「ここですよ。二分しか停車しません」

帽子を目深にかぶって、袖なしジャケットを肩にはおり、ハンドバッグと手袋を両手につかむと通路を走り抜けた。車掌はスーツケースを持ち、ドアから放り出した。彼女は昇降段から、線路と土堤のあいだの石炭殻を敷いた通路に降りた。車が三台、屋根なしの木造プラットホームの向こうに停まっている。赤帽も駅長もいない。ほかに下車する乗客もいない。プラットホームの先では、男が一人、手荷物車から荷箱をいくつか投げ降ろしていた。汽笛が鳴った。エンジンが繰り返し咳みたいな音を立て、その間隔が次第に短くなっていく。彼女は叫んだ。「手荷物車に犬がいるの！」

車掌が線路のほうを指さした。手荷物係の男が、革紐の付いた、黒く毛深いものを下に降ろしている。男は、革紐を荷箱に結わえつけると、再び車両に飛び乗った。汽笛が再び鳴った。アリスンは走り出した。咳が唸り声に高まりながら、列車はガタガタと遠ざかり、その風が彼女のスカートを引き寄せた。アルゴスは、その音から逃げるように飛びはねた。うまい具合に革紐が犬をつなぎとめている。最後の車両が線路上を遠ざかりながら次第に姿が小さくなっていき、カーヴを曲がると、しっぽがひょいと動くみたいに横に揺れて急に姿が消えた。

再び静寂が支配した。勾配の険しい、木に覆われた丘に囲まれた場所。タクシーもいなければ、公衆電話もない。数秒で列車——文明の快適さを伴った小さな動く都市——からなにもない原野にはじき出されてしまった。その森がいかに静かなところか忘れていたのだ。

荷箱の上に座って休みながら、アルゴスを落ち着かせようとした。木の葉の衝立（ついたて）の奥から、低速で走る車の低い音が聞こえてきた。プラットホームの向こうに見えるでこぼこ道は、森の中を曲がりくねりながら丘の上に続いている。タクシーかと期待して立ち上がったが、滑らかな流線型のトラックが低木の枝の下から鼻先を現し、プラットホームのそばに停まった。〝ヴァレシ・アンド・サンズ食料品店〟と、グレーのエナメル地に黒い文字で書いてある。スラックスにセーター、帽子をかぶった背の高い男が運転席から降りてきて、荷箱のほうに歩いてきた。

「タクシーはどこで拾えるか、ご存じ？」

男は立ち止まった。日に焼けたいかめしい顔、鉤鼻（かぎばな）、高い頬骨、くぼんだ頬をした男。目は帽子のまびさしの陰。目の輝きは垣間見えたが、目の色や表情までは分からない。薄い唇が、言葉を出すのに筋肉を動かすのが面倒とばかりにぎこちなく動いた。「一台もないよ」

アリスンは男をよく観察した。彼女を知っている様子はない。前に会った憶えはないけれど……。確かにどこかで聞いた声だ。声は憶えているのに、なぜ名前も顔も憶えていないのだろう？　もちろん、ファーンウッドのことで忘れていることもいろいろある。列車が停まる駅も分からなかった。

ふと思いついた。「ここはファーンウッド駅？」

「そうさ」またもや唇はしゃべるのが苦痛とばかりにだるそうに動いた。

「オールトンリーに行くの。リトル・クローヴから四マイルのコテージよ。ファーンウッドからは十マイル。バスは出てないの？」

「一日に一本さ。今日はもう出ちまったな」

アリスンは長く伸びつつある影に目を留めた。「暗くなる前に着きたいの。タクシーの停車場まで乗せていってくれない？　通常のタクシー料金を払うから」

男の顔は、銅皿のように無表情なまま。「リトル・クローヴまで乗せていくよ。そこが行き先なんでね。五ドルだ」

「そう、とても助かるわ」ほっとしたあまり、ファーンウッドのタクシー料金は、その距離なら二ドルのはずだと言いそびれてしまった。

「あんたのか？」

彼女は頷（うなず）いた。男はスーツケースを持ち、トラックの荷台に載せた。荷箱をその横に置くと、男は運転席に乗り込んだ。彼女は助手席に乗り、アルゴスを膝に乗せた。車がバックし、向きを変えたとき、彼女はちらりと男の横顔を盗み見た。昔のペニー銅貨に刻印されていたインディアンが現世に現れたみたいだ。これほど特徴のある顔はまず忘れまい。会ったことはないとますます確信した。だが、声に聞き覚えがあるのも確かだ——いつ、どこで……。謎が想像をかき立てる。

「伯父を知ってる？　マルホランド氏。オールトンリーに住んでたの」

「いや」

エンジンが抗うように大きな音を立てながら、トラックは急激にスピードを上げた。

「いとこも二年前にいたの。知らない？」

まびさし付きの帽子が否定するように揺れた。トラックは丘の頂をガタガタと越え、平坦な砕石舗装道路に入るとスピードを上げた。ファーンウッドの村に来ると、小さな店や派手な広告が垣間見えた。そのあとは再び森に囲まれた。

「変ね」とアリスンは言った。「ファーンウッドをまるで憶えてない。三年前、オールトンリーにいたのに」

「その頃なら、鉄道はリトル・クローヴまで走ってた。たぶん、あんたはそこで降りたのさ」

記憶がどっとよみがえってきた。「駅名もそれよ！」

「リトル・クローヴの駅はまだある。だが、列車は走ってない」

「どうして路線がなくなったの？」

「採算が合わねえのさ。みんな車を使う。それで会社も線路をふさいじまった。ところが、今じゃガソリンも配給制だ。車も使えねえし、列車もないときてる。土地は死んじまったよ。ホテルも閉まり、コテージも無人さ」

それが男のしゃべった一番長いセリフで、聞けば聞くほど、早口で耳ざわりな声には確かに聞き覚えがある。「私がいた三年前、オールトンリーに食料品を配達してた？」

答えないのではと思った。隠れた目は前の道路をまっすぐ見つめている。ようやく唇が動いた。「いや。三年前は、この山ん中にゃ住んじゃいなかった」

詳しくは言わなかった。男の寡黙さを受け入れるしかない。〝既視感（デジャ・ヴュ）〟について読んだことがある。見知らぬ場所を以前にもどこかで見たと思う不合理な感覚のこと。〝既聴感（デジャ・アンタンデュ）〟——聴いたこともない音をどこかで聴いたと思う、似た幻覚もあるのか？

森を抜けると、開けたでこぼこの草地を滑るように走っていく。前方の山脈は、空にそびえる砦（とりで）の連なりみたいに、行く手に立ちふさがるように見える。角を曲がり、不動の岩壁に挟まれた裂け目に入っていった。トラックは、山腹に刻まれた岩棚をのぼっていく。左手は、高さ数百フィートにそそり立つ岩。右手は、道から外れれば、シダの覆う峡谷へとまっしぐら。男はギヤをローに入れ、ジグザグのカーヴをぐねぐねと曲がったが、次のカーヴは常に前のカーヴより急だった。

「この道って、事故が多くない？」アリスンは思い切って尋ねた。

「しょっちゅうさ」相変わらず男は詳しく言わない。

もう一つ角を曲がると、地面が平たくなった。山頂に着いたのだ。下の谷には、白い家々が散在しているが、谷は上辺まで影が覆っている。晴れ渡った青空も、西のほうは、下方にくだるにつれ、目立たないものの、淡い黄緑へと色が少しずつ薄くなっていく。谷の向こうの山脈は金色の光に溢れていた。昼下がりの斜めに射す日差しは、日陰に入った山腹と対照的に、木々を一本一本際立たせている。この距離からだと、大きな緑の壁に浅いレリーフで彫られた木々の装飾帯（フリーズ）のようだ。

「リトル・クローヴね！」とアリスンは声を上げた。「ちっとも変わってない！」

「ここからどこへ？」と運転手は聞いた。

「車を拾えるところまで連れてってくれれば……」

「行き先まで連れてくよ」男はまたもや顔を向けないまま言った。「どっちだ？」

「村を通り抜けて、あの山をのぼる道に行くの。停めてもらうときはそう言うわ」

トラックが谷間の日陰に入っていくと、アリスンは急に寒気を感じた。下り坂は急峻で、運転手は再びギヤをローに入れた。峡谷を上がっていく道は、雑な造りの木製ガードレールがめぐらされていた。急カーヴを曲がるとき、後輪がガードレールをかすめた。アリスンは下を見下ろした。はるか下に、水が細い糸のようにギザギザの礫石のあいだを流れていくのが見える。

「まっさかさまね」と彼女はつぶやいた。

「たいしたことはない」男の声は淡々としていた。「五百フィートさ」

彼女はすばやく男のほうを見た。口元には笑みのかけらもない。あと二、三インチで、後輪は脱輪していた。この男には想像力がまったく欠けているのか？　それとも、山育ちの男には、五百フィート転落するのも日常茶飯事だとでも？　ニューヨークの住人が信号を無視して五番街を横断するのと同じことなのか？

その小川は道と直角に交差して村を流れていた。速度を上げて木造の橋を渡ると、車輪の下で橋が揺れた。二十フィートほど下を、濁（にご）った水が岩だらけの川床の上を泡立ちながら流れている。

アリスンはまたもや会話を試みた。「古い橋ね」

「それに、もろい橋だ」男は応える値打ちがあるのかなと言わんばかりに言葉を切ると、そっけなく言い添えた。「橋脚が三本しかない。だから急いで渡ったのさ」

男の顔にユーモアの色がないか、もう一度見たが、やはりない。山というのは、常にその住人に山ならではの動じない性格をもたらすのか？

すぐ近くの白い家並みはみすぼらしいが、どれも広大な庭の中に建ち、庭の斜面を降りれば川に行け、それぞれ小さな桟橋があって、カヌーか小舟がつないである。これを使えばリトル・クローヴの〝商業区〟――ドラッグストア、食料雑貨店、ガソリンスタンド、新聞雑誌売店、酒場、郵便局——にすばやく行ける。森の中心に位置する長さ数フィートのレキシントン・アヴェニューだ。道路の分岐点に来ると、黄色いマスタード色に塗られた低い幅広の建物が目に入った。ぼろぼろのポスターには〝超アメリカ人連盟〟と謳(うた)われていた。

「以前ここに来たとき、映画館はなかったけど」と彼女は言った。

「映画じゃねえよ」トラックはすでに村を抜けて山を上がっていた。「元の鉄道の駅だ。変わり者どものクラブの会合に駅を使わせてるのさ」

「〝超アメリカ人連盟〟ってクラブがあるの？」

「あったのさ——今はない。真珠湾攻撃のあとは会合を開いてない」

「へえ、そういうタイプの変わり者たちなの？」

男は頷いた。「〝宇宙的正義〟——だかなんだかをいつも話してる連中さ」

アリスンはうしろを振り返った。梢(こずえ)のあいだから、今あがってきた山のすそ野に寄せ集まった村の家々の屋根が見える。黄色い屋根が一つ、化膿(かのう)した吹き出物みたいに目立つ。〝宇宙的正義〟——アリスンには、突拍子もなく、思い込みが強い、神秘好きな物の見方に聞こえた。こういう物の見方をする連中は、ベーコンがシェークスピアの作品を書いたとか、英国人はイスラエルの失われた部族だとか、あらゆる宇宙の謎の答えはエジプトのピラミッドに隠されているなどと長年主張してきた。そんなのがいまや政治の世界にも。この手の〝連盟〟が一九四〇年と四一年に、あらゆる大都市に支部を広げていたのを思い出したが、よもや、こんな政治上の病気がリトル・クローヴのような遠い山間の村にも広がってきたとは……。

トラックがカーヴを曲がると、村は視野から消えた。道は水平のまま、山に囲まれた畑地のなかを半マイルほど続いた。ぽつんと建つ家の前に来ると、彼女は声を上げた。

「停めて！　ちょっと待っててちょうだい。ここで鍵をもらわなきゃ」

木戸の向こうに小道があり、網戸付きのポーチに続いていた。暗い網戸の奥でなにかが動く。アリスンが木戸に着いたとたん、網戸が開いた。女が小道をやってくる。花柄の木綿のドレスを着た、恰幅のいい、落ち着きのある女だ。彼女は運転手に頷き、「こんにちは、マット」と言うと、アリスンに微笑みかけた。「こんにちは、ミス・トレイシー！　また会えて嬉しいですわ！」

「こんにちは、レインズさん。お元気でした？」

「ええ。主人が鍵を持ってきますわ。今朝、ロニーさんから電報をいただきました。伯父様が亡くなられたことをお悔やみ申し上げます。伯父様の犬？　まあ、この犬、どう見ても十四歳にはなってるわね！　ロニーさんは今年こちらに来られますの？」

「来ないと思うわ。ワシントンで戦時の仕事をしてるの」

「ロニーさんが二年前ここに来られて、大変懇意にさせていただきましたよ」急に言葉の奔流が止まった。なにやら好奇心に満ちた小さな目をトラックに向けると、再びアリスンのほうを見た。「乗れる車がなかったんですか？」

「ええ」

「分かってたら、主人と一緒に駅まで迎えに行きましたのに。今年はタクシーもありませんから」滑らかな眉をことさらにひそめた。「お一人で山の中に滞在なさるおつもりですか？」

「ええ。アルゴスはいるけど」アリスンは、犬の長い耳を優しく撫でた。「彼が家のご主人様よ」

「寂しくないですか？」

「大丈夫。いとこも一人で滞在してたでしょ」

「ええ――まあ。でも、車をお持ちだったし――男の方となると事情も違いますから……」

「伯父は、長年あのコテージに一人暮らしだった女性からそこを買ったんじゃない？」

「ミス・ダレルですか？　ええ。でも、彼女はあなたより年上だったし、それに――」

「それに、なんなの？」

網戸が再び開いた。

「主人だわ」とレインズ夫人は言った。

ずんぐりした中年の男が小道をゆっくりと歩いてきた。目は愛想がよさそうだが、アリスンには笑顔を見せない。笑顔もしかめ面も、この無感動で鈍重な気質の男には、いずれも余計なもののようだ。

「ミス・トレイシーかね？　さあ、コテージの鍵だよ」と、彼女の掌に載せた。「今夜必要なものはみんなコテージに置いてある。家は家内が掃除して、カーテンも付けたし、ベッドも整えておいた。東側のポーチに燃料の石油缶を置いといたし、アイスボックスには基本食料品を入れといたよ――一日くらいはもつ。電話はつないでない。必要かどうかよく分からなかったのでね」

「あら、別に要らないわ」アリスンは経費のことを考えていた。「ご親切にいろいろとお手配くださって。恩に着ますわ。氷はどうしたら？」

「週に二度持っていくよ」

「ゴミは？」

「自分で燃やしてもらう。焼却炉があるよ」

「あなた！」レインズ夫人が口をはさんだ。「知ってる？　ミス・トレイシーは車がないのよ。それに、コテージでは一人暮らしなの」

「ほう？」都市住民の奇癖程度のことでは、レインズ氏のどっしりした貫禄を揺るがすことはできない。

「若い女性には……ちょっと……寂しいんじゃないかと……」レインズ夫人の声は心もとなげに尻すぼみになった。

「さあ、どうかな」レインズ氏が応じた。「ミス・ダレルはあそこで何年も一人暮らしだった」

「でも、ミス・ダレルはお年寄りだったし、最後は……」

夫が不意に鋭い目で睨(にら)んだため、レインズ夫人は口をつぐんだ。アリスンは、実際目にしなかったら、彼にそんな素早い動きができるとは思わなかっただろう。

「ミス・ダレルがなんなの？」と彼女は問いただした。

夫人は長年の家事であかぎれした硬そうな指で小さな木戸の柵をトントンと叩いた。

「その……彼女には女中がいたわ……最後の年まで……」

アリスンは、レインズ夫人が言おうとしたのはそんな話ではないという気がした。

「女中がいなくても大丈夫よ」ときっぱりと言った。

レインズ氏は彼女を見たが、目は日差しのせいで半ば閉じていた。「やっぱり電話が要ると思ったら、言ってくれ。そこのマットが伝言を伝えてくれる。食料品は彼が配達するんだろ？」

アリスンは振り返ってマットのほうを見たが、彼はその会話のあいだ、一言も口をきかなかった。「山の上まで運んでくださる？」

「いいとも。一マイルほどのことなら。どのみち、レインズさんのお宅に来るのとそう変わらない。次の行き先は？」とエンジンをかけた。

「まっすぐ行ってちょうだい」アリスンは後部座席に乗りながら言った。「曲がるときはそう言うわ」

トラックは次々とカーヴを曲がり、さらに二マイル、くねくねと山の中をのぼっていった。道は両側とも木々に囲まれていた。

「ここで曲がって！」とアリスンは声を上げた。

砕石舗装された道を出て、森の中を走るでこぼこ道に入った。太く、節のある木の幹が続々と円柱のようにそそり立ち、生い茂った葉の屋根を支え、下生えが木の根を隠している。

「ここを左！」

さらに狭い小道に入ると、ほとんど細道と言ってよく、垂直に近いと感じるほど急峻な道だった。山腹を見ていると、アリスンは壁を這い登る蠅のような気分になった。下に引きずり降ろそうとする重力の力すら感じる。マットの足はブレーキの上を離れなかった。低い枝がトラックのルーフを引っ掻き、フロントガラスを叩く。

「ここよ！」

ブレーキがキーッと音を立てた。山腹を削って造り、石を敷いた段が曲線を描きながらコテージに続いている。ほぼ垂直の山腹に漂着したようなコテージで、アララト山の停泊地に漂着した箱舟のように、たまたまそこにへばりついているように見える。おもちゃの箱舟に似てなくもない——方形の建物で、山型の屋根は下に向かって傾斜し、ポーチの上を覆っている。三方にあるポーチは、水上に浮かぶ甲板のように、地面より高い位置に。苔灰色、モスグリーン、土褐色に色付けされた屋根のこけら板は、周囲を囲む、すぐそばまで密生する木々の色と混ざり合い、森に侵入した人工物というより、森の不可分の一部のよう。二年放置されたノウゼンカズラが、緑の滝のように正面のポーチの上に垂れている。野草と伸び放題の雑草が、芝生と花壇を跡形もなく打ち消していた。森は、本来自分のものを取り戻そうとしている。アリスンはそのとき、侵入者は自分のほうじゃないかと感じた。昼下がりの日差しの中、葉はそよともせず、魔法にかかったような静寂を破る鳥の鳴き声もない。

「鳴く鳥は絶えてなし」彼女は息をひそめて囁（ささや）いた（ジョン・キーツの詩「つれなき美女」より）。

「鳥が鳴くのは朝だ」散文的なたちのマットはそう応じた。彼は納得しかねるように場所を見まわした。「この道は前も来たことがあるが」とはじめて自発的にしゃべった。

「よもやこんなところに家があるとは。私道は周囲に木が生い茂ってるから、本道からこの家は見えない。どうもこいつは……寂しそうなところだな……」

「あら、寂しくなんかないわ！」アリスンは、百回もそう言っているように感じた。アルゴスの革紐を引っ張り、ポーチの階段を一緒に駆け上がった。革靴が木製の床にカタカタと大きく虚ろな音を立てると、静寂も怯えて引っこむような気がした。大きな鍵は錆びついていたが、錠は抗うようなきしり音を立てて回った。大きな二段式ドアはどちらの扉もバタンと大きく開いた。日差しが温かく、松の香りがする外に比べると、屋内の空気は冷たく希薄で、むっとした。

「ドアは開けっぱなしにしてちょうだい。バッグはどこに置いてもらってもいいわ」

マットは無頓着に言われたとおりにし、スーツケースを正面ポーチのドアのそばにどさっと置いた。「明日、配達に来る」と言った。「ほしいものは？」

「ちょっと待って。台所になにがあるか見てくるわ」

彼女は大きな居間を横切り、スウィングドアをくぐり抜けた。台所の窓からは、家のすぐ後ろに生い茂る山腹の草しか見えない。裏口の鍵を開けて、大きく開け放った。草地が、空に向けて並んで伸びる樹木のところまで広がっているのが戸口から見えた。

パントリーをざっと確かめると、レインズ夫人が置いてくれたのは必要最小限の基本食料品だけなのに気づいた。アリスンは居間に戻り、帽子と上着を脱いだ。「要る物がたくさんあるわ。腰肉のラムチョップを二つ、アスパラガスを一束、トマトスープひと缶、クリームを一パイント、レタスひと玉、桃を二ポンド、犬用のビスケット。それと、ジャム――もしあれば、黒スグリのジャムを。それから、グレープフルーツを二つ。そんなところかな」

注文してしまってから、もっと控えめな品選びをしてもよかったかとも思った。フェリックス伯父さんと贅沢な食卓をともにした日々に慣れてしまっていた。次回はもっと質素なものを……そう、嫌いだけど、蕪（かぶ）とかを注文しよう、と自分に言い聞かせた。

「購買通帳を渡すわ」彼女はハンドバッグを取り出した。「運賃はいくら？」

「リトル・クローヴよりは遠いが、五ドルでいい」

小さなハンドバッグに入っていたのはコイン数個だけ。かばんのファスナー付きポケットを開けた。ロニーがデンビーから貰ってくれた三百ドルの残りが入っている。リトル・クローヴには銀行がなく、高額紙幣は崩せないと知っていたので、十ドル紙幣で貰ったのだ。

「十ドルでお釣りある？」

マットは答えなかった。彼女は目を上げた。彼女のほうは見ていない。見ていたのは、彼女が手にした分厚い紙幣の束。二十八枚の十ドル紙幣は厚い札束だ。紙幣がみな十ドルだと知らなければ、大金に見えるかも。ゴクンとつばを飲み込み、喉仏が上に動くと、彼は舌先で唇をなめた。

「村で両替できるでしょ」とアリスンは言った。「釣り銭は明日でいいわ。一ドルはチップよ」紙幣を二枚、彼の手に押し込み、残りはかばんに戻すと、ファスナーを閉めた。

「すまない」彼は紙幣をつぶさに見ると、金で買えるものより、金そのものに愛着のある男らしく、愛撫するような手つきで紙幣を折りたたんだ。目は今もまびさしの陰だったが、その奥できらりと輝くのが見えた。彼女は思った。（私を金のなる木と思ったみたいね！　チップ一ドルはやりすぎだったかな……）

「ミス・ダレルってご存じ？」とアリスンは聞いた。

「知らない。おれが来る前の話だ。だが、噂は聞いた」

「どんな噂？」

陰に隠れた目の奥でなにかが揺らいだようだ。濁った池を覗いて——そこに生き物がいるとは、それまで思ってもみなかったのに——いきなり鱒の影が見えて驚いたように。

「なに」ともごもごと言った「たいした噂じゃない……」

「ミス・ダレルって、亡くなったの？」

「いや」またもや目の奥でなにかが揺らめいた。「死んじゃいない。いずれ会えるさ」

彼は足を揺すった。

アリスンは、長身でしなやかな男の体が前かがみに階段を降りていくのをポーチで見送った。あのもの言いはいかにも変だ。死んじゃいない。まるで死んだほうが彼女のためだったみたい……。

トラックはほぼ垂直に切り立った山腹に車体を傾けながら、急傾斜の私道を進み、雑草の葉の下を這う、大きな光沢のある甲虫みたいに、低い枝の下にもぐりこんでいった。私道の下端でいったん停車してマットがギヤをシフトすると、車は曲がって、木々に隠れて見えない本道へと姿を消した。しばらく車の進む音が静かな山の大気を貫いて聞こえたが、それも次第に遠くに消えていき、彼女は真夏の日が射す、風もない静けさの中に一人とり残された。

深々と息を吸った。隠者の勝手気ままな楽しみがついに自分のものに。気を遣ったり遠慮したりというばかげたこともなく、一番いい寝室を使い、皿に一番大きな桃を載せていい。社会人になると、協力だの競争だのと、いかがわしい特権を求めてあくせくし、動物らしい罪のない自己欲求を抑えてしまうなんて、実に愚かしい！　エデンが楽園だったのは孤立ゆえであり、俗世を地獄にしたのは、知識や労働のせいではなく、社会の存在ゆえだ。イヴがエデンの園の最初の住人だったなら、伴侶を望むなどという、アダムの愚かな過ちは決して犯さなかっただろう。

アリスンは、居間に戻ると、アルゴスに優しく目を向けた。「とうとう私たちだけね！」

犬は、まるで三千年前にオデュッセウスの声を聞いた同名の犬のように、尻尾を振って耳を垂らした。

「やっぱりあなたをさらってきちゃったなんて、ロニーが知ったらなんて言うかな！」

アルゴスはよたよたと彼女のほうに来た。椅子、足載せ台、テーブルが行く手に待ち構えていたが、犬はどれもよけて通った。彼女は犬の滑らかな顎の下を撫でながら、濁った目を覗き込んだ。

「目が見えないのに、記憶だけでどうやって行き方が分かるの？」

アルゴスは尻尾で床を優しくはたきながら座った。

「それとも、少しは見えるわけ？」

ハンドバッグからマッチを取り出して火をつけ、炎を犬の目の前数インチにかざした。犬はマッチのほうに首を伸ばし、鼻孔を広げた。硫黄の燃える匂いを嗅ぎ、温かさを感じはしても、瞳孔やまぶたにはなんの反応もない。まったく見えないのだ。

彼女は火を吹き消し、マッチの燃えさしを灰皿に捨てた。「さあ、夕食の準備をしましょう」

アルゴスはお尻をもじもじさせ、尻尾をさらに激しく振ったが、まるで、「夕食」という言葉が強烈な味覚の悦びと結びついていることを学習しているみたいだ。

さいわい、石油コンロには天火がないものだから、焼いたり炙ったりしてみようという無謀な試みをする気にならない。ジャガイモを茹でているあいだに、コテージの中を見てまわりながら、ドアと窓をすべて開けた。寝室四つ、浴室二つ、廊下、台所が、家の北側から西側にかけてL字型に並ぶ。Lの内側部分を大きな居間が占め、南向きと東向きに窓がある。二階には屋根裏の寝室が二つと物置。外には、ポーチの階段の下にドアがあり、そこから入る正面ポーチの下の収納庫には薪や庭道具が置いてある。彼女は家の南西の角にある寝室——居間の南側に接する一階の部屋はここだけ——を選び、そこでわずかな持ち物の荷解きをした。

日差しと新鮮な空気が屋内に流れ込むと、アリスンは野外生活のような気分がしはじめた。ドアと窓をすべて開け放つと、コテージはまるで壁のない家みたいだし、屋根はただのテントか、こんもり茂った木々の梢が折り重なっているだけのよう。普通の家と違い、屋内と屋外の境界を感じさせない。落ち葉が開いた窓から床に舞い落ち、昆虫が、木々のまわりを飛んだり這ったりするみたいに、自由に家を出入りする。彼女はまたも や、コテージが森の不可分の一部であり、巣に潜むもの言わぬ野生動物たちと同じ境遇のような妙な気分になった。

夕食は居間でとるつもりだったが、台所から出ると、正面の戸口に目を惹かれた。額縁に収まる外の景色はまるで風景画のようだ——金色から銅色に変わっていく空を背景に、見渡すかぎりの巨大で不動の山脈のうねり。玄関のドアを開けば、無限の世界が——ニューヨークでは絵空事でも、ここではごく当たり前。

食事の盆はポーチのテーブルに運んだ。西側の空は、姿なき画家が、淡い青と黄色の水彩画に、まだ湿っているうちにバラ色の顔料をひとしずく落としたよう。ぱっと赤らむみたいに新たな色が全体に浸透し、青が淡紫、薄紫、濃紫へと変わっていく。鈍重そうな山々も、一瞬、魔法がかかったようだ。イミトス山と〝紫冠の都〟アテネの記憶がよみがえる。ソクラテスが毒人参（にんじん）の杯を仰いだのは、イミトス山に射す光がちょうど薄紫に変わる日没時だったと、フェリックス伯父がよく言っていた。

バラ色は不意に消え、山は暮れゆく空を背景に、黒く平坦に見えてきた。薄明かりの中では、私道沿いの木々も、夢に出てくる森のように、グレーで実体のない存在に見える。この標高では、暖かさのイリュージョンは日没とともにすべて消えてしまう。アリスンは居間に戻り、レインズ夫人が暖炉に入れてくれた樺（かば）の木の薪にマッチで火をつけた。アルゴスは、暖炉前の敷物に乗り、火の暖かさを味わった。

台所はすでに暗かった。石油ランプに火をつけ、洗い物をしてから、ランプを持って居間に入った。松材の羽目板張りの壁には、暖炉の炎のダンスが影になって揺らめき、部屋を音のない動きで満たした。玄関の戸口は、穴の如く星をちりばめた濃青色の空を背景に、傾斜した黒い山の肩を絵に描いて入れた額のようだ。暖炉の火に冷えた手をかざして暖をとりながら、マントルピースの棚を見まわした。

棚は荒っぽく鑿（のみ）で彫られた石板で、フェリックス伯父が旅行中に買ってきた有象無象（うぞうむぞう）が散在していた。今日もなお、深夜になると兵士の叫び声や武具のぶつかり合う音が聞こえると旅行者が言う、マラトンの戦場の古墳から出土した陶器の破片。ほっそりした腰から上の胸をあらわにし、襞飾り付きのスカートをはき、ほっそりした腕に生きた蛇を巻き付けた、若き女祭司たちを描いたミノス文明の壺。

フェリックス伯父によれば、ギリシア人の魅力は、彼らが洗練された知性と素朴な迷信を融合させたことにある。野蛮さというものが取り除かれたのは、最も文明が進んだ時代になってほんの数世代のことにすぎないことを忘れるな、とよく言っていたものだ。プラトンの時代をずっと降ったあとでも、過去に退行したアルカディアでは、ゼウス・リュカイオスを崇拝して人肉嗜好の祭儀が行われていた。世界で最も偉大な詩や建築を触発したこれらの神々が、退化した角や蹄を持っていることも、ギリシア思想がトーテミズム的な動物崇拝から抜け出したのがごく最近にすぎないことを示している。ギリシアの彫刻家が完全に人間的な存在として描写した神々さえも、それぞれ動物のあだ名を持ち、トーテミズム的な起源をもつことを示している——ポセイドンは馬、ゼウスは狼、ディオニュソスは雄牛という具合に……。

そして、マントルピースの一番端に載っていたのは、半人半獣の初期の神々の一人。

アリスンは、その小さな像を興味深げに眺めた。高さ一フィート足らずの、ミルク色をしたパロス島の大理石を彫ったもの。鉄分を含まないため、歳月を経ても黄ばまない。ほっそりした少年の像で、全裸だが、なぜかみだらな雰囲気はない。腿と脚の優美なラインに続いて、山羊か雄羊か雄牛みたいな毛むくじゃらのふくらはぎと二つに割れた蹄が目に入ってぎょっとする。顔は生気に満ち、抜け目なさそうで、笑みも浮かべていない。小さな角の先端が両のこめかみの巻き毛まで届いている。

彼女は、時を経て蠟（ろう）のように滑らかに艶（つや）の出た表面にそっと触れ、「若そうだけど」と囁きかけた。「ほんとはすごく年寄りね。その蹄は雄牛？　それとも山羊？　酒と恍惚、劇と再生の神、ディオニュソスなの？　それとも、森と山、畜牛と音楽の神、牧神（パン）なのかな？」

暖炉の樺の薪が音を立ててはじけ、赤い火花が散り、敷物にも火の粉が飛んだ。アルゴスが頭を上げた。炎が燃え上がると、影がちらりと神像の顔をよぎり、一瞬、笑っているように見えた。

暖炉の両側に本棚があり、テーブルにも本が載っている。フェリックス伯父は、いつもスーツケースに衣類よりも本をたくさん詰めて旅行に出た。目の前の棚をざっと見ると、みなギリシア語の本。夏のあいだじゅう、ギリシアの学者の著作しか読むものがないまま缶詰めにされるの？　自分の本くらい持ってくればよかった！　アテネやカンディアのホテルで、お湯やきれいなタオルをくれと頼めるぐらいの現代ギリシア語は知っていたが、昔知っていたわずかな古典ギリシア語はとうに忘れてしまった。テーブルから、英語の本だと分かった最初の本を手に取った。現代のクレタ島のガイドブック。ランプと暖炉のあいだにある肘掛椅子に座ると、本は自然に百三ページが開いた。そのページを何度も開いてきたみたいに。ページの第二段落の横に、鉛筆書きで縦線が引っぱってある。

「いくら昼日中は田舎暮らしを楽しんでも、暗くなると気持ちが滅入る人が多い。火力の弱い石油ランプが煙を燻らせ、フクロウがホーホーと鳴き、蝙蝠があちこち飛び交い、周囲を静寂が支配すると、電気や都市の快活さに憧れるものだ……」

彼女は本から目を上げた。

石油ランプは燻ってはいない。蝙蝠の気配もないし、フクロウの声も聞こえないけど……ここは夜になると異様に静かだ。比較的静かな郊外でも時おりは音がするもの——歩行者の足音、通りかかる車の音、隣家のラジオの音、子どもたちの遊ぶ声という具合に。だが、ここではまったく音がしないため、かすかな音でも聞こえると、静寂が故意に破られたと感じ、そのうちなにか起きるぞとわけもなく思ってしまう。

もう一度本に目を落とした。この箇所に線を引いたのは誰？　どうして？

フェリックス伯父じゃない。伯父には、本はきれいなままでという、なにやらばかげた珍重精神があった。段落に線を引いたり、ページを破いたり、余白に書き込みをするのは破壊行為だったのだ。標題紙を繰ってみた。この本は一九〇六年の刊行。標題紙をめくると、あそび紙が目に入った。茶色く色褪せたインクで、〝ソフィア・ダレル、一九〇七年六月〟と、きめ細かい丁寧な字で書いてある。

アリスンは、線を引いた段落をもう一度見た。鉛筆の線は古くかすれている。ミス・ダレルがこのコテージに住んでいたのは十二年以上も前だ……。

アリスンは再び目を上げた。夜の闇はコテージを取り巻き、ランプの灯の魔法円によってしか阻止できない悪霊のように、あらゆるドアや窓に押し迫っている。彼女は立ち上がり、ドアのところに行った。星をちりばめた空の下、森は奥深い闇の中に潜んでしまい、存在を感じさせないどころか、かえって強く感じさせる――単に見えなくなったのではなく、いつ行動に移るか分からない、虎視眈々と油断を怠らぬ別の存在になったようだ。森の闇の奥から何者かが見つめている奇妙な幻覚が襲ってくる。明るい場所から闇を覗いてもなにも見えないが、闇の中から明るい場所を見る者は彼女の姿がはっきり見える。戸口からだと、暖炉とランプが放つ明かりが、輝く光のようにはっきり見えるのと同じだ。日差しを屋内に入れようと開けたドアと窓も、日が沈んだ今は、自分を丸見えで無防備にしてしまったように感じられ、外を覗いても、ドアと窓の向こうになにがあるかも見えない。

彼女は玄関の二段式ドアを二つともしっかりと閉め、旧式の閂を掛けると、東側のドアに行き、同じく閂を掛けた。台所に入り、裏口も閉めて鍵をかけた。寝室にも行き、北側と西側の窓の掛け金を降ろした。あとは、居間の南側と東側の窓、その続き部屋の南側の窓と西側のドアが残るだけ。そこは換気のために開けておく。寝室の西側のドアは、内側に留め金のついた網戸で保護されている。ドアの外は、柵で囲われた、就寝用にも使えるポーチで、地面から六フィートの高さ。外から上がれる階段や入り口はない。

居間に戻ると、眠気を誘う退屈な本をテーブルに探した。アーチボルド・ウィリアムスン著『森林地の物語――ニュージーランドの製材業に携わった二十年』、オークランド、一九〇九年刊。アスピリン錠のように眠気を催すタイトル。そういう目的のために出版された本なのかも。ほかに出版した理由を考えるのも難しい。読みながら、文学的流行の変化に苦笑した。今日なら、この本はきっと、『樵(きこり)の半生』とか、『マオリ族との暮らし』といった書名になっていたはずだし、プロのゴーストライターがまことしやかな仕上げを施したことだろう。ところが、一九〇九年には、ウィリアムスン氏も、我流の不器用な書き方でとりとめもなく書き連ね、自分の偏見を並べ立て、くどくどとエピソードの羅列で解説することが許されたわけだ。まぶたが重くなるにつれ、活字がかすれはじめた……すると、突然はっと目が覚めた。

鉛筆で縦に軽く線を引いた段落にまたもや出くわしたのだ。

「〈トラベラーズ・クラブ〉で一番人好きのする会員の一人は、ヘンリー・フェロウズだ。仲間はみなハリーと呼ぶ。長年、マラヤのゴム農園で仕事をしてきた。一緒に材木キャンプ場をまわろうとハリーをよく誘ったが、いつも断られた。広大なニュージーランドの森林の押し殺したような静寂のせいで、閉所恐怖症にも似た、不合理な恐怖感が彼を圧倒したのだ。同じ恐怖を抱く材木偵察隊の仲間が多くなかったら、自分もそんなばかげたことは気にしなかっただろう。私が材木商をしていたとき、偵察隊員に一度に四日以上、林の中に残ってくれとは言えなかった。彼らの仕事は、原生林に一人で入り、あとから来る樵が木を伐採できるよう道標を設け、木に目印を付けること。各偵察隊員が一週間から十日も偵察を続けてくれれば、生産コストは大幅に削減できたはずだ。だが、賃金アップを提示しても彼らは拒んだ。皆逞しく、野外活動を好み、健康で意思も強靭な連中だったが、神経の繊細な芸術家みたいな逃げ口上を口にしたものだ。『静寂に耐えられない』とか、『三日もすると、幻聴が聞こえはじめる』と。これを小ばかにしても、彼らを恥じ入らせ、怯懦から奮い立たせることはできなかった。子どもが暗闇を恐れるのと同じくらい馬鹿げたことなのだが、どの材木会社もこんなことのために、もっと生産的なことに使えるはずの相当な金額を無駄にしていた……」

アリスンは本を閉じた。ニュージーランドの原生林が持つ原始的な静寂が、いま自分の周囲を取り巻いている森より静かであるはずがない。「静寂に耐えられない……。幻聴が聞こえはじめる」。健康で意思が強靭な男たちは、静寂の中でなにが聞こえたというのか？　それと、孤独な森林地では、聞こえざるものが聞こえるという、この奇妙な箇所に線を引いたのは誰なのか？　あそび紙をもう一度見る。「ソフィア・ダレル」という、薄くか細い字で書かれた署名が再び目に入った。

暖炉の火は、炭化した薪の下で燻る赤い残り火の塊になっていた。残り火を火搔き棒で潰して灰にし、薪をうしろに押しやって、火よけ衝立を置いた。ろうそくを灯して、石油ランプの火を小さくし、先端部にふっと息を吹きかけて小さな青い焰を消す。居間の窓を施錠し、火を灯したろうそくを持って寝室に行った。アルゴスは、ベッドの端に飛び乗り、眠りに就くため気持ちよく寝そべった。

暖炉の火も焚いてなかったこの部屋は寒そうだ。習慣の力で南側の窓のカーテンを引き、素早く着替え、ろうそくを消してベッドにもぐりこんだ。

眠気が潮の満ち干のようにゆっくりと意識に忍び込み、ぬるめの風呂につかるようにくつろぎを感じる。

眠っている状態でも、不良環境の中で進化の道程を勝ち抜いてきた種から生まれた身体は、決して完全に意識を失うことはない。思考力が鈍っても、脈や体温、呼吸を調節し、夢を支配する、思考より古い意識の領域には影響しない。目を閉じても、意識は正確にバランスの取れた鼓膜と精密な回路を持つ耳の中に歩哨を立てる。耳は常に覚醒し、振動を把握できる範囲なら音に敏感だ。鼓膜の震えがどれほどかすかでも――そして、アリスンははっと目を覚まし、体はすでに身を守るために動きはじめていた。五感を働かせ、行動を起こそうと、あらゆる筋肉が緊張し、あらゆる神経が身構えていた。肺は激しく大気から酸素を吸い込み、心臓は酸素の加わった血液を急速に送り込み、内分泌腺は駆け巡る血流に、肉体が自分を刺激するために分泌する貴重な強心剤を注ぎ込む。意識は、参謀将校が自分の了解なしに戦場でなされた緊急行動を再吟味するように、徹底した厳しさでそのあとを引き継いだ。

なにがきっかけで目覚めたのか？　暗闇を見つめ、静寂に耳をすませる。音が再び聞こえた。カサコソと乾いた音――男が新聞紙を丸めたり、女がタフタのペチコートを着て素早く歩くときのような音だ。それとも――彼女はほっと安堵のため息を吐いた――気まぐれなそよ風が積もった落ち葉を揺り動かす音かも。

（言っただろう）と〝意識〟は告げる。（私にまず相談せずに、またなにかしてはいけない）

緊張した感覚が緩んだが、競走馬がゴールポストを過ぎても走り続けるのと同様に、心臓はまだ勢い余って激しく鼓動している。眠気はすでに吹き飛んでいた。テーブルのマッチを探り当て、ろうそくに再び火をつけた。

ジェイン・オースティンの小説に出てくるヒロインの寝室もこんな感じだったはずだ、と彼女は思った――縦溝彫りのある細い円柱が付いた小さな四柱式ベッド、アカンサスの葉の装飾がてっぺんに彫り込まれた高脚付たんす、バラの蕾の模様がちりばめられた、クリーム色のインド更紗製カーテンとベッドカバー、大理石張りの洗面台に載った緑と白の陶製の鉢と水差し――ろうそくの火の柔らかな輝きと、そのビロードのような影が全体の色合いを和らげている。

ベッドの端をちらりと見た。黒いインクの水たまりのように、アルゴスはすやすやと眠っている。眠っていても、彼女より鋭敏な耳は、足音と風でそよぐ枯れ葉の音の違いが分かるはず。

西側のポーチの戸口には網戸しかないが、部屋は風通しが悪く、空気がこもっている。この家の中を覗ける家などほかにないのに、南側の窓にカーテンを引くなんて、ほんとに馬鹿だ！　足をスリッパに突っ込み、黄緑色の部屋着に袖を通し、部屋を横切って窓に行くと、カーテンを開けて、新鮮な空気を思い切り吸った。

月は眠っている山脈のはるか頭上にのぼっている。片方の頰を膨らませたような凸形の不均衡な月。階段のそばの灌木も雑草も、青白く見える石に、くっきりと黒い、形そのままの影を投げかけている。階段の下方にある車庫のグレーのこけら板葺きの屋根は、ほとんど白に見える。その向こうには、影が木々の下の私道を色濃く覆っている。その下に続く本道は見えない。月光は、階段や私道をずっと取り巻く森の奥までは射し込まない。明かりも影もなく、ただ、明確な色の濃淡もない真っ暗な夜が存在しているだけ。生き物の気配もなく、ものの動く音もしない。静けさのあまり、音がすると思い込んだだけか……ニュージーランドの材木偵察隊のように。

再び聞こえた——素早い、乾いたカサコソという音が。思い込みじゃない。鋭くはっきりした音だし、今はすっかり目も覚めている。

これほど静かな夜なのに、風が物をざわめかせるのは変だ。月明かりが階段に投げかける雑草や藪（やぶ）の影の模様は、どれも墨と筆で書いた字のように不動。目から入る情報が頭の中でいろんな連想をゆっくりと呼び起こす。風はそよともしない。

玄関前の空地を照らす月明かりも届かない、暗い森の中を、何者かが落ち葉を踏みながら歩いているのだ。

生々しい孤独感がどっと襲ってくる。走って行ける家も叫んで聞こえる家もない。電話もないし、コテージには盲目の老犬がいるだけ。ほかの人間とのあいだには何マイルもの森林が横たわっている。声が枯れるまで叫ぼうと誰にも聞こえない。一人きりだし、無防備だ。文明の守り手は社会にのみある。社会から身を引いた隠遁者は、自分で自分を守るしかない。悪しき者が近づいてきても、阻止する手立てはない。冷たく生命のない月の視線は、人類がはじめて地球に現れて以来、三百万年に及ぶ流血とテロルを見つめてきたように、淡々とこっちを見下ろしている。

忘れていたニュース記事の断片が、映画のモンタージュのように頭をよぎった。（一人暮らしの女性が……絞殺死体で発見……財布は中身を抜き取られ……警察のコメントによれば、孤立したコテージで女性が一人暮らしというのはとんでもない誤り……）

しかし、彼女が一人ここにいることは、ロニーとレインズ夫妻しか知らないのに……。ロケットの噴射みたいに、不意に閃くように思い出す。今日の午後、マットにお金を払ったとき、帽子のまびさしの陰で目をきらりとさせ、ハンドバッグから出した厚い札束を貪欲そうに見つめていたのを。彼女がそこにいるのも、一人きりなのも知っている。

戻ってきたのだとしたら……。

想像力が暴れ馬のように駆け巡ったが、きっぱりと轡を抑えつけた。家の西側でそよ風が吹いたのかもしれないじゃない？

寝室に戻った。網戸付きの戸口と西側のポーチのあいだの空気の通り道に燭台がある。ろうそくの炎はまっすぐ立ち、揺らめきもしない。南側の窓の外、月明かりが階段に映す雑草の影と同じように。西側も東側も風はないが、カサコソという音は家の南西側でしたはず。そうでなければ、この部屋で聞こえるはずがない。

森に住む動物――シマリス、ヤマアラシか、ヤマネコじゃないの？　山脈の奥には熊もいる。冬に一度、熊が食物を求めて村まで出てきたことがある。コテージの周囲をうろついているのが人間ではなく、熊だと考えるほうがずっと安心とは、人間本性に対する皮肉な見方だ。

アルゴスは口を開け、ものものしくあくびをし、波形をしたピンク色の上顎に小さな黒い点が二つあるのが見えた——妙な色素沈着で、見えるたびに面白いと思う。

「たいした番犬ね！」彼女は囁き声で言った。「一度でも吠えてくれたら、役に立ちそうなものなのに」

犬は彼女の声に反応して、しっぽでベッドカバーをはたいた。伸びをし、小さな吐息を吐き、前足に鼻先を載せると、再び眠りに就いた。

彼女は部屋を横切り、網戸に行った。家が遮って、こっち側のポーチは月明かりが射さないが、自分の持つろうそくの炎が床に青白く映えている。柵越しに、前面に並ぶ木の幹がかすかに識別できる。その奥の森はまるで白人がはじめてインディアンを駆逐したときのような原生林で、完全な暗闇。この網戸は横のポーチへの唯一の入り口だが、元気な男なら森から柵を乗り越えてくるだろう。閉めておいても、ドアは、上のパネルがガラス窓二つだから、脆弱な防壁でしかない。現代の家屋は、不法侵入をすれば厳罰を課せられることで守られている。フランス窓やガラス戸、脆弱な錠前や鍵は、包囲攻撃に耐えられるように作られてはいない。

ベッド横のテーブルに戻り、腕時計を見た。まだ二時二十分。夜が白むまで、暗闇はまだ四時間は続く。

　眠ろうなどという考えはすっかり吹き飛んでしまった。石油ランプをつけて、もう一冊読む本を見つけたほうがいい。マッチ・ホルダーは部屋着のポケットにある。指を突っ込んで探すと、なにか違うものに触れた――紙だ。紙には文字が記されていた。ろうそくの炎に近づけて読もうとしたが、読めない。発音不能な文字の羅列。RLYU……。

　アームストロング大佐の声が再び聞こえた気がした。（暗号の秘密を握る者には、なにが起きるか分からない）

　またもや聞こえる――あの乾いたカサコソという音が。

　今度はもっとはっきり聞こえる――方向すらはっきり分かるほど。音がするのは西側。何者かが横のポーチの向こう、森の中で下生えと枯れ葉を踏んで歩いているのだ。その動きにこそこそした様子はない。誰であれ、自分の存在を隠そうとはしていない。恐れてもいない。つまり、彼女が家に一人と知っているのだ。近づいてくる。だから音が次第にはっきり聞こえるのだ。目を凝らしても、暗闇に形も動きも見えないし、耳をすませても、足音は聞こえない。彼女に見えないところで、人か動物が落ち葉の上を素早く大胆に歩き、葉の茂る枝につかまり、時おり、小枝がパチッと折れる音や、シュッ……シュッ……と衣擦れ（きぬず）の音を絶え間なく立てるのが聞こえる。どんなまともな用向きがあって、夜のこの時間、こんな原生林に人が来たりするのか？

　突然、音は止んだ。遠ざかっていったのではない。音が一番大きくなったときに止んだのだ。何者であろうと、それは家の南西の角で立ち止まり、彼女が耳と目をそばだてているように、彼女の動きに耳と目をそばだてている。こんな行動は、動物ではなく人間では？

　彼女は我が身に言い聞かせようとした。これは自分に起きてることじゃない。こんなことが自分に起きたりはしない。ほんの数ドルや秘密の戦地用暗号のために殺される者――ベタ記事の種になる、向こう見ずな愚か者たち――もいるが、それは彼らが無用なリスクを冒したり、いかがわしい連中と親しくなったりするからだ。だが、そんなことは自分に起きるはずがない。自分は無用なリスクは冒していないし、いかがわしい連中とも関わりがない。誰も傷つけたことはない。神様が自分にそんなことをするはずがない。人生をとても愛しているのに。

　森のほうから、誰かが足の重心を移して小枝を踏んだらしい、鋭くパチッと鳴る音が聞こえた。小ばかにしたような笑い声が思考に割り込んでくる。自分だけは人生に不可避の苦難を逃れられるとでも？　〝いかがわしい〟連中を見分けられるのか？　見かけだけで？　そんな連中と関わりがないとはっきり言えるのか？　無用なリスクを冒さなかったとでも？　一人きりで孤立したコテージに住みながら？　赤の他人に分厚い札束を見せびらかしておいて？　別の他人には、新しい戦地用暗号でメッセージが書かれた紙を見たと話したではないか？　自分の命がカルロ・フレシの命より大切だと思ってもらえる根拠でも？　ベタ記事の種になる者がおまえ以上に自分の命を粗末にしていたと？　多くの人々に悲惨な死を許容した神が、おまえだけは守ってくれるとでも？　誰もが傷つき血を流しながら茨（いばら）の道を歩んできたのに、おまえが歩む道だけは茨を取り払ってくれる守護天使がいると思うほどおめでたいのか？　ほら、まさにそうしたことが起きているのだ——おまえがどう思おうと……。

横の入り口のドアを閉め、鍵を差し込んで回した。鍵は抜くべきか？　鍵穴に残しておけば、精巧なプライヤーを使えば、外側から回せる。抜いても、鍵穴にワイヤを入れてこじ開けることもできる。錠をこじ開けるほうが時間を要するだろう。鍵は抜いた。南側の窓を閉め、掛け金を降ろした。それから石油ランプをつけ、居間に持って入ると、灯したろうそくを寝室に残し、連絡ドアを開けたままにした。アルゴスはベッドからどさっと降りると、彼女のあとをよたよたとついてきて、アンクル・リーマスのター・ベビー（ジョエル・チャンドラー・ハリスが編纂した民話「アンクル・リーマス」に登場するタールの塊で出来た人形）のように黒く丸く柔らかそうに見えた。人間以上に豊かな生活を送り、甘やかされてきたペット犬だけに、番犬や猟犬といった犬の原始的な機能を果たすにはまるで不向き。アルゴスなら、浮浪者にも尻尾を振るし、ネズミの音でも怖がって逃げてしまう。

テーブルにランプを置き、居間の窓をすべて閉め、掛け金を降ろした。これで家のドアと窓は全部掛け金を降ろすか鍵をかけた。カサコソという音が外でしても、もう聞こえないが、コテージに入ろうとする者がいれば、押し入る際に物音を立てずにはいまい。前兆は十分つかめる。物音が聞こえたらどうする？　火掻き棒を手にして戦うのか？　それとも、外に逃げて森に隠れる？　逃げるのはみっともないけど、惹かれるものもある。閉所恐怖症めいた衝動もあり、簡単に追い詰められてしまう小さなコテージで待機するより、そのほうがいいとも思えるのだ。

手と足は氷のように冷たかった。暖炉の火をもう一度起こす。それから、暗号文をポケットから取り出した。不規則な文字列を仔細に見て、フェリックス伯父の死後、プルタルコスの著作から落ちたのと同じ暗号文だと確信した。ハナに言った自分の言葉をはっきりと思い出した。（ゴミよ。屑籠に捨てて）その暗号文がどうしてまた部屋着のポケットに？　アームストロングが暗号文を探していたときも、そんなところを探そうとは思いもよらなかった。

フェリックス伯父はいつこの暗号文を書いたのか？　死の数時間前、ベッドでプルタルコスを机代わりにし、万年筆で書いたのか？　なぜ暗号――ほかの人間には読めない自分だけの暗号で書いたのか？　一見無意味な文字の羅列にどんな秘密が封印されているのか？

これこそ、今の自分が必要としているものだ――意識をすべて集中させる純粋な推論の問題——自家中毒的な想像力に効く解毒剤。暗号法についてもっと知ってさえいれば……。だが、フェリックス伯父のコテージには暗号解析の教本も何冊かあったはず。

彼女は再びテーブルと本棚を探した。背伸びをして、暗号解析の本が詰まった本棚の一番上の棚に手を伸ばした。どの本にも、表紙の内側にフェリックス伯父の蔵書票が貼ってある。手当たり次第に四冊取った——ランジ、ジヴェルジュ、ゲインズ、プラット（アンドレ・ランジ〔仏〕、マルセル・ジヴェルジュ〔仏〕、ヘレン・フーシェ・ゲインズ〔米〕、マーレイ・フレッチャー・プラット〔米〕。いずれも著名な暗号解析者）。ジヴェルジュから読みはじめた——外国語の難しさも加わり、きっと頭がいっぱいになる。

だが、いかに一生懸命集中しようと努めても、意識の水面下では、疑惑と恐怖がふつふつとたぎるのをまだ感じた。歯をぎゅっと噛みしめ、一文一文、一ページ一ページをじっくり読み進める。たぎるような感情も、高ぶる程度に徐々に収まり、脈は落ち着き、手と足は温かくなってきた。フェリックス伯父の暗号文を教本に出てくる暗号文の例と比べてみた。自分の不慣れな目では、どれもみな似たようなものに見えるが、そんなはずはない。だって、どの著者の意見でも、挙げてある例は容易に解読できるそうだけど、アームストロング大佐の意見では、フェリックス伯父の暗号は解読できなかったというし……。

暗号文はアームストロング大佐に郵送すべきだろうか？　それとも、ロニーの忠告を受け入れ、暗号のことなど忘れてしまうほうが賢明か？　アームストロング大佐にもう一度会いたいとは思わない。暗号文がどうして自分のポケットに入っていたのか分からないと書いたら、疑いを抱かれるかも。

暖炉に揺らめく炎をちらりと見た。炎は心を惑わす事柄をすぐにきれいに忘れさせてくれる……。

ショックが襲い、すぐさま立ち上がった。今度はかすかなカサコソという音ではなく、大きく大胆な足音が正面の階段を上がってきて、正面のポーチの木製の床に硬い踵が虚ろな音を響かせるのが聞こえた。ゆっくりと慎重な、聞き慣れない足どりが次第に近づき、玄関のすぐ前で停まった。

彼女の心臓は硬い氷の塊に凝結し、胸を傷つけ、血の巡りを妨げてしまうような気がした。これは本当に起きていること。思い込みじゃない。現実だ。逃れることはできない。さあ、どうする？　この事態を切り抜けられるのか？　椅子の背にもたれ、ノックがあるのか、ガラスがガシャンと割られるのか、じっと待った。

どちらもない。ようやくぎこちなく頭を向けた。刺繍を施した小さなリネンのカーテンが、上下二段式ドアの上のほうの扉にはまるガラス窓を覆い、その奥はなにも見えない。外にいる者が誰だろうと、家の中は覗けないし、彼女も外を見ることができない。だが、彼女には音が聞こえる。次になにが聞こえるか、耳をすませた――どんな音だろうと――かすかな囁き声でも……。

なにも起きない。神経の一本一本が、切れる寸前まで伸ばした輪ゴムのようにピンと張りつめていた。冷や汗が額ににじむ。不快感が頭にまで達し、めまいを感じた。腕時計を見る——午前三時。アルゴスのほうを見た。今度は頭を上げ、耳を立てている。同じ建物の上階に住む住人に向かって、「頼むから、もう片方の靴も早く脱ぎ落としてくれ！」と叫んだ神経症患者の話を思い出した（「（隣室で）もう片方の靴が落ちる音を待つ」は、起こるべきことを不安な気持ちで待つことを意味する表現）。彼女は叫びたかった。「お願いだから、そのドアを壊して！」と。

やはりなにも起きない。

沈黙が監獄の壁のように彼女を取り囲んでいた。その沈黙の中で、自分の思考が叫び声くらい大きく反響するように感じた。ようやく張りつめた神経がぷつんと切れた。さっと立ち上がると、膝に載っていた本がどさっと床にすべり落ちる。玄関に向かって走った。どんな危険でも不確実さよりはまし。わけの分からない恐怖ほど恐ろしいものはない。震える冷たい手で閂を探った。そこに死神がいてもかまうものかとばかり、ドアを大きく開け放った。

しかし、それは死神ではなかった。もっと不吉なもの。ポーチも階段も、そして小道も、月明かりに照らされて青白い——そして、空虚。そこには誰もいなかった。

二日目

温かさが愛撫するように彼女の頬に触れる。鳥が鳴いている。目を開けた。シャンペンがはじけたように、日差しがベッドの上にキラキラときらめいている。疲れ果ててベッドにもぐりこんだのは、まだ空も暗く、もっと黒っぽい地面が鉛色めいたグレーに変わろうとする夜明け前。喜びに溢れ、陽光きらめく朝を迎えた今、心底恥ずかしい気がする。夜の暗さと孤独感の中、あらゆる影に怯え、思いがけない音がするたびにはっとなったありさまを知っているのは、ありがたいことにアルゴスだけ。道端のなんでもない紙きれに馬が驚いて後ろ足立ちになったり、子どもが暗闇を恐れたりするのと同じ。怯えてしまったのは暗闇のせいに違いない。空の色が鈍いグレーに白み、影の塊がごく普通の木々と藪に戻ったとたん、なんのわだかまりもなく寝てしまったのだから。カサコソいう音？　夜行性の動物が食べ物の匂いに惹かれてコテージに寄ってきたのよ。ポーチに足音？　ごく自然な音がたまたま歪んで伝わり、想像力をかき立てたのね。キッツキだったのかも。でも、人間のはずがない。コテージに入ろうとした者などいないもの。なんの目的があって、ポーチから玄関まで来ながら、足音が聞こえないようにそっと忍び足で戻ったりする？

彼女はいずれ訪れる二日目の夜のことをきっぱりと頭から払いのけた。思い込みの恐怖のせいで夏の計画を駄目にするなんてできない。医者が勧めた十時間の睡眠はとれなかったけれど、すでに山の大気になじみつつある。今朝目覚めてからは一度も咳は出ないし、ここ数か月なかったほど気分がいい。新鮮な空気、健康的な手作り料理、平穏さと陽光こそは、自分が求め、必要としていたもの。金の面ではすでに背水の陣——列車の料金、暖かい服等々と物入りで、わずかな資本金にも穴が開いてしまった。秋にニューヨークで職探しをする活動資金に多少は残しておかないと。もう後戻りはできない。ここでなにがあろうと、もう引っ越す余裕はない。でも、なにもあるはずがない。常軌を逸した自分の思い込みを自制すればいいこと……。

山中にしては妙に暖かい日だ。冷たいシャワーを浴び、シャツとショートパンツを着て、サンダルを履くと、正面のポーチで朝食をとった。コーヒーを飲み終えて、はじめてラジオも朝刊もないことに気づいた。ペンとインク、便箋を取りに居間に行った。ポーチに戻ると、ロニー宛てに手紙を書いた。それから、陸軍省気付でアームストロング大佐宛てに封筒の宛名書きをし、その封筒を暗号文にクリップ止めした。添え状をどう書くかが難しい。

拝啓　アームストロング大佐殿

新しい暗号で書かれたと思しき伯父の最後のメッセージが思いもよらず出てきました。同封の上……

アームストロング大佐は信じてくれるだろうか？　それとも、暗号文は私がずっと持っていたと思われる？　自分でもよく分からないのに、いきなり出てきたことをどう説明するの？　彼女は別の便箋に最初から書き直しはじめた。

拝啓　アームストロング大佐殿

お話しした暗号文ですが、驚いたことに、部屋着のポケットから出てきまして

……

どんなに好意的な人でも、こんな絵空事めいた話を信じたりする？　それに、アームストロング大佐は、およそ好意的とはいえない！　真実と真実らしさはいつも相容れないものだが、次に大佐と顔をあわせたとき、前より不快な思いをしたくなかったら、な

んとか自分の話を真実らしいものにしなくては。

拝啓　アームストロング大佐殿……

ふう、なんて言えばいい？

たばこに火をつけ、日差しをたっぷり浴びられるよう、階段から雑草の伸びた芝生に降りる。ふと好奇心から家の南西側に足を向けた。昨夜、カサコソという音の聞こえた場所。足跡を探しても無駄。枯れ葉が森一面を覆い、踏むとパチパチと音を立てる。自分の歩く音は、昨夜聞いたのとまったく同じ音。なにか動物よ、と百回は自分に言い聞かせた。でも、森の動物は静かに動くんじゃないの？　キツネやヤマアラシの体重で、枯れ葉がこれほど大きな音を立てる？　人間よりはるかに軽いはずなのに。

立ち止まって、家のほうを振り返った。森からだと、横のポーチも寝室へのドアもはっきり見える。昨夜ここまで歩いてきた者がいるのなら、明るい戸口に立っていた彼女の姿ははっきり見えたはず。

なにか冷たいものが素足の踵（かかと）に触れ、どきっとして振り返った。なんだ、アルゴスか。目の見えない気の毒な犬は、音と匂いを頼りにあとを追ってきたのだ。だが、犬の肉球のある脚は、枯れ葉を踏んでもなんの音も立てなかった……。

彼女がそのまま進むと、アルゴスは踵をくんくんと嗅ぎながらついてきた。山腹まで来ていた。松の木立に入ると、下生えはもうない――つるつるした茶色い針葉の落ち葉が足下に広がっている。下り坂を行くと暗く水を湛えた池があり、その反対岸はまた上り坂で、池の上高くに突き出た大きな平たい岩がある。松の針葉が消え、池の縁までは湿った粘土のような柔らかい泥。足跡が四つ、二対ある。対の足跡はともによく似ていて、つるつるした泥で滑ったみたいに少しぼやけている。彼女はじっと見つめた。犬や狐、ヤマアラシにしては大きすぎる。人間の足跡にしては丸くて角がない。大きな雄羊か山羊――山奥の森に出没する野生の鹿の蹄かも。だが、ポーチの木製の床に響いた足音は、確かに人間……。

木々の幹のあいだから、家の背後に丘のうねりが見え、青空を背景に緑色に映えている。池を迂回して山腹を登った。地面は再び枯れ葉に埋もれ、もう足跡はなかった。ここなら誰でも足跡を残さずに行ける。

下生えがどんどん濃く生い茂り、コテージからますます遠ざかると、彼女は不意に右に折れ、森を抜けて急傾斜の草地に来た。昨夜、台所の窓から見た草地だ。樹木の並ぶ頂に来ると、藪が視野を遮っている。茨にむき出しの脚を引っ掻かれるのもかまわず、藪をかき分けて進み、丘の頂上に来ると、驚いて立ち止まった。

地面はそこから再び下り坂となり、その先のもう一つの山腹からまた上り坂となる。

三年前、そのくぼ地に木々が生い茂っていたが、今はすべて伐採されている。そこに、真っ白に塗られ、緑の鎧戸のある小さな新築のコテージが建っていた。煙が煙突から立ち上り、物干し綱には洗濯物が干してある。大声で笑いそうになった。原生林の中で一人ぼっちと思っていたのに――ひと山越えてすぐのところに、ずっと隣人がいたわけだ！　これでみな説明がつく。誰かはともかく、この隣人が昨夜森の中を歩いていたのだ――犬を散歩に連れ出したか、月でも見るために。たぶん池のそばの奇妙な形の足跡も、ぼやけた足跡と考えれば説明がつく。

思い切りほっとしたせいで、それまでの恐怖がいかに強かったか、アリスンはあらためて実感した。腑に落ちてしまうと、自分が取り乱さんばかりに動揺していたことも素直に理解できる。

しばらく立ちつくしたまま、家を見つめていた。通用路も私道もない。明らかにこちら側は家の背面で、正面玄関は山の上り坂へ続く反対側の本道に面しているのだ。生け垣が小さな菜園を囲み、そこに洗濯物が干してある。家の西側に芝生と花壇が見える。二階の開いた窓に白いカーテンが風で膨らんでいた。煙のたなびく煙突、ピンクのコスモスが咲く、くっきり長方形の花壇という家庭的な光景には、とりわけほっとさせるものがある。こんなこまごましたものは、ごくありきたりでしかないのだが、今ほどありがたいと感じることはない。自分のコテージからほんの半マイルのところに、これほど居心地よさそうな家庭の雰囲気の隣人がいるのなら、今夜は恐れることもない——なにがあろうと。

踵(きびす)を返し、軽やかな気持ちで山を下り、途中でうしろを振り返った。木々と藪が再び覆い、小さな白い家も、専門家が迷彩を施したように視野から完全に消えた。ここからだと、森が山の頂上まで広がり、人など住んでいないように見える。

自分の家の南西側の角を曲がると、アルゴスが足下を跳ねまわり、唸(うな)りはじめた。彼女は目を上げた。カーキ色の服を着た将校がテーブルを見下ろしながら正面のポーチに立っている。自分だけと思っていたので、暗号文はアームストロング大佐への書きかけの手紙と一緒にそこに置いたままだ。彼女は階段に向かって駆け出した。

カーキ色の服の男は足音に気づいて頭を上げた。男が日陰から日差しの下に出てくると、灰のように鈍い色の髪が黄金の灰色に変わった。

「やあ、アルゴス、ぼくを忘れたかい？」

犬は唸るのをやめ、なんとなく聞き覚えのある声を確かめようと、人間みたいに頭を一方に傾(かし)げた。

アリスンは立ち止まり、日焼けした顔の生真面目なブルーの目を見つめ返した。

「ジェフリー！」

「やあ、アリスン！」男は臆面(おくめん)もなくにやりと笑った。「このヴィジュネル暗号文が目にとまったものだから、つい仔細に見てしまってね。いつから暗号法に興味を持つようになったんだ？　それと、アームストロング大佐って誰だい？　テーブルじゅう、『拝啓　アームストロング大佐殿』ではじまる書きかけの手紙だらけじゃないか。そんなに親しい相手なのか？」

「そんなんじゃないの」階段を上がりながら、こんな色褪せた格子縞のショートパンツとシャツじゃなくて、新しいリネンのドレスを着ておけばよかったと思った。「ここに住んでるって、どうして分かったの？」

「分かってたわけじゃない」ジェフリーはポーチの柵の上に座った。「ニューヨークを通過するとき、君の家も訪ねたけど、不在だって言われてね。手紙を書こうと思ってた。そしたら昨夜、ここに明かりが見えたから、朝になって調べに来たわけさ」

「じゃあ、昨夜、森の中にいたのはあなたね！　どれほど怖い思いをしたと思ってるの！　ポーチまで来たのなら、なんでノックしないのよ！」

　彼は青い目でやや不思議そうに彼女を見つめた。「昨夜は森に来てないよ。もちろんポーチにも来てない」

　彼女は思わず相手の足下に目を向けた。軍靴を履いていてもそんなに細長い足では、池で見つけたのと同じような足跡はつけられない。

「でも、たった今、ここの明かりが見えたって――」

「ぼくの家の三階の窓なら、この家の明かりは必ず見える。木々の狭間を通してね。強い風で枝が激しく揺れると、星がまたたくみたいに明かりがチラチラ明滅して見えるんだ。知らなかった？」

「まさか、ここの明かりがそんな遠くまで見えるなんて」日差しは暖かさと輝きを少し失ったように感じられた。「誰かいる音が聞こえたの。もしかしてヨランダ？　一緒に住んでるんでしょ？」

「うん。でも、昨夜は外に出てないよ。ガートルードもね。ニューヨークから連れてきた料理人だ。彼女は夜の森が怖いのさ。ほかに同居者はいない。いったいなにを聞いたって？」

「カサコソいう音と、シュッシュッていう音――誰かが家の南西側の落ち葉を踏みながら、生い茂った藪の中を歩いてる感じだった」

「動物さ」ジェフリーは軽く受け流した。

「でも、ポーチに人の足音がしたの。あれは動物の足音じゃない。大きくて、硬くて、ゆっくりとした音――革靴みたいに。柔らかくも素早くもなく、動物の足みたいにパタパタする音でもない。玄関に出てみたけど――誰もいなかった」

「それなら、勘違いだったのさ」

そう理詰めに言われ、アリスンも苛立ちを感じた。「勘違いじゃない！　はっきり聞こえたのよ。今あなたの声を聞いてるみたいに！　誰かがコテージの明かりを見て、空き家のはずなのにと思って探りに来たんじゃないかと思って。丘の頂の向こうにある新しいコテージの住人を知ってる？」

「小さな谷にある家？　台所の窓側の向こうの？　フィリモア夫人とかいう人さ。二年前、引っ越してきた」

「ロニーがここにいたときね！　でも、新しい隣人がいるなんて言ってなかったのに。どんな人？」

「会ったことはないけど、ロニーの気に入る人ではなさそうだな──爪に火を灯すように一人暮らししてる年配の女性だ。夜一人で森を出歩くような人じゃない」

「それなら──誰か別の人よ」アリスンは間違いなく足音を聞いたと頑なに信じていた。

「山の住人はほかに誰が？」

「そうだな。レインズ家の人たちがほんの二マイルほど先に住んでる。レインズはこの辺の土地の所有者だから、時おり自分の所有地を見回りに来るけど、夜には来ないだろう。それと、食料品の配達人──マットなんとか──グリッグズかな。レインズの農場近くの掘立小屋に住んでる。レインズからの借家さ。でも、一日じゅう、食料配達のトラックを運転したあとで、夜、森に出かけるとは思えない。ほかの家はどれも無人だ。だから、君の勘違いだよ」

「浮浪者は?」アリスンはやむなく聞いた。浮浪者を怖がる一人暮らしの女性をからかいたがる人は常にいるものだ。

「こんなところまで来ないよ。鉄道からも遠すぎるし、夜は寒い上に、上り坂も多いのに、得るものはない。こんな山中の農場に住む神経の図太い主婦たちが、お恵みなどくれたりするかい」

「でも、ジェフリー、誰かいたのよ。足音を聞いたの——ほんとよ」

彼は疑わしげに笑った。「怯えてたから、足音が聞こえたように思ったのさ。徘徊者がいたら、ロニーが出てってて、ひっ捕まえてたよ」

「ロニーはワシントンよ」

「じゃあ、ここに一人住まいなのか?」

アリスンは頷(うなず)いた。

「ハナとか、女中も?」

「いないわ。そんなにおかしい? ミス・ダレルだって、ここで一人暮らしだった。フィリモア夫人だって一人暮らしでしょ」

「夫人の家は本道に面している」ジェフリーははじめて事態を深刻に考えはじめた。「またなにか聞こえたら、ぼくに電話してくれ。十分でここに来るから」

アリスンは、十分のあいだにいろんなことが起こると思わずにいられなかった。小さな声で言った。「電話はつないでないの」

「どうして？」金に困ったことのないジェフリーには分からなかった。「足を骨折するとか、なにかあったらどうする？　すぐつなげたほうがいい」

「そうね」アリスンは、チュニックに着けた彼のイタリア戦線でのグリーン・リボンに目をやった。そのことを聞こうとも思ったが、やめにした。将校はその手のことを口にしたがらないという話をどこかで読んだことがある。

彼は、朝食のパン屑の上を飛びまわるスズメバチを目で追っていた。「伯父さんのことはお気の毒だったね」と簡潔に言った。「すべては移ろいゆく、だな。老け込んだ気持ちになるよ」

気まずく話が途切れた。（すべては移ろいゆく……）自分への気持ちも変わってしまったと言いたいの？　二年半も離れて違う暮らしを送るうちに、二人のあいだにはっきり隔たりができてしまった。彼も今は赤の他人。生真面目な青い目の奥でなにを考えているのか分からない。彼の前だといつも感じた心のときめきも今は感じない。赤の他人は愛せない……。

彼女はその隔たりに橋を架けようと試みた。「不在で悪かったわ。電話してくれたのに」

「どうってことない」橋は隔たりの中に落ちてしまった。「短期の休暇をもらっただけさ」

そういうことか。

「あっちでどんなことがあったのか、聞きたいわ――話してもよければだけど」ようやく思い切って言った。

「たいしたことはなにも。非常食にはもう飽き飽きだ。新鮮な牛乳が飲めるなら、十ドルでも払ったろうな」

彼女は（帰ってくるつもりなの？）と聞きたかったが、なぜか聞けなかった。沈黙を破ろうと必死で言葉を探した。「通信部隊を選んでよかった？」

「まあね。ぼくのやってたのはお決まりの仕事だったけど。この手のね」暗号文を指先で軽く叩いた。

「これはお決まりの仕事とは言えないわ」とアリスンは言った。「フェリックス伯父さんが死ぬ前に書いたものよ。解読できた人はまだいないの」

「そんなばかな」ジェフリーは言い返した。「これは間違いなくヴィジュネル暗号だ。ヴィジュネル暗号ならみな解読できるさ」

アリスンは苛立ちを見せた。「じゃあ、解読してみせてよ！」

ジェフリーはポーチのテーブルに座り、ペンとインクを手に、彼女のモノグラム入りの便箋をメモ帳代わりに好きなだけ使って作業した。アリスンは階段のてっぺんに座り、日差しを全身に浴びながらじっと見ていた。二十分ほどして、彼はペンを下に置いた。

「こいつはどうも妙だな。これはほんとに暗号文か？　ただのでたらめな文字の羅列じゃないのか？」

「言っちゃいけないことかもしれないけど——フェリックス伯父さんは死の直前まで軍のために新しい暗号の仕事をしてたの。これがそうらしいのよ。解読不可能な暗号だっていうの」

「解読不可能な暗号などないさ！」ジェフリーは言った。「機械で作成したものなら別だが」

「機械作成じゃないわ。解読できないの？」

「もっと時間をかければできるだろうな」眉をひそめた。「なにか仕掛けがある。ごく普通のヴィジュネル暗号の特徴だらけなんだが。ただ、通常のヴィジュネル暗号の解析法では解読できない」

「ヴィジュネル暗号って？」

「多表換字法だ」

「ちょっと待ってよ！　多表換字法って？」

ジェフリーはもう一度ペンを手にし、素早く紙に書きつけると、テーブル越しにその紙を寄こした。彼女は手を伸ばし、腰を上げずにそれを手に取った。アルファベットの

	A	B	C	D	E	F	G	H	I	J	K	L	M	N	O	P	Q	R	S	T	U	V	W	X	Y	Z
A	a	b	c	d	e	f	g	h	i	j	k	l	m	n	o	p	q	r	s	t	u	v	w	x	y	z
B	b	c	d	e	f	g	h	i	j	k	l	m	n	o	p	q	r	s	t	u	v	w	x	y	z	a
C	c	d	e	f	g	h	i	j	k	l	m	n	o	p	q	r	s	t	u	v	w	x	y	z	a	b
D	d	e	f	g	h	i	j	k	l	m	n	o	p	q	r	s	t	u	v	w	x	y	z	a	b	c
E	e	f	g	h	i	j	k	l	m	n	o	p	q	r	s	t	u	v	w	x	y	z	a	b	c	d
F	f	g	h	i	j	k	l	m	n	o	p	q	r	s	t	u	v	w	x	y	z	a	b	c	d	e
G	g	h	i	j	k	l	m	n	o	p	q	r	s	t	u	v	w	x	y	z	a	b	c	d	e	f
H	h	i	j	k	l	m	n	o	p	q	r	s	t	u	v	w	x	y	z	a	b	c	d	e	f	g
I	i	j	k	l	m	n	o	p	q	r	s	t	u	v	w	x	y	z	a	b	c	d	e	f	g	h
J	j	k	l	m	n	o	p	q	r	s	t	u	v	w	x	y	z	a	b	c	d	e	f	g	h	i
K	k	l	m	n	o	p	q	r	s	t	u	v	w	x	y	z	a	b	c	d	e	f	g	h	i	j
L	l	m	n	o	p	q	r	s	t	u	v	w	x	y	z	a	b	c	d	e	f	g	h	i	j	k
M	m	n	o	p	q	r	s	t	u	v	w	x	y	z	a	b	c	d	e	f	g	h	i	j	k	l
N	n	o	p	q	r	s	t	u	v	w	x	y	z	a	b	c	d	e	f	g	h	i	j	k	l	m
O	o	p	q	r	s	t	u	v	w	x	y	z	a	b	c	d	e	f	g	h	i	j	k	l	m	n
P	p	q	r	s	t	u	v	w	x	y	z	a	b	c	d	e	f	g	h	i	j	k	l	m	n	o
Q	q	r	s	t	u	v	w	x	y	z	a	b	c	d	e	f	g	h	i	j	k	l	m	n	o	p
R	r	s	t	u	v	w	x	y	z	a	b	c	d	e	f	g	h	i	j	k	l	m	n	o	p	q
S	s	t	u	v	w	x	y	z	a	b	c	d	e	f	g	h	i	j	k	l	m	n	o	p	q	r
T	t	u	v	w	x	y	z	a	b	c	d	e	f	g	h	i	j	k	l	m	n	o	p	q	r	s
U	u	v	w	x	y	z	a	b	c	d	e	f	g	h	i	j	k	l	m	n	o	p	q	r	s	t
V	v	w	x	y	z	a	b	c	d	e	f	g	h	i	j	k	l	m	n	o	p	q	r	s	t	u
W	w	x	y	z	a	b	c	d	e	f	g	h	i	j	k	l	m	n	o	p	q	r	s	t	u	v
X	x	y	z	a	b	c	d	e	f	g	h	i	j	k	l	m	n	o	p	q	r	s	t	u	v	w
Y	y	z	a	b	c	d	e	f	g	h	i	j	k	l	m	n	o	p	q	r	s	t	u	v	w	x
Z	z	a	b	c	d	e	f	g	h	i	j	k	l	m	n	o	p	q	r	s	t	u	v	w	x	y

すべての文字を正方形に並べてある。

「まあ、掛け算表みたい！」アリスンは声を上げた。「ただ、数字じゃなくて、文字だけど」

「これが有名なヴィジュネル方陣さ」ジェフリーは説明した。「ブレーズ・ド・ヴィジュネルは、十六世紀終わり頃、フランスのヴァロワ朝の宮廷に仕えた人だ。いつも思い描くのは、骨張りのコルセットに糊（のり）のきいたレースのひだ襟（えり）の服を身に着け、黒く尖った顎鬚のせいで、薄気味悪いほど赤く見える、真っ赤な唇に笑みを浮かべた男の姿だ。友人たちは、『愉快で欲深、頭がよくてあくどい男』と呼んでいた。黒魔術に関心を持っていたが、黒魔術といえば、当時は実用的な技法を二つ含んでいた――毒の調合と暗号法さ。彼は暗号の歴史において、実に独創的な暗号システムを考案した――多表換字法だ。彼は『解読不可能な暗号』と呼んでいた」

「どうして？　解読できるのに？」

「当時も、その後何世代も、既知のどんな解析法を使っても解読できなかったからさ。ヴィジュネル暗号が現れるまでは、どんな暗号も解読できた。どんな言語の文書でも、Eのような一定の文字や、いわゆる二字語、三字語、つまり、AN、THEのような二、三の文字からなる語は、ほかの文字や単語より頻繁に使われるからだ。たとえば、Eは英文の文字で平均して十三パーセント使われる。転置式暗号は、平文の文字を単純に配列し直すだけだから、これを解読するには、平文を再現できるまで、最も一般的な二字語や三字語のパターンが出てくる文字群を集めればいい。単一字換字法暗号――平文の文字を暗号の別の文字に置き換える暗号――を解読するには、暗号の文字がなんであれ、暗号文書の十三パーセントを占める文字はおそらくEの置換であり、その他の文字も同様と分かればいい。一つの文字や二字語が通常の文書に出現する平均値は〝頻度〟と言い、どんな言語にも、すべての文字や文字群の頻度を示す表がある。英語では、個々の文字を頻度順に並べると、ETAONRISHDLFCMUGYPWBVKXJQZとなる。

ヴィジュネル暗号以前にも、平文に最も頻繁に出現する――E、T、Aのような――文字を暗号では複数の文字に置き換えることで、平文の最も目立つ文字頻度を暗号文書内で打ち消そうとする不器用な試みはあった。ヴィジュネルの多表換字法暗号の長所は、暗号文における平文の文字や文字群の頻度をすべて打ち消せることだ。たとえば、君の平文を――」

「ATTACK AT ONCE（ただちに攻撃せよ）」とアリスンは言った。

「どうして『ただちに攻撃せよ』なんだい？」

「アームストロング大佐お気に入りのテスト文なの。いかにも大佐らしいけど」

「そのアームストロング大佐って誰だ？」ジェフリーはなにやら激しく問いただした。

「さっきも聞いたけど、言おうとしなかったぞ」

「あら――フェリックス伯父さんの友人よ」

「聞いたことないな。通信部隊の男かい？」

「いえ、情報部だと思うけど」

「思うだって？　知らないのか？」

「だって、情報部というのは本人の弁だもの」

ジェフリーは眉をひそめた。「普通、情報部に属する者は、自分がそうだとは言わない」

「でも、そう言ったのよ」

「たぶん自慢だな。まあいい。君の平文をATTACK AT ONCEとする。その文をヴィジュネル暗号で暗号化するには、キーワードを選ぶ――たとえば、cryptography（暗号法）だ。まず鍵を書き、その上に平文を書く。こんなふうに」ジェフリーは、モノグラム入りの便箋をもう一枚使って走り書きし、テーブル越しに寄こした。

平文：ATTACKATONCE
鍵　：CRYPTOGRAPHY

「この鍵と平文は、たまたま同じ長さだ」と続けた。「そうでなくともかまわないけどね。平文に比べて長すぎると思ったら、鍵の最後のほうを省けばいいし、短すぎたら鍵を繰り返せばいい。暗号化の作業を進めるには、ヴィジュネル方陣を見て、方陣の最上段の横のアルファベットに平文の最初の文字――この場合はA――を探す。次に、鍵の最初の文字――この場合はC――を方陣の左端の縦のアルファベットに探す。次に、このAのラインとCのラインが直角に交わる点を探す。この交差点の文字――この場合は、これもC――が暗号文の最初の文字だ。鍵と平文の文字を組み合わせるこのプロセスを繰り返して、それぞれ暗号の文字を引き出していく。平文と鍵の二番目の文字は、TとRだから、方陣に当てはめると、暗号の二番目の文字――K――が出てくる。三番目の平文と鍵の文字はTとYで、暗号の文字はRだ。こうやって続けて、全体の暗号文を作る。すなわち、CKRPVYGKOCJCとなるわけだ。

これでからくりが分かったかい？　暗号文では、平文の通常の文字頻度は完全に隠されるか、変形される。Aは、英語の文書では三番目に頻度の高い文字で、平文の違う置換字――C、P、G――で表される。その一方で、英語の文書では頻度が大きく異なる二つの文字、EとNは、この暗号文では同じCという置換字で表される。

それぞれの暗号の文字は、鍵の文字と平文の文字が結婚して儲けた子ども。言い換えれば、暗号文は、鍵、平文字、暗号文字の三つの糸が撚り合わされた組み紐なんだ。

ヴィジュネル暗号を復号するには、暗号化のプロセスを逆にすればいい。方陣の左端の縦のアルファベットにキーワードの最初の文字を探す。方陣の横の文字列の最初に来るのもその文字だ。その列を横に進み、暗号文の最初の文字を見つける。方陣のほかの文字と同じく、この文字は横列と縦列の文字が交差するところにある。その縦列を最上段までたどると、その文字が平文の最初の文字だ。このプロセスをもっと簡単に進めたいのなら、ヴィジュネル方陣の代わりに、サン＝シール定規を用いてもいい。掛け算表を計算尺に置き替えるように、ヴィジュネル方陣を定規に置き換えたものだ」

ジェフリーは再び便箋に走り書きした。今度はアリスンもポーチを横切り、彼の肩越しに覗いた。

（インデックス）
ABCDEFGHIJKLMNOPQRSTUVWXYZ
（スライド）
ABCDEFGHIJKLMNOPQRSTUVWXYZABCDEFGHIJKLMNOPQRSTUVWXYZ

「上の単一のアルファベットは、インデックスと呼ばれる」ジェフリーは前に置いた紙をじっと見つめていた。「下の連続のアルファベットはスライドと呼ばれる。スライドは動かせるが、インデックスは動かさない。メッセージを暗号化するには、キーワードの最初の文字をスライドのアルファベットから選び、スライドをずらして、鍵の最初の文字をインデックスのアルファベットの最初の文字の真下にもってくる。次に、インデックスのアルファベットに平文の最初の文字を見つける。その文字の真下にあるスライドのアルファベットの文字が暗号の最初の文字だ。鍵と平文の文字を組み合わせてこのプロセスを繰り返せば、それぞれの暗号の文字を得られる。結果は方陣を用いた場合と同じだが、作業はずっと早いし正確だ。

復号するには、スライドのアルファベットに鍵の最初の文字を見つけ、スライドをずらして、その文字がインデックスのアルファベットの最初の文字の下に来るようにし、スライドのアルファベットから暗号文の最初の文字を探す。その上にあるインデックスのアルファベットの最初の文字が平文の最初の文字だ。鍵と暗号文の文字を組み合わせてこのプロセスを繰り返せば、平文全体を復号できる。定規より回転する円盤を組み合わせたやつを好む者もいる」

「へえ!」アリスンは叫んだ。「方形の方陣を円で表すなんて、丸を四角にするようなものじゃない?」

「むしろ、四角を丸にする、だろうな」とジェフリーは応じた。「暗号機は、同じ仕組みを機械で精巧にしただけだ。機械の場合は、インデックスとスライドのアルファベットはあの手この手で実に複雑に組み合わせられるから、人間の能力では理解することも記憶することもできない。だから、創り出される暗号文は、敵方の暗号解析者にも複雑すぎて解読できないわけさ」

「機械なんか使わなくたって、ヴィジュネル暗号でも十分複雑よ！」アリスンはため息を吐いた。「ヴィジュネル暗号の解読なんて見当もつかないわ！」

「解読できなかったさ――三百年ほどはね。それが、一八六三年に――」彼は目を上げ、彼女の腕、肩から首、顔へと視線をゆっくりと走らせた。不意に、彼女がぴったりくっついているのに気づいたようだ。「さて、そもそもなんでこんな話に？」

アリスンは頬が上気するのを感じた。わざとくっついてきたと思ってるのね。男なんてそんなもの。バルザックは、女の登場人物に、こんなふうにわざとらしい仕草をさせて、ドレスに思わせぶりな襞を作らせたんじゃなかったっけ？　女なら、ドレスに好きなように襞を作ったり消したりできるみたいに！　ジェフリーの肩越しに覗いたときも、彼のことなど気にもしなかった。サン＝シール定規をよく見ようとしていただけなのに。でも、もう信じてくれそうにない。

彼女は背筋を伸ばし、一歩さがった。彼は立ち上がり、彼女の両手を握った。「アリスン、ぼくは――」

「お邪魔かしら？」

よく通る低い声に、二人は思わず身を離した。

ヨランダ・パリッシュが、ポーチのすぐ下の私道に立っていた。

ヨランダの上品さは目の錯覚で、実態よりも暗示の強さのせいだ。ねずみ色の髪には自然なウェーブのほか取り柄もなく、体つきもガリガリといえるほど痩せているが、美を追求する飽くなき意思は、蜃気楼のごとく欺瞞的な気品のイリュージョンを生み出している。純然たる肉体的魅力をもっといろいろ兼ね備えた女性なら、アリスンもほかに知っていた。細面で青白い楕円形の顔に、小さく、左右の間隔が狭いグレーの目。あちこちシミのある、血色の悪い白い肌。ネズミのように、噛むというより、かじるという感じの小さな口。薄く冷酷な雰囲気の唇。もっとも、そんなハンディがあろうと、ヨランダはものともしていない。ヨランダを「美しい」とか「きれい」とか「素敵」などと言う者はいなかったが、「えもいわれぬ」とか「か弱い」と言えば、ただの素敵さも陳腐でしかない。上品な穏やかさの上っ面の下で、ギャングの情婦がつく悪態もかくやというほど必殺の傲岸さを培っている。ほかの女は、その冷たい目に宿る嘲笑的な悪意のきらめき——冷たい冬の日差しに宿る氷のようなきらめきを恐れた。男が相手ならヨランダももっと慎重だ。なのに、三十を過ぎても未婚のまま。いざ結婚ともなると、男たちはもう少し芯のあるしっかりした女性を求めるのか。あるいは、ヨランダ自身が超然としすぎて、結婚や出産、子育てみたいな俗事に関心がないのかも。

ジェフリーの姉として、マンハッタンでは広々としたペントハウス、この山中では快適な別荘の女主人に収まっている。二人分の収入のおかげで、それぞれの収入だけなら持てない物件を維持している。ジェフリーが結婚すれば、その余裕もなくなる。ヨランダが結婚しても、ジェフリーと同等の収入の夫を見つけなければ同じこと。結婚適齢期の女性がジェフリーと二人きりになっても、すぐヨランダの邪魔が入るのは、おそらくそれが理由だろう。女性の筆跡らしきジェフリー宛ての手紙が、本人に届く前になぜか決まって行方不明になるのも、これと無関係ではあるまい。女性の声でかかってきた電話の伝言も、ヨランダがジェフリーの代わりに電話に出ると、だいたいうやむやになる。彼女のやり口は実に巧妙で目立たないし、姉らしい献身を装っているため、ジェフリー自身も、十八世紀スペインの大公家の箱入り娘みたいに念入りな監督下にあるという自覚はほとんどない。

ヨランダの女らしい上品さと繊細さを前にすると、ほかの女たちは、いくら本当は慎ましくきちんとしていても、自分が声の大きい、がさつでだらしない女のように感じ、居心地が悪くなる。だが、そんな上品さも繊細さも、ヨランダはもともと持ち合わせてなどいないのだ。

今朝は来客など想定していなかったため、ヨランダが私道に姿を見せると、アリスンはたちまち、色褪せたシャツ、くしゃくしゃのショートパンツ、すり減ったサンダル姿の自分がひどく気になりだした。ヨランダのほうは、一分の隙もなく、白いシャークスキンの袖なしドレスに、鮮やかな口紅と同じくらい真っ赤な細いベルト。

「そんなことないわ」ヨランダのせいで自分ががさつな女に思えると、アリスンはわざとがさつにふるまうことに決めた。「わざわざジェフリーのあとをつけてくることもないのに。暗号法を教えてもらってただけよ」

「ジェフリーの……あとをつける？」薄い砂茶色の眉が気難しげにつり上がった。「なにを言ってるの、アリスン。野生のクラブアップルを見つけに山の中を散策してたのよ。台所のドアが開いてたから——あなたがここにいるのかと思って」

（嘘が上手ね！）とアリスンは思った。（私がここにいるなんて、とうに知ってたし、昨夜、明かりがついてたのも、ジェフリーと一緒に見たはずなのに）

「昨夜こっちに来なかった？」とアリスンは問いただした。「誰かが森の中にいるのが聞こえたんだけど」

「そう？　私じゃないわ」アリスンが心底嫌いな、嘲笑うようなかすかな笑みが、ヨランダの歪めた唇に浮かんだ。「どうして誰なのか呼びかけなかったの？」

「さあ」アリスンは口ごもった。「どうも変な気がして。なんて言っていいか……」

「もちろん……恐怖からじゃないわよね」柔らかい声で「恐怖」という言葉を皮肉っぽく響かせたため、アリスンは思わず顔を赤らめた。「ここに一人きり？」ヨランダはなおも聞いてきた。

「女中もいないんだ」ジェフリーが口をはさんだ。「ぼくからすると、ばかげてる」

「あなたはいつも子犬みたいに仲間と群れたがるからよ、ジェフ」ヨランダは弟に言った。「でも、一人で暮らしたがる人もいるの――特に女はね……一生涯ずっと……」その優しい言葉の含蓄は、まるでアリスンが魅力のない個性をみな兼ね備えた、独身主義のオールドミスか神経症の世捨て人みたいだ。

「アルゴスがいるわ」ヨランダを相手にすると、アリスンはいつもいやおうなしに守勢に立たされる。

ヨランダは、まったく情愛の欠けた目で、日差しの射す階段に寝そべる犬をじっと見つめた。「やっかいよね――家具の位置を動かせないって」

「どういう意味さ?」ジェフリーは声を上げた。

アリスンは驚き顔で彼を見つめた。「知らないの?　この犬はそうやって進路を見出すのよ」

「分からないな」

「アルゴスが四年前に目が見えなくなったとき、フェリックス伯父さんは、家具を動かさなければ、この犬は記憶している部屋の配置が分かることに気づいたの。自宅では、フェリックス伯父さんはアルゴスを自分の寝室で飼って、家具は一インチたりとも動かさなかった。はじめてニューヨークに来た日に、フェリックス伯父さんの部屋にあった椅子の位置をなんの気なしに数インチほど動かしちゃって。伯父さんが事情を説明してくれて、私も椅子を元の位置に戻したわ。カーペットにチョークで印を付けて、正確な位置が分かるようにしてあったの」

「彼の寝室に入ったことはないな」とジェフリーは言った。「でも、確か伯父さんはアルゴスを公園に散歩に連れていってたよ」

「紐が付いてるもの」とアリスンは説明した。「引っ張ってくれる紐が付いていれば、アルゴスも大丈夫。紐がなくても、音や匂いを頼りに、一緒にいる人のあとをついていける。でも、誰もいないと、障害物に片っ端からぶつかるの――家具が記憶している配置にある部屋は別だけど」

「伯父さんはどうして、目の見えなくなったこの犬を安楽死させなかったのかしら。さっぱり分からないわ」とヨランダはつぶやいた。

　アリスンは思い返しながら苦笑した。「よくこう言ってたわ。目の見えない人たちのためにたくさんの犬が盲導犬として奉仕しているのだから、一匹の目の見えない犬のために一人の人間が目の役割を果たすぐらい当然じゃないかって。ここに連れてきたら、アルゴスを訓練し直さなきゃって思ってたけど、今のところコテージの中でぶつかることもないし」

「ここに来てから家具を動かしたの？」

「いえ」と彼女は認めた。「アルゴスは三部屋にしかいないし――居間、寝室、台所よ。でも、三年も来てなかったのに、家具の配置を憶えてるとも思えない」

「憶えてるかもな」とジェフリーが言った。「なにしろ、運動面の記憶だから。ブラインド・タッチでタイプライターを打つみたいなものさ。それに、運動面の記憶は人間より動物のほうがよく発達してるだろうし。伝書鳩が目印の標識がなくても、自分の巣にまっすぐ帰ってくるのを見ろよ。牛乳屋の馬がいつも配達する家の前でちゃんと停まるのもそうさ。たぶん無意識の動作なんだろう――人間でいうと夢遊病みたいなものだ。一度読んだ本の中のある箇所を探そうとして、ページやストーリーの箇所は憶えてなくても、ページの右側の上の方だったと憶えてることはないかい？　同じ原理さ。意識的な記憶というより、盲目的な潜在意識の方向感覚なんだよ」

「今朝はずいぶんと物知りになっちゃったわね」とヨランダはもの憂げに言った。「暗号法――動物心理学――ずいぶんと深遠なテーマに精通しちゃったわ」

（人をけなす見事な才能の持ち主ね）とアリスンは思った。（アルゴスのことでジェフリーの意見を聞きたかっただけなのに、二言三言言うだけで、彼をもったいぶったひけらかし屋みたいにして黙らせてしまった。どうしてこんな人と日がな一日我慢して一緒に暮らせるんだろう？）

彼は静かに耐えているようだった。顔は無表情のまま、なにも言い返そうとしない。だが、アリスンは、その平静さの裏に相当な自制心が働いているだろうと思った。

彼女は沈黙を破る言葉を探して、思い浮かんだ最初の言葉を口にした。「ヨランダ、ここに住んでいたミス・ダレルのことはご存じ？」

砂茶色のまつ毛がまたたき、話題が突然変わってヨランダも一瞬まごついたようだ。

「一度か二度会っただけ。よくは知らないわ」

「どんな人？」

「白髪の小柄なお年寄り。ちょうど退職した校長先生みたいな感じの」もの柔らかな声には、学問の世界をことごとく馬鹿にするような響きがあった。学校の先生が高収入の仕事だったら、ヨランダも違ったもの言いをしただろう。

「君の伯父さんがコテージを購入しにこっちへ来たのが、昨日のことみたいだな」とジェフリーが言った。「ぼくは十六で、ヨランダは二十五。母もまだ存命だった。オールトンリーが売りに出されてるのを伯父さんが知ったのも母からさ。弁護士と一緒に、家と土地の権利取得手続きを進めるあいだ、ぼくらの家に滞在されてた。もちろん、手続きがもたついたりとか、煩雑なことがいろいろあってね。裁判所はそういう場合、決まってひどく慎重になるんだ」

「伯父様はなにもかも引き継いだわ」とヨランダは付け加えた。「ミス・ダレルの家具や本だけじゃなく、鍋釜類やベッドシーツまで。なにしろ、彼女の行った先はそんなもの要らなかったわけだし」

ヨランダの声の奇妙な抑揚がアリスンを戸惑わせた――おそらくは意図したものだろう。「彼女、どこへ行くつもりだったの？　結局どこへ？」

ヨランダは少しきんきんした笑い声を上げた。「まあ、アリスン、ずいぶんと無頓着なのね。ミス・ダレルのこと、調べてみたこともないの？」

「そんなことする理由がないもの」ヨランダはまたもやアリスンを守勢に追いやっていた。「アメリカに戻って、はじめてオールトンリーに来たとき、ミス・ダレルはもういなかった。誰も彼女のことを話してくれなかったし。コテージに彼女の本があるのを見つけたのがつい昨夜。それで、彼女がどんな人で、その後どうなったのか気になりだして」

ヨランダは青白くきらきらした目でアリスンの顔に視線を注いだ。まるで彼女の表情にある何かがよほど面白いみたいに。（この人は私が嫌いなのね。私が彼女を嫌いなのと同じくらい）とアリスンは思った。

「ミス・ダレルがどうなったか、聞いたことないの？　本当に？」

「ないわ」

ヨランダはわざとらしく笑みを浮かべた。「ミス・ダレルは精神病院にいるの。狂ったのよ」

「狂った……」アリスンはびっくりしながらつぶやいた。「どうして？　なぜ？」

　山を登ってくる車のエンジンの唸るような音が静寂の中を近づいてきた。彼らは反射的に、木々がアーチのように覆う私道に目を向けた。私道は本道に直角に接していた。木々の幹の隙間から金属のきらめきが見えた。食料品店のトラックが姿を見せ、私道に入ってコテージに向かってきた。葉の茂る低い枝が覆う道を車のボンネットが近づいてくると、アリスンはまたもや雑草の葉の下を這い進む甲虫を連想した。トラックはぐるりと回ると私道の突き当りに停車した。セーターと帽子の背の高い男が山腹の石段を二段ずつ上がってきた。

「おはよう、マット」アリスンはできるだけ快活に気さくな声で言った。

「おはよう」マットは三人全員に向けて会釈した。それから、アリスンのほうを見た。

「よく眠れたかい、お嬢さん？」

　その口ぶりはいかにも丁寧だったが、アリスンは鋭い視線を彼に向けた。目につくほどの変なところはない。口はいつもどおり笑みに欠けているし、目もやはりまびさし付きの帽子の陰に隠れている。

「ええ、ありがとう」とさわやかに答えた。「山の空気って、私の性に合ってるの」

　マットはさっと目を森のほうに走らせた。「なにやら寂しいな。それに静かだ。おれなら、隣人がいて、騒がしくて、明るいほうが好きだが。そのほうが活気がある」

アリスンは、彼がポーチの木製の床を横切るとき、ゆっくりと重い足音に思わず耳をすませた。これが昨夜聞こえた足音だろうか？　もっとゆっくり……もっと軽かったような……。

彼は大きな紙袋をテーブルに置いた。「ラムチョップ、アスパラガス、スープ、クリーム、レタス、桃、犬用のビスケット、グレープフルーツ。ラズベリー・ジャムも手に入れたよ。黒スグリはなかった。私書箱も見たが、手紙はなかったな」

「そう」アリスンはがっかりした様子を見せまいとした。ロニーからの手紙を期待していたのだ。きっと忙しいのね……。

ロニー宛てに今朝書いた手紙を取り出した。「この手紙を出しといてくれる？」

「ああ」もともとこんなに口数が少ないのか？　それとも、わけあって声に聞き覚えがあるのを悟られまいとしているのか？

アリスンは、周囲の顔を見まわした。三人とも今は生真面目そうな顔をしている――ヨランダは青白く秘密めいた表情。ジェフリーはいかにもあけっぴろげな表情。マットは無表情で、いつものようにまびさし付きの帽子の陰に半ば隠れている。この中の誰かが、昼日中は生真面目な顔をして悪意に満ちた笑みを隠し、日が暮れて暗闇にまぎれると、そんな笑みを浮かべるのか？　昨夜、コテージの周囲をうろついていたのは、この三人のうちの一人？　真実を知るまでは、この中の誰と一緒にいても安心できない……。

マットはちびた鉛筆を耳からはずし、ズボンのポケットから黄色い売上伝票の小さな綴（つづ）りを取り出した。「三日は配達に来られない。ガソリンがないんだ」

アリスンは三日間に必要になりそうなものを慌てて考えた。マットは淡々とすべて書き取った。

「それから、たばこを一カートン――銘柄はなんでもいい」と注文を終えた。「それと、手間じゃなかったら、たまに『ニューヨーク・タイムズ』を持ってきて。ああそう、レインズさんに、やっぱり電話をつないでほしいって伝えてくれる？」

「ああ」

「それともう一つ。週に一度来てくれる掃除婦さんが村にいないか、レインズ夫人に聞いてくれる？」

「分かった」

「無理ね」ヨランダは他人が困っているときに見せる嬉しそうな様子で言った。「自分が戦時労働に従事してなくても、旦那さんが従事してるし、みんなその程度のお金は必要としてないもの」

マットは、まるで珍しい新種の昆虫でも見るみたいにヨランダのほうを向いた。

「できるだけのことはするよ」と彼はアリスンに言った。「ほかには？」

「いえ、それだけよ。ありがとう。あなたがいなかったら、ほんとにどうしていいか分からないわ！」

彼は黙って帽子に手をやって挨拶し、足を引きずるように階段を降りていった。

「なんだか変わった人ね」まだ相手が聞こえる距離にいるのに、ヨランダは言った。「虫が好かないわ。ヴァレシはどこであんなのを拾ってきたのかしら？」

「三、四日ほど前、仕事を探しに村にひょっこりやってきたんだ」とジェフリーは答えた。「ヴァレシは喜んでたよ。きょうび、戦争に行ってないやつでトラックを運転できるやつはなかなか見つからないからね」

「戦時労働に従事すべきよ！」とヨランダは言い返した。「五体満足な男が仕事を探しにこんな小さな村にやってくるなんて、どう見てもおかしいわ」

アリスンは、トラックが木々に隠れて見えなくなるまで目で追った。「この土地に来てほんの数日ってほんと？　レインズさんは『マット』って呼んでたし、彼の声もなんとなく聞き覚えがあるのよ。三年前ここに来たとき、聞いた声だと思うの」

「みんな、マットと呼んでるよ」とジェフリーは答えた。「でも、ヴァレシの話だと、マットはこの土地に来てほんの数日ってことだったし、ぼくも以前に会った憶えはない。会ってたら、君だって、あの顔を忘れたりしないだろ。インディアンの血が混じってるんじゃないかって顔つきだ」

「それなら、こんな山の中に来ないわ」とヨランダは異を唱えた。「インディアンは、ひと気のない岩山や山頂には悪霊が出没すると信じてるのよ。この土地に来た初期のオランダ人毛皮商人が、インディアンの猟師を一番奥まった山の中に連れていこうとしてもうまくいかなかったって記録を残してるわ。もちろん、そんな場所こそ最高の毛皮が取れるっていうのによ」

アリスンはさりげなく言った。「ミス・ダレルに取り憑いたのも悪霊だとでも？」

「もちろんよ」ヨランダは楽しげに言った。「中世の悪魔憑きの事例は、みなほんとは統合失調症の症状だったんでしょ」

「物知りぶってるのは誰だい？」とジェフリーはつぶやいた。

「ミス・ダレルがどうして、なぜ気が狂ったのか、まだ教えてもらってないけど」アリスンは二人を促した。

「悪いけど、もう時間がないわ」ヨランダは、金の台座に小さなルビーを嵌め込んだ素敵な腕時計をちらりと見ると、立ち上がった。「話せば長いの。そのうち、レインズ夫人にでも教えてもらうのね。行きましょ、ジェフリー。昼食に遅れるわけにいかないわ。ガートルードに辞められちゃうわよ。ただでさえ彼女、田舎を嫌ってるんだから」

ジェフリーはおとなしく立ち上がった。シチリアで戦闘や殺人、突然の死にも身近に接してきた人が、ヨランダにはへなへなとは、なんておかしなこと！

「またね――そのうち」彼は少し申し訳なさそうにアリスンに言った。「明日の晩、夕食に来ないか？」

ヨランダは目をぱちぱちさせた。唇がますます薄くなったようだ。

「あら、ぜひ！」意地悪な笑みを浮かべるのは、今度はアリスンの番だったが、彼女はヨランダほど経験に長けていなかったし、効果もそう辛辣ではなかった。「何時に？」

「できるだけ早く――日の暮れる前だな。それなら、暗闇の森を歩いてこなくてもいい。もちろん帰りは送ってあげるよ」

「そうね、早めにいらっしゃい、アリスン」ヨランダは、実に見事な作り笑いをしてみせた。アリスンはぴんときた。（彼一人で私を送るのを阻止できるものなら、必ず阻止する――自分も一緒に行ってでも。だって、暗くなってから私一人を森の中を帰らせるわけにいかない……そんなわけにいかないもの……）

彼らが家の背後の丘を上がって帰ると、昼食のためにポーチのテーブルを片づけながら、アリスンはようやく、アームストロング大佐宛ての手紙をマットに託すのを忘れてしまったことに気づいた。暗号文は自分が持ったまま。マットも三日はやってこない……。

（ヴィジュネル暗号はどうやって解読するんだろう）と彼女は考えた。（暗号解析の本で詳しく解説しているのもあるし……次に暗号文を郵送する機会まで……やってみるのも面白いかも……）

昼食が終わると、暗号解析の本をみな正面のポーチに持ってきて、鉛筆と紙で取り組みはじめた。

フェリックス・マルホランドの暗号全文

RLYU YQJQ NOAH YNKN VJVH NWDI DFUP SQKB ICJJ GWPN OOGZ NXEV GAZV
IJNU CODP RPXB JXCT ERRK KUHY DDRT TAQP JCCO AEUG YHEC OTTZ LTDQ
BMOA MYRC CQBE DRHD ENEY LGWF KVHQ IGTX WMBW SAQJ KOLN HJDF RTPL
GYLH KIXP SYNA RIFT WQSX RTHS FQBY SGCJ NWOP SDWO JERV QPCE GGIJ
QWGC IAAN BBFV JUDL CDIH EVAD PLVH LCJH QSZU OLXS TMSM DEIK BYHM
OARU KBEN ESSO MILX PJPI JNPE XFVA GEEQ OWLW ACSI PWHP EHTO SQJJ
WESN JPWO IKLP IWJV NQNZ SSPO GJPA WQKS ELDR EJGJ VDXR TZTG QGZW
YXHM LVJL TKTV KACO NUOL BKTA ZJWE SBFM JZOW TZJH DREZ HDXI NHRA
ATMO FECY HCEM RAKZ LHKA ESPH GJHB PBKA USQA GJRM MKLO PRKM KXQJ
EXVP MAHS FHET ALMO XILY XHJD WNGK NFLQ MKGY COXI POXW WYNS XSUW
LVRI CPMO SQVP DMYC MPAG WGZY DGAP AEWJ JUTL MQMS XQLG JADE QWON

GSCI OGPT OKNU NIKA AGDG EEIY UQRI PZBE AENZ MEQJ AZEH IERK WGPY
QUGP RJIB MEGD RJRT INLG ECZF BPRY YJMA YKAQ EURK RTBI QLJY WPIL YUAZ
PAHM HQOD VXKK TQVV KLQK QUEG TBEV BOZV GNUW BNYH PBFG DEKR
UPMB MVYQ RELL FBOZ NUWH ABUZ XJYE PCEN DRLG OMIK QMOM BGLB NPJK
YYSO NSCJ ZUDZ HWJC CZTO DCLO VLJB QMQX HDJR LCGJ LRIH HGWP QOGF
DSPA TAWL DAME PXVP NWNI IOUD WBQY OQEN NXHO DEAN OMBQ ADEC
WZPQ IOTT SCJO JETR PGPA GEPY TATE HKMY NVTW RRAC BSEZ AQYA JDKK
GUHW RWPD BUGY ZTLI KYAH UVQN DQRR BWXH PTST SPFB EARU UMRQ PHYR
KMNK WWFN ZAHM YEPV PKVZ ZMVL IWHI LITG FVXM FNYK IRDT JNUV BLWG
GPEP YSRG FVWI UTOP RJJT XAWO HPKY EECY QQUV ATVX XYEK MAXM IOMC
ZQPP RQTM GBCY TSLQ JNCY WHNO KYQP FUXG HHYM UWYI LJES FROM CNKN
XDEA VSBO JWGA FWLU LAXY HFAF CDTQ OJEV MPKK JRZI EDFK DGCF PUVL
QBIZ DBFY WPOO BGQR VEUD GYPS ZDIX SCJM PJFW RSVD GVLE RPDL VYHH
BUBZ COXT GQSQ KBTE RVZC OASO EJCE XDFN JQKT NQWK LDQL AQPQ RAAC
MAZV FGVH UHFP RBCY RGRI FITL RJUA LXFX VEFY BHVJ KVNG JGKQ MUYX
SGVM XYDE SXGZ GBKV KOKQ QGTC TGPR YJMD ZFMG ALNZ ABNK ACQU ONYI
OYMQ DWPH FZMM SWLV OKKP QQWB ACUO DSYL HXKJ IBME GDRJ RNRP DSOK

NDVU OYOF MONS ZFEL SZAA XDRH SAOH YKUE OWNY SHPR GJJI YUFF VKCG
JMSJ NGFP JCCP ULCH LAOP ZBPE TUIH DUJH GRGV KAPA CIYR QBXE XEQX CUCG
YXMF EIRZ HEZR OKJC DZPE FKED MHQW ZFPJ WHWE MRNC QUPM TAUM VRCD
YVWK QMIN ITSN EQFX YVFS KWCC QRVM FDAO CRXZ DFYQ OXZJ WNPS NDZO
JPVG VYHD PICG TBXY JFCN EWUO EOSY YCZG YBWK CFWR OYJQ ZYWS NDRQ
JGRC AYHV KTPH EETN UFXA NSEW KOQY OTWF IBSE FZIR JNJY BXBD WIAU
QDHT VVZQ BJQL HMQT CVTP EPAF KQIH EGYA GIXB XWKX CXPH MKIW UUQA
NLZZ GSUJ CIMD IAXR UTCS CKNZ ZKGF DFPI DEXG XFTD OZBK ZKNU NIUG IPTK
KPSW BSEA OITE QINM CB

この暗号の解読を試みる者が文字の出現頻度表を見たければ、以下の本を参照のこと。ヘレン・フーシェ・ゲインズ著『暗号分析入門』、アメリカン・フォトグラフィック・パブリッシング・カンパニー、ボストン。フレッチャー・プラット著『秘密と緊急性』、ブルー・リボン・ブックス、ガーデン・シティ、ニューヨーク。

アリスンは、これが数学的な問題だとすぐ気づいてぞっとした。数学はいつも大の苦手だった。日常生活が二つの数学的な要素——時間とお金——で成り立っている事実は、彼女にすると、人生をますます空想めいたものにするばかり。なるほど、数学者は、

『不思議の国のアリス』みたいな偉大なる空想小説（ファンタジー）を書いてきたわけだ。アリスは、自分の途方もない空想の飛躍を「ごっこ遊びをしましょう」という言葉ではじめた。数学者も「かくのごとく仮定しよう」という同じ意味の言葉で調子よくスタートを切る。

「どんな権限があって仮定なんてできるの？」と彼女なら教師に食ってかかるところだ。「どんな真理も自明なものなんてない。先生がそう教えてるというだけで、なぜ円の半径が常に同じだと信じなきゃいけないの？」

　学校を卒業し、途方もなく難解な高等数学を用いた書物に接するようになってはじめて、幾何学の授業で、球体の図形や正弦曲線を使って、太めの教師のカリカチュアを描いて時間の大半を潰したことを後悔するようになった。高等数学という新世界に〝自明な真理〟はない――〝仮定〟があるだけ――と分かって嬉しかった。高等数学では、接線を決して持たない曲線を想定できるし、部分が全体より大きいこともあり得る。物質も因果関係も些末なこととなり、ついには消滅してしまい、どちらもただの幻想だという自分の疑いを裏づけてくれた。そういう世界は少しくらい骨折り仕事をしてでも探求する値打ちはある。残念だけど遅すぎた。自分が数学に無知なために門戸は閉ざされてしまったのだ。

　こうして見ると、同じ障壁が暗号解析の世界から自分を隔てているようだ。

暗号に数学的な要素があるかぎり、数学的なプロセスを経ないと解読できないように見える。ヴィジュネルが、文字頻度の要素を暗号から取り除くことで数学的な要素をみな取り除けたと思ったとしたら、とんだ勘違い。ヴィジュネル方陣という織機で紡がれた錯綜した文字のレース織りは、かえってそれ自身の数字的な影を投影しているし、数字が抽象的で、文字より容易に扱えるからこそ、この影は暗号を解読するのに使えるのだ。それぞれの文字にアルファベット順に対応数字を振ることができる。Aに0、Bに1と続けて、最後にZに25と振る。あるいは、Aに1、Bに2と続けて、最後にZに26と振るという具合に。ヴィジュネル方陣は、文字だけでなく数字で表すこともできるのだ。それだけでなく、それぞれの二字連接は、語を構成する二つの文字が、アルファベット上、何文字離れているかで対応数字を振ることができる。STは1、SVは3、VTは、右に向かって数えるか、左に向かって数えるかで、24または-2となる。この循環するアルファベットの連続は、方形の方陣を表していて、数学の苦手なアリスンの頭では、またもや丸を四角にするみたいに思える。

暗号の二字連接の対応数字が、なぜ常に鍵の対応数字と、その元となった平文の二字連接を組み合わせて出てくる結果なのか、異なる文字なのに同じ対応数字を持つ二字連接が、なぜ分析上同じものと扱われるのか、アリスンにはさっぱり分からなかった。だが、これこそカシスキ（フリードリヒ・カシスキ。一八六三年刊の『秘密書法と解読の技法』において反復キーワードを持つ多表式暗号の解読を論じた）が発見し、解読に用いた、ヴィジュネル暗号の数学的要素なのだ。三番目の数学的要素は、暗号化に使われたキーワードの字数だ。三十九字の平文をcryptographyという十二字のキーワードで暗号化する場合、キーワードは、暗号化の過程で、平文の十三字目、二十五字目、三十七字目で必ず繰り返す。こうした十二字のキーワードに基づく暗号は、十二の〝周期〟を持つと言う。暗号文に繰り返し出現する二字連接の字間は、通常、暗号の周期の手がかりとなる。カシスキとケルクホフス（アウグステ・ケルクホフス。一八八三年刊の『軍事暗号』で近代的な暗号学の進歩に寄与。サン＝シール定規の考案者）は、複雑な計算に異常なほど情熱を傾けた人たちで、そんなのはアリスンにすれば気分が悪くなるのだが、この二人は、こうした数学的要素を用いて、ヴィジュネル暗号のメッセージの文字を、文字が採られた方陣の横列に応じて分類する。平文がATTACK AT ONCEで、キーワードがcryptographyなら、CKRPVYGKOCJCという暗号文のRと三番目のCは、いずれも方陣のYではじまる横列から採られたものであり、したがって、どちらも同じグループに入る。長文であれば、方陣の各横列から二十ないし三十の文字が採られているだろうから、数学的な解析では、横列ごとに文字を分類する。言い換えれば、カシスキとケルクホフスは、多表換字法による一つの問題を、単一字換字法による複数の問題に還元してから、昔ながらの文字頻度表に当てはめる手法で解決しているのだ。

アリスンは、自分の限界がよく分かっていたので、こんな数学的手法を用いてフェリックス伯父の暗号文を解読できるとは思っていなかった。それに、アームストロング大佐は、数学的方法はヴィジュネル暗号を解読する古典的手法で、すでにやってみたが、うまくいかなかったとはっきり言っていた。アームストロング大佐が解読できなかった暗号を解読できると思うほど自分はうぬぼれていない。とはいうものの……。

彼女はなおも読み続けた。それほど数学的ではない別の解析法があるかもしれない。それに、フェリックス伯父が死の床で書いた最後のメッセージが、いま自分の目の前にある紙の文字の羅列に隠されていると思うと、強く突き動かされる。アリスンはようやく、フェリックス伯父が最後のメッセージを暗号で書いたのがいかに奇妙か、はっきりと気づいた。平文には、誰かに知られたくない内容でもあるのか？　知られたくない相手は誰か？　その理由は？

それまでは、フェリックス伯父は、新たに考案した暗号を試すために暗号文をもう一つ書いただけだと思っていた。でも、深夜にそんなことをやるのはちょっと変では？　まして、アームストロングには解析用のテスト文をすでに複数渡していたのに？

彼女は不意にページを繰るのを止めた。探していたもの——数学に頼らない解析法——を見つけたのだ。バズリーが考案した〝仮定語法〟だ。彼の方法は、ヴィジュネルが暗号化で用いた、平文、鍵、暗号の三つがスライドや方陣の上で直角三角形をなすことに基づいている。言うまでもなく、直角三角形の二角と一辺が分かれば、幾何学上、残りを再構成するのは簡単。代数学ふうに言えば、二つの未知の数値（鍵と平文）と一つの既知の数値（暗号）を持つ方程式は、二つの未知の数値の一つか両方をある程度正確に把握できれば、解くのは簡単なのだ。

政治や軍事の暗号解析者は、解読しようと思う暗号文の平文の内容を示す手がかりを、ほぼ常になにかしら持っているものだ。たとえば、ドイツの砲兵将校が送った暗号を傍受し、これを解読しようと思ったら、砲術用語が平文に含まれていて、キーワードはドイツの歴史か文学から採られたものと仮定するだろう。

平文の最初にありそうな言葉はHerr（英語のMr.に当たる）であり、暗号の最初の文字群はYMORだと仮定しよう。サン＝シール定規を使えば、ごく当たり前の暗号作成や復号みたいにうまくはかどる。平文の最初の予想文字、Hをインデックスに見つけ、最初の暗号文字、Yをスライドに見つける。次に、YがインデックスのHの下に来るまでスライドを動かす。Hが平文の最初の文字だという仮定が正しければ、インデックスの最初の文字の下に来るスライドの文字がキーワードの最初の文字だ。

この作業を、平文の最初の文字の可能性があるすべての文字で繰り返し、意味のあるキーワードの文字群を引き出せば、暗号文全体が解読できる。

アリスンは、一番数学的ではないこの解析法が一番有効だと知って嬉しかった。暗号法の歴史家たちは、バズリーがヴィジュネル暗号を葬り去ったと主張している。軍ももはやこの暗号を使うことはない、と。それなら、なぜフェリックス伯父は合衆国陸軍にヴィジュネル暗号を提供したのか？

もちろん、フェリックス伯父はただの素人だった。バズリーの方法を熟練者が用いれば、いかに容易に看破してしまうか、知らなかったのかも。だが、それならなぜ、アームストロング大佐は伯父の暗号を解読できなかったのか？　大佐は平文の内容をまったく知らないと言っていた。だから、バズリーの方法を試そうとしなかったのかも。

面白くなってきた。

それとも、フェリックス伯父は、ヴィジュネル暗号をカシスキやバズリーにも解読できないものに改善したとでも？　アームストロング大佐の話では、解読不可能な暗号は機械暗号だけ。ジェフリーも同じことを言った。ジェフリーによれば、機械暗号はヴィジュネル暗号を機械で精緻化したものだという。機械はどんな原理でヴィジュネル暗号を精緻化するのか？　フェリックス伯父は、機械を使わずに暗号作成に使えるよう、その原理を単純化したとでも？

ともあれ、バズリーの方法は、試してみる価値はある。暗号を書いた人間の心理や環境を知ることが手がかりになるからだ。そんな土俵で勝負するのなら、アリスンでもアームストロング大佐と張り合えるのでは。伯父の心理や環境をアームストロングよりよほどよく知っているからだ。

細長い二枚の紙片でサン＝シール定規を作るのは簡単だ。一枚にインデックスのアルファベットを一つ書き、二枚目にスライドのアルファベットを二つ続けて書けばいい。

次は、予想される平文の最初の文字だ。

フェリックス伯父は、このメッセージを誰に宛てて書いたのか？　それらしい宛て先はアームストロング大佐その人だ。フェリックス伯父に協力していた暗号解析者なのだから。こんなとりとめもない暗号で書かれたフェリックス伯父のメッセージがほかの人間に解読できそうにないことくらい、伯父なら分かっていたはず。だが、アームストロングが解読してくれると期待していたとしても、メッセージそのものは伯父の家族に宛てたものではないのか？　アームストロングが取り次いでくれると期待して、アリスン自身、ロニー、あるいはもしやハナに宛てたものかも？　でも、それなら……なぜ暗号で書くのか？

アリスンは名前を列記してみた。

アームストロング大佐
アリスン
ロニー
ハナ

この名前の一つが、平文の最初の言葉かも。とはいえ、この中の一人に宛てた手紙だとしても、普通の手紙と同じように、〝前略（Dear）〟や〝親愛なる（My dear）〟ではじまるのでは？

彼女はMyとDearを予想される最初の文字のリストに加えた。ゆっくりと慎重に、六つの語すべてを暗号文の最初の文字、RLYU YQJQ NOAHと組み合わせて一文字ずつ定規に当てはめていった。結果はいずれも、意味のあるキーワードではなく、ちんぷんかんぷん――無意味かつ発音もできない文字の羅列。バズリーへの期待もややしぼんでしまった。彼の方法にも、カシスキの方法と同じくらいうんざりしてきた。それと……フェリックス伯父ならバズリーの方法を知っていたはず。自分の暗号は解読できないと言ってたのなら、既知の方法ではそう簡単に解読できないのでは。

平文を推測するのはやめて、解読不可能な暗号を企図したフェリックス伯父の思考過程を推測してみることにした。すぐに考えがまとまらなくなり、紙に書いて整理しなくてはならなかった。ポーチではしばらく、彼女がペンを走らせる音しかしなかった。

「ヴィジュネル暗号の解析法はすべて二つの数の要素を拠り所としている――暗号化の過程でキーワードが反復する回数と、数で表せるアルファベット順の文字だ。カシスキ＝ケルクホフスの方法はもっぱらこの二つの要素を拠り所としているし、バズリーの方法も概ねそうだ。仮に平文の最初の文字などを正しく推測したとしても、定規や方陣の一部に、使いやすい鍵の反復やアルファベット順がないと、残りの平文や鍵を引き出すのは難しい。

したがって、解読不可能なヴィジュネル暗号を作るには、こうした数学的な要素――鍵の反復とアルファベット順――を取り除かなくてはならない。

疑問：暗号を複雑にしすぎることなく、通常人でも記憶でき、戦場の制約下でも迅速かつ正確に使えるようにしながら、どうやってこれらの要素を取り除くのか？

だが、フェリックス伯父はこれを成し遂げたと主張していた……。

「やれやれ！」

夢中になりすぎたアリスンは、車が下の本道を曲がり、ギヤをローに入れてコテージへの急峻な私道を登りはじめるまで、近づいてくる音に気づかなかった。

その音に耳も心も驚いた。没頭して現実世界にまったく感覚を閉ざしていただけに、眠っていなくても、それと同じくらい覚醒のない夢想状態にあったのだ。車の唸る音にはっと現実に引き戻され、身震いした。身近な現実が不意に再び感覚に戻り、目の焦点を不意に空間のある一点に向けたみたいに、その感覚の変化をはっきりと感じた。すでに日が暮れつつあることにも気づいていなかった。ポーチも道も木々も、暮れなずむ黄昏の中で色を失い、形がぼやけつつある。この時間になると、木々はいつもグリム童話の森のように実態を失い、魔法をかけられたように見える。

銀白色とクローム色の細長い洒落た車。あれに乗ってるのは誰？　マットが戻ってきたのなら、自分のトラックに乗ってくるはず。レインズ家の人たちが来るわけがないし、パリッシュ家の人たちならさっき来た。配線工がこれほど早く電話をつなぎにくるとも思えない。

アリスンは立ち上がり、ポーチの階段のところに行った。車はぐるりと回り、家に横づけにして停まった。運転席から女が降りてきて、山腹に刻まれた石段を上がりはじめた。女にしてはやけに背が高く、年配に違いない。昼日中にあんな長いスカートをはくのは年配の女だけだ。全身がグレーづくめ――塵と薄明かりの中から出てきた幽霊のよう。つば広の帽子に顔も髪も隠れている。大根足で、踵の低いオックスフォードシューズをはいている。ほっそりと節くれだった手首が肘長の袖の下に露出していた。肌を露出した手は大きく筋肉質で、関節がふくれ、手の甲のグレーがかった肌には血管が浮き上がっている。片方の腕には木製の口の付いたリネンのハンドバッグをぶら下げていた。

「ミス・トレイシーね？」声は低いコントラルト。

「そうですが？」アリスンが階段を見下ろすと、帽子のつばの下に、もつれたグレーの髪に囲まれた、面長の不細工な顔が見えた。

「フィリモアと申します」とその低い声は言った。「お隣さんよ」

「はじめまして。ポーチに上がってお座りください」

「ありがとう」フィリモア夫人はゆっくりと難儀そうに階段を上がり、ロッキングチェアにドスンと腰を下ろすと、足を大きく広げて座った。アリスンは、これほど品位に欠け、グロテスクな女を見たことがなかった。アルゴスも同じ印象を受けたようだ。フィリモア夫人の足をちょっと嗅ぐと、テーブルの下にもぐり、尻尾を元気なく垂らした。

「お忙しい？」貪欲そうな目がポーチのテーブルにある紙をざっと眺めまわした。

「いえ、そんな」アリスンは、紙をかき集めて重ね、その上に文鎮のように本を置いた。あの目はヴィジュネル方陣と気づいたのか？　なんとも言えない。目には、表情を読み取りにくい、あやしげな光が宿っている。

「たばこはいかが？」フィリモア夫人はオリーヴ材製のシガレットケースを取り出した。

「けっこうです」なにをフィリモア夫人から勧められようと、アリスンは断っただろう。

夫人は腿のところでマッチを擦り、炎を大きな両手で囲みながらたばこに火をつけると、マッチの燃えさしを肩越しに灌木のほうに投げ捨てた。グレーのレーヨンのストッキングをはいた長細い踵を見せて足を組み、厚い下唇からたばこをぶら下げながら椅子の背にもたれた。この一連の動きには、なにやら妙なものがある。アリスンはふと思ったことがあったが――あまりに不気味で真面目に考える気にもなれない。

「なにしに来たかと思ってらっしゃるでしょうね」とどら声で言った。「使用人のことで困ってらっしゃると、マットから聞いたものだから」

「週一回来てくれる掃除婦を見つけてと頼んだんです」とアリスンは訂正した。

「そうね」フィリモア夫人は重ねた膝の上で両手を握り合わせた。長い黄褐色の毛が手首と前腕に生えている。「そんな人いないわ。一人もね。私でお手伝いできればと思って」

「あなたが?」アリスンは驚いた。

「ふん、いけないかしら?」

アリスンは、悪態をつくのを粋と思う女学生には慣れていたが、フィリモア夫人ほどの歳の女がこんなふうに軽く「ふん」と言うのは聞いたことがなかった。

「お隣同士、仲良くしなくちゃ」こんな諂い文句も、フィリモア夫人が言うと、善隣友好政策なんぞ大嫌いだと言ってるように聞こえる。「率直に言わせていただくわ。生活してくだけのちょっとした年金はもらってるの。たいしたことないけど、家賃を払って食べてく分には十分なのよ。少しくらい小遣い稼ぎしても悪くないわ。自分の家事だってしてるわけだし、あなたの家事の手伝いくらいしたっていい。週一回来て、お掃除させていただくわ」

「それはご親切に」とアリスンは言い繕った。ちょっと前なら、どんな掃除婦だろうと受け入れただろう。だが、これほど不快な女とコテージに二人きりになるなど考えたくもない。相手をむくれさせずに申し出を断るには、どんな言い訳がいい?「当面、お手伝いは必要ありません」とアリスンはようやく言った。「お手伝いいただきたいときは、マットを通じてお知らせしますけど?」お知らせなんてしないわ、と内心付け加えた。

ただ、なぜか、フィリモア夫人はそう簡単に厄介払いできないと感じる。

「私ならもってこいよ。手も速いし。はした金でやらせていただくわ」フィリモア夫人は巧みに煙の輪を吐き出した。

「おいくらで?」

「言い値でけっこうよ、お嬢ちゃん」

それで決まり。こんな女を雇うくらいなら、家事はみな自分でやるほうがましだし、台所の床も自分で拭くわ。彼女は明らかに常雇いの掃除婦じゃない。雇い主になる相手を「お嬢ちゃん」と呼び、「言い値」で仕事を引き受ける掃除婦など聞いたこともない。私道に停めた銀白色とクローム色の車からして、金も持っていそう。コテージの裏の山腹からアリスンが見た白い家もそうだ。そんな車や家を持てるほどの女が、掃除婦みたいな仕事を引き受けるなど、まともな理由であるはずがない。なにか裏に隠している。もしや、コテージを詮索したがっているのでは?　それとも、アリスン自身を監視したいのか?　どのみち受け入れられない。

「暑いわね?」フィリモア夫人はバッグから大きな白いシルクのハンカチを取り出し、

それで扇ぎはじめた。「いとこさんは今年も来られるの？」

「来ないでしょう」

「ほんとに素敵な青年よね！」厚い唇が開いてにたりとした笑いになり、長く黄色い歯を見せたが、果実が割れて二列に並んだ種が現れたみたい。「二年前、ここに初めて来られたときにお会いしたわ。確か、伯父様が亡くなって、遺産を相続されたばかりだとか」

アリスンは、この一風変わったお悔やみにどう応じるか思いあぐねた。

「あなたみたいな素敵な方とお隣になれて嬉しいわ」

アリスンはまだどう応じていいか分からなかった。フィリモア夫人がオールトンリーを台無しにしてしまうのではと思いはじめていたのだ。

「ここに居を定めたのは、ニューヨークみたいな大都会で顔をあわせる人たちから逃れたい思いもあったの」フィリモア夫人はひるまずにしゃべり続けた。「得体の知れない社会変革の考えに取り憑かれた、得体の知れない人たちが多すぎるもの。敢えて言えば、そういう変革志向の人たちをヒトラーが扱ったやり方に賛同できる点もいっぱいあるわ」

その話を実に巧みにさりげなく会話の中に滑り込ませたものだから、アリスンはすぐには言葉の意味に気づかなかった。

「この国の伝統にとって、ヒトラーがもたらした変化ほど得体の知れない社会の変化なんて想像もつかないけど」と応じた。

「あらそう?」一瞬、血色の悪い顔がさらに陰りを増した。「まあ、お嬢ちゃん、その話で言い争うのはよしましょう」シルクのハンカチが骨ばった手から滑り落ち、床に舞い落ちた。相手のほうがずっと年長なので、アリスンはハンカチを拾ってやった。すると、はっと頭にひらめいた。彼女はハンカチをボールのように丸め、フィリモア夫人にぽいと投げ返した。夫人は、膝に落ちる瞬間、開いていた膝を閉じた。いい歳だし、スラックスをよくはくとも思えないのに。

アリスンの嫌悪は恐怖に変わった。この風変わりな人間に抱いた不気味な感覚が正しかったと分かったのだ。なにかを膝に投げれば、女なら膝を開いたまま、スカートで受け止めようとする。だが、男なら、膝に投げられれば、反射的に膝を閉じる。でないと、物はズボンの脚の間に落ちてしまうから。フィリモア〝夫人〟の言動は、男の言動だらけ。腿でマッチを擦る、手で炎を囲む、灰皿を探そうともせず、肩越しにマッチの燃えさしを投げ捨てる、ズボンをはいているみたいに脚を広げて座る、脚を重ねて椅子の背にもたれ、たばこの煙の輪を吐く、言葉の端々に「ふん」とか「もってこい」とか「いやあ」といった言い方を無造作に織り交ぜる、「お嬢ちゃん」などと取り入るような親しみを込めた言葉もそうだ。低いゴロゴロいう声、目立つ長身、骨ばった男の膝も隠せそうな長いスカート、前腕に生える黄褐色の毛、節くれだった手首、大根足、筋肉質の手――どれも男の特徴だ。わけはともかく、この人は女の服に身を隠した男だし、そんな変装をするまともな理由などアリスンには思いつかない。昨夜は、昼日中なら怖いものはないと思っていたけど、とんでもない。まだランプをつける時間じゃないけど、怖い。はじめは不気味なだけだったが、いきなり剣呑な雰囲気になった。

「よく考えてね、お嬢ちゃん」フィリモア〝夫人〟はすっくと立ち上がり、〝彼女〟の長身をあらわにした。「掃除婦が必要になったら、マットから知らせて。お高くとまるつもりはないの。どんな仕事でも、それなりにお金をいただけるなら、やらせてもらうわ。たまには誰かに来てもらうほうが、あなたもありがたいでしょ」怪しげな目で家を取り巻く森を見まわした。「ちょっと寂しくない？」

「一人ぼっちは気にならないの」はじめて心にもないことを口にした。

不釣り合いな女物のドレスを着た、ひょろ長くて男っぽい人間が階段で立ち止まり、振り返った。「聞きたいことがあるんだけど、ハニー」

こんな人の口から出ると、「ハニー」は「お嬢ちゃん」よりずっと我慢ならぬ呼びかけだったが、アリスンはことさら文句は言わなかった。「なにかしら？」

「ちょっと気になったんだけど……もしかして……昨夜、森の中を散歩してらっしゃらなかった？」

アリスンは、どんよりと緑がかった目を見つめ返したが、なんの表情も読めなかった。フィリモア〝夫人〟は小ずるく立ち回っているのか？　〝彼女〟はこんなやり方で、自分が昨夜、コテージのまわりを徘徊していたことをごまかしているのか？　それとも、その目は見た目どおり真面目そのもので、それどころか――そう――少し怖がってさえいるのか？　その耳も、やはり足音を聞き、忍び足が踏みつけるパリパリと乾いた枯れ葉の音を聞いたのだろうか？

「いえ。昨夜は外に出てないわ」いきなり大胆さがアリスンを支配した。「あなたは？」

「いいえ、お嬢ちゃん、私もよ」その好奇に満ちた目には間違いなく当惑の色が浮かんでいる。「でも、誰かが歩いてたのよ。音が聞こえたの。その男――あるいは女の」

それ以上は言わず、長身の不気味な人物は階段を降りていった。アリスンはポーチに立ったまま、銀白色の車が本道を下って森の中に消えるのを見つめていた。静寂が再びコテージを包むと、まるで薄暮時の白日夢で起きた空想上の出来事のような気がしてきた。女の服を着た男――そんな夢みたいなことが起き――悪夢に変わる。あとは私道の土に、あの大根足の跡が残っているだけ……。

夕食の準備をしながら、ドアの鍵をすべてかけ、窓も全部閉めた。怖いんじゃない。怖いわけがない。雨や蝙蝠（こうもり）、ネズミに当然の用心をしてるだけ……。カーテンはただの飾りだし、幅が小さすぎて、引いても大きな窓は覆えない。真っ暗闇の夜が虚ろな窓ガラスに押し迫り、ガラスをみな鏡に変え、中の暖炉の炎が照り返して外が見えない。昨夜の南西側の寝室は居心地がよくなかったとアリスンは判断した。森に直結するドアや窓がある一階の部屋じゃ、怖くて寝られないというわけじゃない――そう、二面が外に接する角の部屋が好きじゃないだけだ。

　持ち物をスーツケースに詰め込み、家の正面側の屋根裏の寝室に運んだ。この部屋には、堅固な木製のドアがあり、鍵もかけられるし、大きい窓が一つあって、そこから正面のポーチの傾斜した屋根越しに私道とその下の道も見える。この部屋ならきっと……隙間風もそんなには……。

　九時になり、暖炉の炎もわずかな赤い残り火になると、石油ランプを持って二階に上がった。アルゴスが足下を早足でついてくる。認めたくないけど、一階の部屋より、ドアも閉められるこの部屋のほうがずっと快適で安心。この高さからだと、一階のどの窓よりも私道が広く見渡せる。それも安心感を与える。今夜なにかの音で目が覚めても、徘徊者が正面のポーチに来る前に、本道からコテージにやってくる相手の姿を見ることができる。

　疲れ切っていたため、横になったとたん寝ついてしまった。まどろみながら最後に考えていた。（もう怖くない。今夜はニューヨークにいるのと同じようにぐっすり眠れる……）と。

　彼女はニューヨークにいた。タイムズ・スクエアにある『タイムズ』紙のビルの外周を流れる電光掲示ニュースを見ていた。流れる電光文字にはっきりこう出ている。「超アメリカ人連盟――我らは宇宙的正義を求める……」だが、電光が明るすぎて、目が痛い。瞬きをして目をこすると――不意に――ニューヨークじゃないと気づく。硬くて狭いマットレスの上で、織りの粗い木綿のシーツにくるまれて寝ている。しかし、電光はまだ残り、閉じたまぶたの奥でまぶしく輝き、赤みがかったピンクを背景に、金色の点がちらついている。目を開けた。

　月明かりが開いた窓から射し込み、彼女の顔を直接照らしていた。もじもじと体をよじらせながら、満月の輝きが睡眠中の顔を照らすと狂気を引き起こすという、迷信じみた話を思い出した。体を起こした。今夜の月はまだ満月じゃない。不均衡な形とまだらの表面のせいで、ひしゃげた銀色のボールに見える。天上で試合かなにかがあって、空中で蹴り回されたみたい。私道とその先の本道まで見渡すと、本道には誰もおらず、冷たい明かりの下で白く見え、両側を木々が取り囲むように並んでいる。月明かりとは、なんと人工的で芝居がかっていることか！　私道は、両側に薄暗い袖のある、スポットライトを浴びた舞台のようだ――観客にサスペンスと期待を抱かせるために、ほんの一時、誰もいなくなった舞台。舞台装置がととのい、幕が上がり、次の瞬間、役者たちが登場する……。

音を感知して、うとうとした感覚からはっきり目覚めたのがいつかはよく分からない。今度は葉がカサコソいう音ではないし、木製の床に虚ろに響く足音でもない。メトロノームの刻みのように断続的、規則的な軋み音。ギイ……ギイ……ギイ……。この軋み音はどこで聞いたのだろう？

不意に思い出すと、残っていたわずかな度胸も粉々に砕かれてしまった。正面のポーチのロッキングチェアの軋む音だ。今日、黄昏時にフィリモア〝夫人〟が座っていたときの音。アリスンはすぐ、奇妙などんよりした目、女物の帽子やスカートにそぐわない細身の男っぽい姿を思い浮かべた。月明かりの下で一人、ポーチに座り、ゆらり……ゆらりと前後に体を揺らしている姿……。

まさか。あまりにばかげてるし、狂ってる。でも――フィリモア〝夫人〟に狂ったところはないとでも？ ほかの誰だと？ チェアに座って前後に揺らしているのは誰？ 椅子は風もない夜にひとりでに動きはしない。ギイ……ギイ……ギイ……。アリスンはポーチの屋根をじっと見つめながら、その下に誰がいるのか思いあぐねた……。

規則正しい単調な軋み音は耐え難い。夜通しこんな音をじっと聞いているわけにいかない。部屋着を着てスリッパをはいた。底がスエードの柔らかいスリッパ。急峻な階段を降りても音を立てない。月明かりが居間の窓から明るく射し込んでいるから、ランプもろうそくも不要。忍び足でポーチが見える窓に行った。

ロッキングチェアの高い背がゆらゆらと前後に揺れるのが見える。チェアの背がこっち向きで、とても高いので、そこに誰が、なにがいるのか見えない。

チェアの座部を見ようと思ったら、窓を開けて身を乗り出さなくては。

彼女はほんの一瞬ためらった。それから音を立てないように掛け金をゆっくり慎重に開け、窓を開けて身を乗り出した。

ほっとして、思わず声に出して笑ってしまった。ロッキングチェアの座部に載っていたのは、彼女よりも怯えた、大きくて無邪気そうなヤマアラシ。どうやら、この動物が座部に飛び乗ったとき、体重でチェアが前後に揺れ、その動きに怯えて飛び降りられなくなったのだ。だが、人間の笑い声はさすがに予想外だった。不器用に飛び降り、床にべたっと落ちると、すぐに立ち直り、一目散に逃げていった――ポーチを横切り、階段を降り、爪で裸の木を引っ掻きながら、小雨のようにパタパタと足音を立てて。

彼女はまだヒステリックに笑いながら窓を閉めた。昨夜、家のまわりの落ち葉の中を徘徊していたのもあのヤマアラシ君だ。家の背後にある池のそばの泥に奇妙な足跡を残したのも彼か、ほかの動物。でも……笑いは唇から消えた……ポーチに響いた、あのゆっくりとした重い足音はなんだったのか？

なにか合理的な説明があるはず、と自分に言い聞かせた。なにごとも常に合理的な説明がある。あの足音が聞こえたとき、すぐ玄関に行ってさえいれば。もし今夜、二階の部屋にとどまって、ロッキングチェアの軋み音を聞いていたら……きっとあれこれ想像をめぐらせていたはず。ただのヤマアラシだったのに……。

こうなると、彼女の恐怖もみな想像の産物のようだ。フィリモア〝夫人〟が女物の服を着た男だという奇妙な印象も、張りつめた神経が生み出した妄想に思える。中年を過ぎれば、男っぽく見える女性もいる。

ほっとしたものの、これですっかり目が覚めてしまった。もう一度、眠気を誘いそうな本を本棚に探したが、今度ばかりは、材木商の回想録ほどあからさまに眠気を催しそうな催眠剤は見つからなかった。結局、フェリックス伯父が数年前出版した回想録を手に取った。伯父の暗号を解読するのに、彼の生活や思考習慣を手がかりにするのなら、伯父の思い出をよみがえらせてくれる、この本をおいてほかにない。

屋根裏部屋に戻り、ドアを再び閉めると、石油ランプを灯した。この部屋は、一階の部屋より簡素な調度――軍用ベッド、枝編み細工テーブル、ボロ敷物、小ぶりの箪笥だけ。だが、ボロ敷物の色は明るいし、ベッドは清潔で暖かだし、彼女はいつも屋根裏部屋が大好きだった。低く傾斜した屋根裏に映える影のゆらめきにも心地よさを感じる。

アルゴスはベッドの端で身を丸くして眠り、アリスンは本を開いた。その本を読むのは数か月ぶり。ところどころ記憶にある箇所にぶつかるが、ほとんどははじめて読むようだ。フェリックス伯父の文体には個性があり、自分に語りかけてくるみたいだし、柔らかい語り口で、真面目な話をしたかと思うと軽口をたたき、それからまた元に戻るという具合。しばらくして眠くなりはじめた。もう一ページだけ読んだら明かりを消そう。彼女はページを繰った。不意に目が冴えた。フェリックス伯父の本で以前この箇所を読んだことは？　あるはずだ。だが、すっかり忘れていた。

「アルカディアの神、牧神（パン）という謎めいた象徴に隠された深遠な心理学上の真理とはなにか？

　アテネにおけるゼウス、アルテミス、ディオニュソスが、狼や熊、雄牛の特徴を失い、すっかり人間的なイメージになっても、後方のアルカディアの山中に棲む牧神（パン）は、〝鬱蒼とした森や山の頂をうろつき、鋭い目で動物の群れを遠目に眺める、山羊の脚と二本の角を持つカスタネット愛好家〟のままだった……。

　牧神（パン）は明らかに、かつては、羊や牛を財産とみなす、農耕時代以前の人々が祝った豊穣を祈る祭儀におけるトーテミズム的な山羊神にすぎなかった。牧神（パン）はこのように、放牧動物や放牧で食されるもの――羊、牛、鹿、飼料植物――すべての神だった。牧神（パン）は次第に、畜獣というだけでなく牧夫にもなり、牧夫の守護聖人、〝偉大な山羊飼い〟、あるいは卑小な羊飼いがみな精神的に連なる〝偉大な羊飼い〟になった。ギリシアの羊飼いたちは、葦笛という管楽器で迷い出た羊を呼び寄せたので、彼らの神はおのずと風と音楽の神となり、そこから、素朴な思考の流れで、天候を支配する神となった。

だが、〝草食獣〟や〝牧場主〟を意味する名を持つ、この牛や羊の神が、どのようにして、我々が今日、恐慌（パニック）という言葉で知っている、恐怖を司る神となったのか？

牛の群れが、ちょうど積もった落ち葉が一陣の風で突然命を吹き込まれたように、突如どっと走り出すのを見たことがあるだろうか？　なにか見えない力が群れをとらえ、ばらばらの家畜を、はっきりした危険もないのに、自分も目先のものも顧みず、闇雲に逃げだす一つの組織にまとめ上げたように見える。ギリシア人にとって、見えざる力は神の力だ——原因の見えないものはすべて神により引き起こされたものなのだ。あらゆる感情は神に由来する——情熱、インスピレーション、エクスタシー、そして恐怖も。〝熱狂（enthusiasm）〟という言葉も〝神が取り憑いた状態〟との意であり、人は常に、目に宿る非人間的な輝きに、人間に変装した神を見るのである。ペルシア人がマラトンで突然敗走し、ガリア人がマケドニアではっきりした理由もなしに逃げたときも、自分を崇拝するギリシア人から敵を追い散らしたのは牧神（パン）というわけだ。ちょうど、自分への礼拝を怠った羊飼いから家畜の群れを解き放つように。

　人が都会の喧騒を離れ、閑散とした森や山を求め、静けさの中で一人きりで暮らすとき、明確な理由もない、名状しがたい恐怖を知るようになる。ギリシア人にとってこれが意味したことはただ一つ——牧神（パン）、すなわち、意味不明な恐怖をもたらす神が孤独な森や山の中に棲んでいる、ということ。羊がそこに迷い出れば、この猟場監督の神が普通の耳には聞こえない音を笛で奏でたのを耳にしたからであり、そうやって、思いがけない恐慌（パニック）で人間の狩人を圧倒し、野生の動物を守っているのだ。蜃気楼も、一人ぼっちの旅行者を怖がらせ、困らせるために、牧神（パン）が創り出す幻覚というわけだ。

　ティベリウス帝の時代に、エジプト船のギリシア人航海士が、エペイロスの海岸を通過するとき、暗闇の中から自分の名を呼ぶ声がし、「パン・ホ・メガス・テトネケ——偉大なるパンは死んだ」——と叫ぶのを聞いたという（プルタルコス『神託の衰微について』が伝える伝承）。だが、パンは本当に死んだのか？

　私には小さな避暑用のコテージがあり、森の生い茂る静かな山中にポツンと建っている。時おり道の奥の森のほうを見ると、風もないのに、葉の茂る下生えが揺れるのを目にする。夜には、人か動物がコテージのまわりを落ち葉を踏みながら徘徊しているみたいに、タフタの衣擦れのような音が聞こえる。一、二度、聴覚ぎりぎりで聞こえるような振動を感じたこともある――幽霊のように遠くかすかな笛の囁きだ。幻覚か？　幻覚は牧神だ。牧神は〝幻覚〟でペルシアの大軍を追い散らし、水平線上に蜃気楼を出現させ、旅人の目を驚かせる。いや、偉大なる牧神は死んでいない。静寂と孤独が存在し、人間が自分のちっぽけさを心の中で恐れるかぎり生き続けるだろう。

牧神の音色をよく耳にしたとしても、目撃したことはない。さいわい、彼は絶対に視野に入ってはこない。古代の神々は、自分たちの存在を喜ばない人間に親しく接することはないからだ。〝時間神クロノス〟の法則に従えば、不滅なるもの、すなわち、姿を隠そうとする神を見た者は、大きな代償を支払うことになる。牧神の音色はなにごともなく聞くことができる。だが、相対して牧神を見ることは死を意味するのだ……」

アリスンは本を下に置いた。この箇所は以前読んだろうか？　読んだはずだが、ニューヨークの往来の喧騒とまばゆい照明の中では、なんとも思わなかったのだ。今まで、森と山の神である牧神が、恐怖を司る神でもあることをすっかり忘れていた。

フェリックス伯父は冗談でこんなことを書いたのだと、むなしく自分に言い聞かせた。伯父は迷信を信じることは決してなかった。牧神の存在を信じているような書きぶりでも、実は学者の空想——十七世紀なら〝奇想〟と呼ばれたもの——を弄んでいるにすぎない。周囲の森の暗さと静けさの中にただ一人、ランプの明かりが届く範囲を除けば影に囲まれて、人間に敵意を抱く森の中の存在が、視覚の届かないところを動きまわり、聴覚の及ばない囁きを発しているとは考えたくない。主観的な感覚だろうけれど、主観がどこで終わり、客観がどこから始まるのかをはっきり言えるほど賢い者がいるのか？精神の研究に一生を費やす心理学者は、精神はただの物質的なものと信じているが、物質の研究に人生を費やす物理学者は物質をただの力と信じている——つまり、精神も物質も〝力〟という曖昧なつかみどころのない概念に還元されてしまう。本、ベッド、そしてアリスン自身も電子でできていて、電子は塵や煙のような粒子ではなく、分子運動の力を表すシンボルにすぎない。電子を拡大して実際に見られるような顕微鏡があったとしても、見えるものは無だ。人間も物質も、ともに幻覚にすぎず、風が〝実体がある〟ように思えるのと同じ程度に〝実体がある〟にすぎない——風は実際には、音や動きを伴っていても、存在しておらず、大気中の温度の変化があるだけ。

　不意に音が聞こえた。彼女はきっぱりと自分に言い聞かせた。これは暗示にすぎない——たった今読んだことを外在化させただけのこと。つまり、夢を見る者が夢に〝実体がある〟と思えるのと同じ意味で〝実体がある〟だけ。

　だが、その音は、黒いカーテンを貫く深紅の糸のように、完全な静寂を貫いてはっきりと聞こえた。かすかな囁きではなく、甲高く明瞭な音——葦笛を吹くような、か細い高音。アルゴスがベッドの端でもぞもぞし、眠ったままクンクン鳴き声を上げた。

彼女は勇気を奮って窓に目を向けた。月明かりに照らされた道にはやはり誰もいない。藪がレースのような影を投げかけて道の両側を縁どっている。風のない夜、影は絵のように動かない。影が一つだけ動き、消えた。だが、その直前、彼女は見た。身をかがめたその姿、跳ねるように歩く、山羊のようなその動きを。

三日目

夢を見ているあいだ、芝生のクッションの上を疾駆する素早く軽やかな蹄（ひづめ）の音がずっと聞こえていた。

「ミス・トレイシー！　起きてるかね？」

目を開けてグレーの空を見上げた。空気は冷たく、湿った地面と森の匂いが鼻をつく。北東の風が家の角に吹きあたると、クラリネットのように甲高い音を立てる。同じ風がたわんだ枝と若木から唸（うな）り声と軋（きし）み音を引き出し、まるで枝や若木がダブルベースの弦で、風が弓みたいだ。葉は、ルンバのバンドで使うマラカスのようにかすかな音を立てる。彼女はようやく、小刻みに打ちつけるような音がなにか分かった。現実離れした蹄の疾駆ではなく、木造の屋根に当たる、せわしい雨粒の音。

窓から、下の私道に黒いセダンの屋根が見えた。レインズ氏とつなぎ服を着た男が車の横に立ち、家のほうを見上げていた。

「電報が来てるよ」レインズ氏は窓辺の彼女に気づいて叫んだ。「それと、配線工が電話線をつなぎに来てる」

「すぐそっちに行くわ」彼女は叫び返した。「ポーチで待っててくださる？」

窓を閉められない。湿気のせいで窓枠がたわみ、収まらなくなったのだ。風のせいで彼女の顔に冷たい雨粒が少し当たった。シャツとショートパンツで過ごせるような朝じゃない。こんな日のために買っておいた新しいツイードのスーツを出してきた。一九四〇年の悲惨な冬、貿易収支と為替レートを維持するために、潜水艦に脅かされた海をなんとか渡ってきた最後の英国製ツイードの一つ。ソフトグレーとアーモンドグリーンの千鳥格子模様のツイード。これとよく似合う、同じグリーンのカシミアのセーター、グレーのウールのストッキングを身に着け、ダークグリーンの鹿皮製の厚手の靴をはいた。

ポーチに降りると、レインズ夫人がロッキングチェアに座っていた。レインズ氏は芝生で手をポケットに突っ込み、配線工が木に登り、低い枝に結わえ付けた白い陶製の絶縁体に電話線を巻き付けてチェックするところを見ていた。

「電報ですよ」レインズ夫人がバッグから取り出した。「主人が今朝、村に行ったら、電報係から持っていってくれと頼まれたの」

「ありがとう」アリスンは封を切った。

「明日の夜、リトル・クローヴ着。出迎え不要。ジェフリーの家に滞在予定。
　　　　　　　　　　　　　　　　　　　　　　　　　　　　　ロニー」

戦時の規制で、彼がいつも使う「親愛なる」という言葉が〝不要〟で省かれていたが、嬉しさのあまりアリスンは気づきもしなかった。「いとこがやってくるの！」レインズ夫人に叫んだ。「今夜着くって。昨日、ニューヨークから打ったものよ。今朝、電車に乗ったんだわ」

「そう、それはよかったですね」とレインズ夫人は応じた。「ここに一人きりはよくないと思ってましたし、主人もそうですよ」

アリスンは言いよどんだ。ロニーはパリッシュ家に滞在予定だとレインズ夫人に言うべきか？　言えば、村じゅうに伝わる。自分はもう一人暮らしじゃないと、人に思わせておくほうが無難かも。ロニーがなぜオールトンリーに来ないのか不思議に思えてきた。ニューヨークでは、パリッシュ家が夏ここに滞在していることも知らなかったのに。それに、ワシントンを離れるのもどうして？　一日も仕事から離れられないと言ってたのに。

そんなこんなを考えて気持ちが少し落ち着くと、レインズ夫人を屋内に招じ入れた。

「暖炉に火をくべようと思ってたところなの」

レインズ夫人は暖炉の前のソファに座り、冬物のコートを脱ぐと、下に模様入りのクレープの夏服を着ていた。「暖炉に火をくべた経験があるようですね」新聞紙を積んで焚き付けにするのを感心したように見ていた。「こつが分からない都会の人もいるけど」

「ギリシアの地方に住んだことがあるんです。スチーム・ヒーティングもなくて。暖炉で暖を取ろうと思ったら、いやでも火のくべ方を学ばなきゃいけないの」

「ギリシアは暖かい国だとずっと思ってましたけど」

「冬はそうでもないわ」アリスンは、新聞にマッチの火をつけながら言った。「コーヒーでもいかが?」

「いえ、けっこうです。朝食をいただいたのは三時間前だし」

炎が焚き付けにつき、炎の長く黄色い舌がなめつくすように薪に点火した。アリスンは、火を見つめながら、足を足載せ台に載せて身を落ち着けた。「レインズさん、ミス・ダレルってご存じ?」

「ええ」レインズ夫人はにわかに身構えた。

「昨日、ミス・パリッシュから聞いた話だと、ミス・ダレルは気が狂ったとか。なにがあったか、ご存じですか?」

レインズ夫人は、太い指でクレープのドレスをいじって襞を作った。「主人が話さないほうがいいって言ったのよ。ここで一人暮らしをされるあいだはね。一人暮らしとも関係あることだったから」

「あなたが話してくださらなくても、ミス・パリッシュから聞けるわ」

「それもそうですね」レインズ夫人は襞を伸ばした。「それに、もうお一人じゃないでしょうし。そう言えば――あんなことも」レインズ夫人は横を向いて、部屋の反対側を見つめた。「天井に焦げた梁があるのが分かります？」

アリスンはそれまで気づかなかったが、天井の東側の端にかかる梁がわずかに黒くなっていた。「それで？」

「病んだミス・ダレルがやったの。この家を燃やそうとしたんです。ほやに炎が届くくらい大きく燃やした石油ランプを持ち、テーブルに乗って頭上にランプを掲げて。炎が梁を焦がしたのよ。一分もそのままにしたら、天井に火が広がって、家全体が猛烈に燃え上がっていたでしょう。なにしろ、ただの小さな木造のコテージだし、消防団が来るには場所も遠すぎるし。村から来なきゃいけませんから」

「どうしてそんなことを？　コテージが気に入らなかったとでも？」

「あら、気に入ってたわ。そこが問題だったの。つまり……そう、彼女の家族がね。一九三一年といえば、みんなお金がなかった時代。ミス・ダレルは、女中を解雇して、ニューヨークのアパートも引き払わなきゃいけなくなって、冬も含めて、ずっとここで一人暮らしすることにしたの。

暖炉に石炭ストーヴを置き、隙間はみんな紙を詰め、暖かい服――ウールの下着、セーターを二、三着、それに大きなラクダ毛のコート――で厚着というわけ。上の道路まで行くのに便利なスノーシューズも持っていた。冬季は、スクールバスが通れるように道路も除雪されていて。彼女は週に一度、その道路で食料品のトラックと落ち合って、生活用品を買ってたの。風変わりな暮らし方だったかもしれないけど、気に入ってたようだし、他人に迷惑をかけたわけじゃない。水道管が凍結しないように水道を止められたときは、なんていうか……迂闊なことをしたものだけど」

「迂闊？」

「ええ、泉からバケツで水を汲んでくるのが面倒だから、いつも流しに汚れた皿を何日も置きっぱなしにしてたそうよ。村じゃ、不衛生だと陰口もたたかれたけど、そんなことはなくてね。保健局の職員が家を検査しに来たけど、なんの問題もないと。飲料水には瓶詰の水を買って、ゴミも自分で燃やし、浴室には浄化槽も備え付けてたんです。

この家を愛してたのよ。ずっと小さなコテージを自分で持つのが夢だったし、いわば夢が実現したの。貯蓄の半分をこの家のために使ったけど、彼女にとっては一世一代のことだったんでしょうね」

「それじゃ、どうしてこの家を燃やそうとしたの？」

「そうね、家族のせいだったの。さっきも言いましたが、あの頃はみんなお金がなくて、ミス・ダレルは多少散財したけれど、まだけっこうな実入りがあった。彼女はしみったれと言われそうな人だったし、兄弟たちはそのお金が喉から手が出るほどほしかったわけ。彼女も老いたとはいえ、すこぶる健康だったし、まだ二十年は生きると思われたの。兄弟たちは結婚して、子どもたちにも経費がかさんだ。彼女は夏に遊びに来るよう誘ったけど、彼らはこの家が気に入らなかった。避暑地のホテルみたいにもっと活気のあるところが好きだったのね。そんなことが二年ほど続いて……家族で話し合いがもたれた。彼らはこう言いはじめたの。彼女はちょっと……おかしくなってきたって。汚れた皿のこととか、冬もこの家で一人暮らしだとか、そんなことだけじゃなく、おかしなことを口にすると」

「おかしなことって、どんな?」

「つまり……音が聞こえると」

アリスンは苦笑した。「誰だって聞こえるわ」

「もちろん。そうじゃなくて……他人には聞こえない音が聞こえるというの。少なくとも家族の話だとね。ミス・ダレルは……森になにかいるとか、妙な考えを抱いてたのよ」

「なにかって?」

「なにかは私も知りませんが、自分しかいないはずなのに、一人じゃないって言ってたそうよ」

「聞こえた音の特徴とかは話さなかったの？」

「一度だけ、囁(ささや)くような音のことを話してたとか。たぶん、思い込みでしょう。一人ぼっちでいると、いろいろ空想するし、森がまるで――まるで静かに息をひそめて自分を見つめているような気持ちになるものよ。風が家の角を吹き抜けるときにヒューヒュー音を立てただけなのかも。ちょうど今朝みたいに」

「囁くような……」アリスンは繰り返した。「葉がカサコソと音を立てたとか？」

「そうかもね」レインズ夫人は淡々と軽い口調で言った。「でも、ほかの音も聞こえたらしいの。足音と声。たぶん、彼女があんな小金を持ってなかったら、彼女になにが聞こえようと家族も気にとめなかったはず。ところが、彼女をどこかに厄介払いすべきだと言いはじめて。ある夏、事態は急展開。家族がみんなこの家にやってきて、彼女が寝たあと、夜、東側のポーチに集まって、その問題を話し合ったわけ。彼女が寝てしまったと思ったようだけど、実は寝てなくて、しかも、この小さな木造の家は音が筒抜けでしょ。彼女は話を全部聞いてしまった。もちろん、自分が狂ってると思うはずもない。狂人はみなそうよ。むしろ、兄弟が自分を狂人に仕立てて、この小さな家を奪い取ろうとしてると思ったわけ。少なくとも、審問の場――精神異常審査委員会とかいう場で彼女はそう証言した。

彼女は二階のベッドで、自分のことを冷酷この上ない調子で話しているのを耳にして、ようやく、自分の身の上を気遣ってくれる者などいないと気づいたのね。なにをされようと、このコテージだけは渡してなるものかと、すぐに覚悟を決めたわけ。先手を打ってこの家を燃やしてしまえ、と。それで、彼らの話も終わらぬうちに居間に降りてきて、石油ランプに火を灯すと、テーブルの上に乗った。

もちろん、そんなことだけはしちゃいけなかったのよ。ポーチにいた誰かが煙の臭いに気づいて、みんな居間に突入して彼女を現行犯で取り押さえ――彼女の運命は彼らに委ねられてしまった。放火は、狂気を証明するのにうってつけの証拠だったし、六、七人もの目撃者がいたとあってはね。彼らの証言で彼女の命運も尽きた。彼女を厄介払いしてしまうと、彼らはすぐ彼女のお金を分捕って、コテージも売り払ってしまったの。皮肉なものね。彼らの狙いがコテージだというのは勘違いで、ほしかったのは彼女のお金。自分がコテージを強く愛してたから、他人も同じと考えてしまったのね。彼女のお金をほしがった目的は、息子を大学にやるとか、娘に毛皮のコートを買ってやるとか、普通の遺産の使い道と同じだったのよ。彼女みたいなものの役に立たぬ婆さんより、まだ将来のある子どもらのためにお金を使うべきだと思ったんじゃないかしら。それに、彼女はほんとに狂ってしまったのかも。家族がよってたかって身内一人に襲いかかれば、どうなるか分かるでしょ。誰だって頭がおかしくなるわ。まあ、なんとも言えないけど。

きっと医者にも分からない。ともあれ、私が彼女の姪か甥だったら、そうやって手に入れたお金で、毛皮のコートだの旅行だのを楽しむなんてとてもできないわ」

「未開人は、老いて部族の役に立たなくなった人を殺す。そのほうがまだ慈悲深いわ」

アリスンは開いた戸口の奥に開放的に広がる空と山を見つめた。「鉄格子の奥に閉じこめられて……なにもかも失うなんて考えたくもない……彼女はまだ近隣にいるの？」

「いた、というべきね」

「どういうこと？」

「今朝の『カスター・カウンティ・ニューズ』に出てたわ。ミス・ダレルは一昨日(おとつい)の夜、精神病院で亡くなったの」

　アリスンは、フランス語の〝震え(フリッソン)〟という言葉をよく目にしたものだ。スコットランドの言葉で言えば、〝コールド・グルー〟。英語の〝ぞっとする(グルーサム)〟の語源だ。そんな感覚をはじめて味わった。背筋を走る電気ショックみたいだが、電気より冷たい感覚。一昨日の夜――ポーチに足音が聞こえたのに誰もいなかったあの夜……。ミス・ダレルは、身の毛のよだつその住まいで、死に際してもがき苦しみながら、自分がこよなく愛した別の住まいに思いを馳せたはずだ。その思いがこのコテージに届き――正面のポーチに足音が近づいてくるイリュージョンを引き起こしたとでも？　アリスンは賢明にも、そんな突拍子もない可能性をレインズ夫人にほのめかしはしなかった。頑なで因習の権化みたいな人だもの。歴代のレインズ家の夫人は、地球は平らだ、空飛ぶ機械を発明しようなんて輩は馬鹿か狂人だと、何百年も言い張ってきた人たちだ。ある新聞記者が、キティホーク（ライト兄弟が最初の飛行機飛行を行ったノースカロライナ州デア郡の町）で、別の朝刊記者のほうを見て、「本気でこの記事を自社に送るつもりか？　おれが送らないからって！」と言ったというのも、レインズ夫人みたいな人たちがいるから。人は謎に満ちた宇宙の中で正気を保つために〝自明な真理〟を必要とする——科学者さえも。隕石は「空から落ちてこない。空に石などないのだから」と主張したラヴォワジェのように。こうした〝真理〟を早まって疑おうものなら、気の毒なミス・ダレルがたどった精神病院への道をまっしぐらだ。

それに、常軌を逸した点を別にしても、こんなテレパシーめいた幻覚の仮説にはもう一つ穴がある。ミス・ダレルも、昔、このコテージで足音を耳にしたと信じていた。彼女が信じたことと、アリスン自身が経験したことにはなにか関係があるに違いないが、かくも歳月を隔てては、どんな関係があるのか突き止めるのは難しい。

「狂気の沙汰も金次第ね」ふと気づくと、レインズ夫人が語っていた。「主人の話じゃ、働いてお金をしっかり稼いでる人なら、暴れ出しでもしないかぎり、狂気の宣告を受けたりしないって。だって、債権者も扶養家族も、引き続き稼ぎ続けてほしいと思うもの。でも、気の毒なミス・ダレルは仕事をしてなかった。隠居で、財産のおかげで生活していたし、それも彼女を厄介払いできれば、ほかの人たちのものになるというわけ。そんな状況で生活してる年寄りの女は、立居振舞にすごく気をつけないと。狂気のレッテルを貼りたい人たちがたくさんいるんだもの」

しっかり現実味のある足音が、レインズ氏と配線工が近づいてくるのを知らせた。彼らは念入りにドアマットで足の泥を落とし、帽子を脱いで中に入った。配線工はそのまま電話のところに行き、ねじ回しでなにかをしはじめた。レインズ氏は、暖炉を背に敷物の上に立つと、ゆっくりと部屋の中を見まわした。

「コテージは気に入ったかね、ミス・トレイシー？」再び視線をアリスンに戻しながら言った。

「素敵よ」

「ほう」レインズ氏は顔色も変えずこの言葉を咀嚼（そしゃく）した。

アリスンは苦笑した。「お気に召さないとでも？」

「使い勝手がよくないな」彼はすぐさま答えた。「壁に断熱材はないし、電気もなく、地下室もなし。何マイルも人里を離れていながら、未舗装の道路は、冬、六フィートの雪に埋まる。魅力的とは言えんよ。景観がいいとよく言うが」と、開いたドアの奥に見えるグレーの空に目を向けた。「頑丈ないい断熱材を壁に入れて、地下室や電灯もあってこそ――景観も楽しめるというものさ。この部屋は夏でも、床下の地面から冷気が伝わってくる。村の家なら、たいていは近代設備がみな備わってるし、出費もここよりずっと少なくてすむが」

「ここはただの避暑用のコテージよ」とアリスンは言った。「でも、夏に冷気は感じないし、景観もプライバシーが保てるのも気に入ってるわ」

「プライバシーだって？」彼はまるで聞き慣れない言葉のように、頭の中でその言葉をゆっくりと反芻した。まるきりあけっぴろげな性格だし、自分自身の領分など無きに等しい人なのね、とアリスンは気づいた。自分の精神生活が部族の精神生活の一部でしかない未開人と同様、この人にプライバシーと言っても無駄。「私は人づきあいが好きでね」と彼は言った。「人に囲まれてるのが好きなんだ。ぽつんとした農家にいるより、村に住めればな、とよく思う」手をポケットに突っ込んだまま、体を揺らしながら踵を返した。「売る気になったら、そう言ってくれ」

「でも、ここがお嫌いじゃないの？」

「家は嫌いだが、土地は使い道がある。ここは私の所有地のど真ん中に、孤島のように三十五エーカーも占めてるんだ。ここを買えば、山のこちら側は全部所有できる」

「そのあと、どうなさるの？」

「住宅用地に分割して、小ぶりの近代的な家をいっぱい造るのさ。二年前にフィリモア夫人に造ってやったのと同じような家をね。戦争が終わったら、景観を好む都会の連中に売って、私のほうは安泰というわけだ。カジノやカントリークラブなども造れば、もっと面白いかもな。電気や水道も通して、いい道を造る。立派なものになるだろうよ」

「でしょうね」

「それに、山のてっぺんからの見晴らしもいい」レインズ氏は未来を夢見てすっかり空想に耽っていた。「ソーダ水売り場も置いてな。登山者からは五十セントいただく。きっと何百万人も来るぞ。林木も採れるし、この森だけですごい値打ちものなのさ」

「主人には大きな構想があるの」レインズ夫人は誇らしげに言った。

「いとこさんとよく話し合ったらいい、ミス・トレイシー」レインズ氏は、持ってきた電報の内容を知っている口ぶりだったが、アリスンは特に驚かなかった。小さな村がどんなところかよく分かっている。電報係はたぶん、レインズ氏にこう言ったのだろう。

「いとこが今夜来るって言うこの電報、ミス・トレイシーに持ってってくれますか?」と。電報の守秘義務など、村人には、コテージのプライバシーと同様、無縁のもの。

「土地の代金なら気前よく払うと伝えてくれ」とレインズ氏は話を続けた。「だが、コテージには一切払うつもりはない。そんなものは要らないし、どうせ誰にも売れんさ」

配線工は電話の受話器を取り、「もしもし、ジェニー?」と交換手に話しかけた。「ジムだ。テストさ。切るから、こっちにかけ直してくれ」彼は受話器を受け台に置いた。ベルの音は大きく、森の静けさにそぐわず、不意にニューヨークを思い出させた。「ありがとう、ジェニー。またな」配線工は再び電話を切ると、「これで電話はつながりましたよ」とアリスンに言った。「ここの番号はリトル・クローヴ８１４です」

彼らが行ってしまうと、暖炉の前で、パンケーキとベーコンの朝食をお腹いっぱい食べ、そのあと再び暗号にとりかかった。計算や図表の載ったページを次々と繰っていくうちに、紙が不足していることなどすぐ忘れてしまった。頭がずきずきし、数字が目の前で踊ったが、フェリックス伯父の最後の言葉は、今もRLYU YQJQ NOAHという暗号文字に封印されている。

びっくり箱のように唐突に、潜在意識の貯蔵庫からアイデアが浮かんだ。心のどこかでしばらく温められていたに違いない。

教本のページをめくっていった。例として載っているどの暗号も、このアイデアを支持してはくれない。だが――とても単純なアイデアだ。なぜ今まで誰も思いつかなかったのか？　暗号法を必死で頭に詰め込んだせいで、自分の判断力が狂ってしまったとでも？　それとも、このアイデアによる暗号なら、カシスキ＝ケルクホフスの解読法で使われる、ヴィジュネル暗号のキーワードの反復を回避できると考えていいのか？　フェリックス伯父は同じアイデアによる暗号を考案したのか？　もしそうなら、その暗号が数学的な解析法で解読できるとは思えない。有望なのはバズリーの仮定語法だけだが、平文の内容が見当もつかないのに、どうやってそんな方法を適用するのか？

もう紙と鉛筆も要らない。考えをまとめたかったし、じっと座っているより、歩くほうがうまく考えがまとまる。計算で埋め尽くした紙をすべて屋根裏の寝室に持っていき、スーツケースにしまった。暗号文はハンドバッグのファスナー付きポケットに戻した。それから、レインコートをスーツの上にはおり、一階に降りると、アルゴスの首に付いた紐をつかんだ。「おいで。太っちゃうわよ。あなたも私も散歩が必要なの」

アルゴスは、ゆっくりと重い足どりで正面の階段を降りていく。まるで、肥満した年配のクラブ会員が、健康のため散歩するようにと医師に言われて、お気に入りの椅子からいやいや引っ張り出されたみたいだ。空はまだどんよりと曇っていたが、雨はすでに止み、空気は露の滴のように澄み切ってさわやか。彼女の短靴は、私道に足を踏み入れたとたん、ぐちゃぐちゃに泥にまみれた。時おり、風が頭上の木の枝を揺らすと、雨粒が帽子なしの頭に降ってくる。昨日の葉は、汚れてグレーだったが、今日は風雨が葉を洗い落として、初夏の輝くようなグリーンに。人が風呂や酒を楽しむように、木々も雨を楽しむようだ。

私道から本道に入るところに来ると、彼女は立ち止まった。昨夜、不動の影の中で動く影が見えた場所。足跡はない。雨が畝をすべて洗い流し、轍を細流のように流れ下りながら、足跡もきれいに片づけてしまっていた。

本道を見渡すと、右も左も同じように見える——木々の壁に挟まれた、長くまっすぐな狭い通廊。右側は、初日にマットと一緒にやってきた道——山を下り、レインズ家の農場と村に行く道だ。左側は、ぼんやりした記憶しかない未踏の領域。あの影は右から左へと移動した。彼女は左に向かった。

田舎に住むのも久しぶりで、森の端々にも魅力を感じる——松ぼっくり、トチノキ、緑の苔（こけ）、どんぐり、エメラルドグリーンの小さな苔、白く柔らかそうな胴体のキノコ。キノコは、踏むとすぐにつぶれ、縁が茶色か、わずかに黄赤色で、裏側はきれいなアコーディオンの蛇腹（じゃばら）のよう。

四つ辻に来た。右、左、それともまっすぐ？　左はパリッシュ家に行く登り道。正面の道は、山を下り、隣の谷のイースト・ウィントンの村に。右は憶えていない。右に行くことにした。

道は曲がりくねる、半マイルの上り坂。下生えがこんもりと茂り、枝も低く突き出ている。この道沿いに住む者はいない。いれば、枝が刈り込まれているはず。下り坂になりはじめた。山脈の尾根を越えたはずだが、山頂からの眺めを目にすることはなかった。森があまりにこんもりと茂って見えなかったのだ。石橋に出た。岩だらけの川床をぶつかるように流れる小川にかかる橋——おそらく、リトル・クローヴを流れる小川と同じ川だ。橋を渡って急な曲がり角を曲がると、立ち止まった。

そこに家があるとは思わなかった。

かつては立派な家だった。今も大きい——昔は庭だった、雑草が丈高く生える草地に、石造りの家が建っている。どの窓も硬い木の板が打ち付けられ、家と同様、風雨にさらされて汚れている。ふさがれたのはずいぶん前だ。

森がその空地を取り囲んでいる。暗く押し迫り、威圧するように。数年もすれば覆い尽くしてやるぞ、と言わんばかりに。百年もあれば、人間という侵入者の痕跡など消してやる——広がり繁茂し、人の痕跡を打ち消しながら、ただの石と朽ち木の塊(かたまり)にしてやるのさ……。

メーテルリンクは、反抗的な継子(ままこ)である人間に、自然が激しい敵意を持つことを示唆していたのでは？　野生の事物はみな人間を憎む——人が残酷に扱う動物だけでなく、口もきけず、目も見えない、根を生やす生き物たち——穀物、雑草、木々も。ひと気のない場所の静けさに耳をすませながら、自分を取り囲む声なき敵意を感じた。

我が物顔の雑草は風に冠毛を揺らしながらいたるところに生え、舗装したテラスの割れ目からも伸びている。都会にいると、生命体はすべて人間だと思ってしまう。生命とは、生まれたとたん、わずかな隙間にも入り込み、生物学上の空隙に流れ込むものであり、森のただなかに住めば、人間とは、そうした生命の海の水面に立つかすかなさざ波でしかないと気づく。台所の床に砂糖をこぼせば、朝には蟻(あり)が群がっている。花壇を放置しておけば、二日もすると雑草が生えてくる。屋根裏のスズメバチ、ポーチの柵のシロアリ、パントリーのネズミ、浴室のゴキブリ、羽根にハジラミを抱えたまま軒下に巣を作るツバメ、バラに付いたアブラムシ、リンゴの中の虫、屋根板に生える苔、パンに生えるカビ、衣装戸棚の中の虫――我々のまわりや体内に常駐する、細菌やウィルスのような目に見えない生命は無論のこと。周囲を見まわすだけでも、無数の風変わりな姿の生命体に必ず出くわす。そんな姿も、みな必要に迫られ、必死に倦むことなく適応しようともがき苦しんだ結果だ――大地は自分たちの都合に合わせて創造されたと思い込む人間に、彼らは無言で異を唱えているのだ。

アリスンは悲しい気持ちで家の角を曲がった。

雑草はさらに長く伸び、ツタが厚く覆い、木々はさらに家の近くに迫り、日差しを陰らせていた。雨戸の一つも壊れている。彼女はふと立ち止まった。壊れた木材の中心が、風雨にさらされて汚れた表面から浮き上がり、白く剝き出しになっている。脈拍が速まった。この雨戸は最近壊れたのだ。木材は朽ちている。動物がかじったか、爪を立てたのか?

戸惑いつつも近づき、隙間から覗き込んだ。中はなにもない大きな部屋。硬材の床と白い羽目板張りの壁は、埃（ほこり）で灰色。床の埃にところどころ跡がある。誰か、なにかが、そこを歩いたのだ。隅の一つが、埃が渦を巻いて輪になっている。まるで、ねぐらでくつろぐキツネみたいに、生き物が雨を避けて身を丸くして寝ていたようだ。

もっとよく見ようと、下の敷居のそばに膝をついた。雨戸の唯一の隙間から射し込む弱い日差しの光に慣れてくると、埃の中に、ぼんやりかすれた跡がさらにはっきりと見えた。蹄の跡。

不意に、はじめてその家を見たとき感じた、控えめで不明瞭な敵意が、大波の波頭のように大きく膨らみ、自分に襲いかかってくる気がした。理性より根源的で古いなにかが、静寂の中から、ここは危険だと叫んでいる。圧倒的で抗い難いほどに悪が差し迫るのを感じる。その感覚に、心臓が激しく鼓動し、こめかみが脈打った。

彼女はすっくと立ち上がり、アルゴスを紐で引っ張りながら家の周りを走った。道を駆け下り、橋を渡ると、アルゴスは競走を楽しみはじめた。犬は並んでドタドタと走り、長い耳をパタパタとはためかせる。彼女は脇腹が痛くなり、はあはあと息切れして立ち止まった。うしろを振り返る。木々のアーチの奥に、家は空虚でもの憂げに見える。雨戸を閉めた窓が虚ろな目のようだ。誰も追ってくる気配はない。なにもないのに逃げていた。これこそ……恐慌（パニック）……。

小さく簡素な自分のコテージも、あの空虚でみすぼらしい、大きな家を見たあとでは、なんと魅力的なことだろう。

階段を駆け上がり、二段式ドアの鍵を開けた。雨の午後だと屋内はほんとに暗い！　手軽につけられる電灯のスイッチもない。マッチを見つけ、ランプのシェードとほやを外し、ろうそくの芯に火を灯し、と一連の手順を踏まないと、照明も確保できない。

彼女は犬の紐を外した。アルゴスは、そろそろ夕食の時間だと気づき、居間をよたよたと横切って台所のドアに向かうと、小さな椅子にぶつかり、仰向けにのびてしまった。

驚いてクンクンと鳴いても、彼女はすぐに駆け寄らなかった。彼女はまだ椅子を凝視していた。その椅子が前はどこにあったか思い出せないが――アルゴスは憶えていた。犬のために、家具はなに一つ動かさないよう気をつけていた。だが、何者かが動かしたのだ。アルゴスのことを知らない誰かが。彼女の外出中、誰かがコテージに入ったのだ。まだ中にいるかも。

「大丈夫よ」彼女は犬に歩み寄った。犬は言葉を理解できなくとも、しっぽで床をパタパタとたたいたことから、同情がこもっていることは理解したようだ。犬はなんとか立ち上がった。彼女は犬の頭、背中、脇腹を撫でてやった。骨は折れていないし、毛に覆われているおかげで、人間の体なら負いそうな切り傷や打撲も免れている。

彼女は立ち上がった。森の空虚な家で取り憑かれた、ぞっとする恐怖を振り払うチャンスだ。中央のテーブルから一番大きな懐中電灯を手に取り、台所のドアに向かった。台所にもパントリーにも誰もいない。一見なにも乱れていない。懐中電灯を手にし、アルゴスをあとに従えて、廊下を進みながら寝室と浴室を覗いた。窓はすべて内側から掛け金がかかり、窓枠も壊されていないし、いじられた跡もない。西側の寝室を通って居間に戻ったが、侵入者の痕跡はなかった。あとは屋根裏だけ。再び居間を横切って廊下に出た。一瞬、階段の一番下の段に片足を乗せて耳をすませた。上から音は聞こえない。階段を上がり、家の裏側の寝室と屋根裏の物置を覗いた。誰もいない。なにもだ。最後に、屋根裏の正面側の部屋に入った。昨日寝た部屋。最初に目に入ったのは、開いた窓――雨のせいで木製の窓枠がたわみ、今朝は閉められなかった窓だ。窓敷居を慎重に確かめても、なんの跡もない。スーツケースも鍵がかかったまま。膝をついてスーツケースを開けた。見たかぎり、暗号解析の計算で埋まった書類は、入れたときのまま。正座をして身を起こした。アルゴスのことがなかったら、コテージに誰かいたと疑いはしなかった。この犬の優れた反射神経の記憶も一瞬鈍（にぶ）ってしまったのか？

一階に降り、正面玄関の横に立つと、犬に呼びかけた。犬は居間を横切ってまっすぐ彼女のところに来たが、途中、暖炉用の薪が入った枝編み籠の端を避けて一度だけ迂回した。彼女は寝室のドアに行き、もう一度犬を呼んだ。今度は、犬は迂回せずに居間を横切った。なんの障害物もないのだ。台所のドアに行き、犬を呼んだ。アルゴスは、この新たなゲームに疲れてきた。息を切らせながら座り、長いピンクの舌をだらりと垂らした。「おいで、アルゴス！　いい子だから！　おいで！」ようやく懇願するような響きが犬に伝わった。人間の無駄なお遊びに付き合うのにため息を吐きながら、もう一度立ち上がって駆け寄ってきた。今度は予期していたことを目にした。犬は横切る途中、そこにないなにかを避けて迂回した。そう、アルゴスの記憶は鈍っていなかった。そこはまさに椅子のあった場所。自分がぼんやりして椅子を動かし、そのことをすっかり忘れていたのか？　それとも、今日の午後、コテージに誰かいいたのか？

アリスンは、急峻な山道をのぼって森を抜け、登りの道からパリッシュ家の私道に入るところまで来ると、体が火照って息切れした。門で立ち止まり、ひと息ついてうしろを振り返った。木々に隠れて彼女の小屋もフィリモア夫人の小屋も見えない。山腹は、レインズ家の農場のあるところまで、鬱蒼とした森が切れ目なく続いているように見える。

私道をのぼっていくと、ロニーの小さな笑い声が聞こえた。アルゴスは、彼女の手から紐をぐいぐいと引っ張り、駆けていこうとした。家を取り巻く森の道を進むと、山の反対側の山腹が見渡せる舗装したテラスに出た。何マイルも見渡せる広い谷には、ちっぽけな家が集まる集落が点在し、何本もの川が、こんな夕暮れだと青灰色の雲の塊のように陰りを帯びたほかの山のほうに流れている。山や谷よりはるかに壮大なのは空の広がりだ。砲金から真珠層まで、いろんなグレーの色合いの雲が、激しく湧き上がり、泡立ち、ドームや尖塔のある町の形を成し、つかの間存在したかと思うと、溶解して、もっと途方もない姿に変わっていく。

ヨランダは、グロスター・カウチにゆったり横になっていた。裾長のドレスは、黄昏時の晴れた空のようにくすんだブルー。ペンダントのサファイアは、彼女の白い喉を背景にきらめき、そのプラチナの鎖は細すぎてほとんど見えない。口紅を塗った唇は、色白の顔と対照的に血のように赤く見える。ロニーが彼女のたばこに火をつけ、夕暮れにマッチの炎が浮かんだ。ジェフリーと見知らぬ人物が、手すりに座っていた。そのとき、アルゴスがアリスンの手から紐を振りほどき、ロニーの声がするほうに走っていった。

「アリスン!」ロニーは、泥だらけの犬の脚をどけ、進み出て彼女の両手を握った。

「顔の見えるところに行こう!」彼女の手を取り、木々の下からテラスの中央に出ると、陰ってゆく明かりの中で彼女の姿をよく確かめた。「少しは顔色がよくなったけど、まだ痩せてるね。咳（せき）の具合はどうだい?」

「ほとんど消えたわ——あなたとオールトンリーのおかげよ。アルゴスのことも心配でしょ?」

「意地っ張りだな」彼はまた笑った。「気にしちゃいないよ。あんなけだもの、いなくてもかまわないさ」

「それなら、どうしてオールトンリーに来なかったの?」

「ぼくと犬が揃っちゃ、君もたまったもんじゃないだろ」

ロニーは、彼女の手を離し、見知らぬ相手のほうを向いた。「カート!」やってきたのは、デブの禿げた男で、丸くて黒い目がキョロキョロと詮索するように動く。「彼はカート・アンダーズ――彼女はいとこのアリスン・トレイシーだ。以前話しただろ」

　禿げた頭がなにやら気取ったように軽くおじぎした。

「ハナを連れてこようかとも思ったけど」とロニーは話を続けた。「来る気がなくてね。実はどこかの工場で仕事を得たのさ」

「お座りなさいな、アリスン」ヨランダは、自分が座るカウチの横をポンポンと叩いた。「ジェフリー、アリスンにカクテルを差し上げて。おもてなしもせずごめんなさい。いらっしゃると思わなかったの」

　ジェフリーは立ち上がったが、ロニーのほうが速かった。壁のそばのテーブルからフロストグラスをアリスンに持ってきた。「ハナおばさんがつなぎ服を着てるところなんて、想像もつかないな」

「元気なことね」アリスンは、冷たく、香りの立ち上るマティーニをおいしそうにすすった。「それに、たぶん家政婦よりも楽しそう」

「その女性の心理構造にもよるな」とアンダーズは言った。「ユングの言う強いアニムス（女性の無意識内にある男性的特性）を持つ女性なら――」

「おいおい！」ジェフリーは声を上げた。「その手の心理学のたわごとはもうやめてくれ」

「たわごとだって？」アンダーズは、咎(とが)めるように目を向けた。「確立された科学だ」

ロニーはにやりとした。「科学が確立されたことなんてあるのかな、カート？　今日の仮説は、明日には迷信になってるものさ」

アンダーズは心情を害したらしく、アリスンは彼に話しかけた。

「あなたもＯＳＥの職員なの？」

「ええ。心理戦部署に所属しています」

「カートはウィーンで勉強してね」ロニーは言い添えた。「ドイツ人たちの心理学によく通じているんだ」

「ほう？」ジェフリーがロニーを見る目は、冷たくはなかったが、冷めた感じだ——突き放した感じすらある。「ぼくは彼らの心理学には無知かもしれないが、ストレスを受けるとあいつらがどう行動するかくらいは学んだし、その行動は嫌いだよ」

アリスンは不意に、ジェフリーのおなじみのカーキ色の軍服とほかの二人の小ぎれいな夜会服がまるでそぐわないのに気づいた。ロニーも気づいたようだ。彼のオリーヴ色に日焼けした頬が赤褐色に染まった。つり上がった眉の下にある黒い目は、ヨランダの宝石と同じようにきらきらと硬く輝いた。

「まあ、そう食ってかかるなよ！」軽そうなもの言いながらも緊張感がにじむ。「カートもぼくも、自分が地上勤務で書類を扱うだけの職員だと自覚してるさ」

ちょうどそのとき、ヨランダの女中が夕食の用意ができたと告げにきたのは間がよかったようだ。

ろうそくの明かりがヨランダには都合がよかった。サファイアは青い星のようにきらめき、喉はますます白く見え、目もきらきら輝いて見える。ロニーを自分の右に座らせ、相手が男の場合にだけ使う、か弱くもの憂げな笑顔を向けた。アリスンは、まるで姉のような気遣いでテーブル越しに見ながら、ロニーの目の奥に、女主人を少し嘲笑うようなかすかな光の揺らめきを感じた。一族の知るかぎり、ロニーは真剣に恋をしたことはない。彼の性格には、絶対に家庭になじまない粗野な面があるのか？　自分の内反足が子どもに遺伝すると恐れているとでも？　それとも単に、エリートになった者らしく、女に事欠かないだけか？　アリスンは、フェリックス伯父と一緒に暮らすようになって、ロニーともよく顔をあわせたが、眉目秀麗さと不自由な脚が組み合わさると、たいていの女性はまるで病的なほど彼に惹かれることに気づいた。ロニーなら、自分の障害を慰めてくれる相手に事欠くまい。

アリスンは、レモンとシェリー酒で見事に味つけした黒豆スープを口にして驚いた。ジェフリーの話だと、この夏は使用人が一人しかいないはず。テーブルで給仕している頭の鈍そうなブロンドの女中が、この極上の食べ物をこしらえたとでも？　女中が部屋を出ていくと、アリスンはヨランダのほうを向いた。

「彼女はどこで見つけたの?」

「ガートルードのこと? 周旋屋の紹介よ」ヨランダの声には戸惑いが感じられた。「推薦状はなかったけど、ほかに人がいなかったし、思い切って使うことにしたの。結果はよかったと思うわ」

ガートルードが戻ってきた。ろうそくの明かりが届かない影にいて、顔がはっきりは見えなかったが、アリスンには、彼女が不満げでむくれているように思えた。

「伯父さんを愛しておられましたか、ミス・トレイシー?」

アリスンは、アンダーズの好奇心に満ちた丸い目を見た。「みんなフェリックス伯父を愛してましたわ」

「お母さんは早くに亡くされたんですか?」

「生まれたときです」

「お父さんは?」

「六年前に」

「伯父さんへの愛はお父さんの代わりだったとか?」

アリスンは笑った。「私を心理分析なさるつもり?」

ロニーが割って入った。「カートにすれば、ぼくらはみなモルモットなのさ、アリスン。はじめて会ったとき、ぼくの性格全体が、その——短所によって形作られてる、というか、歪められてると言いやがってね」ロニーは自分の脚の障害をあからさまに口にすることはない。

「ぼくは機転がきかないのさ」アンダーズは申し訳なさそうに認めた。「つい忘れてしまう。人間は——」

「迷路に入れたネズミじゃないと？」とジェフリーが言った。

少し言葉が途切れた。それは戦争経験から生まれた疎外感にすぎないのか？　それとも、ジェフリーがほかの三人——ロニー、アンダーズ、ヨランダに敵愾心を持っているからか？　三人がなにやら結託してジェフリーを敵にし、彼もそのことに気づいて腹を立てているような妙な印象がアリスンにはあった。でも、そんなのばかげてる——ヨランダは血を分けた姉。ロニーは旧友、アンダーズははじめて会った相手だ——この三人がジェフリーを敵にして結託するような共通点などあるのか？

ばかげた印象なのに、居間の暖炉の前に座ってコーヒーを飲むときも、まだそんな印象が残っていた。なにかがジェフリーを怒らせている。彼は不機嫌そうに黙り込み、ほとんど口をきかなかった。だが、ほかの三人は、くつろいでにこにこしている。なかでもヨランダとロニーは、言葉のキャッチボールをポンポンと交わし、一度たりともボールを取り落すことがなかった。

アリスンはようやく立ち上がった。「そろそろアルゴスと帰るわ。もう遅いし」

「あら？」ヨランダは上品に戸惑いを表した。「ロニーがいるあいだ、ここにいたらいいじゃない。寝具ならあるし、必要なものは明日コテージから持ってくればいいわ」

「そうだよ」ロニーも立ち上がっていた。アリスンの肩に腕を回した。「ぼくは数日しか滞在できないんだし」

アリスンはためらいがちにジェフリーのほうを見た。だが、ジェフリーはこのときにかぎって暖炉のほうに目をそらした。彼女は顔を上げた。「ありがとう、ヨランダ。でも、コテージの生活がいいの。会いに来てくれるわね、ロニー」

「送っていくよ」とジェフリーは言った。

ヨランダが目をつり上げた。「こんな夜なのに？　暖かい気候の地から戻ってきたばかりなのよ。外気に体をさらすことないわ。アリスンなら、ロニーかアンダーズ先生が送ってくださるわよ」

「もちろんさ」とロニーは言いかけた。

ジェフリーはすぐに遮った。「いいんだ。足が不自由じゃ、それも難儀だろう。ぼくが行くよ。アリスンと二人で話したいこともあるし」

ロニーは黒っぽい眉をひそめ、顔全体が陰りを帯びた。それから再び目にきらめきが戻った——小ばかにした、挑むようなきらめき。「好きにしろよ、ジェフ」と穏やかに言った。

アリスンは、ヨランダにおやすみと言ったが、華奢(きゃしゃ)な体に空色の青い服を着た彼女は、顔と喉が背後の羽目板のようにほぼ蒼白に見えた。彼女も唇を弓なりにして笑顔をつくったが、目にはあからさまで臆面(おくめん)もない憎しみが宿っていた。そのときばかりは、アリスンにもよく分からない緊張が漲(みなぎ)るこんな人間関係の中にいるより、コテージの孤独のほうがはるかにましと思えてきた。

外はまた雨が降りはじめている——にわか雨のような、大粒の激しい雨ではなく、一晩中続きそうな、細かくむらのない霧雨。星も月も出ておらず、黒い大地には明かりもなく、暗い空にもほぼ明かりはない。ジェフリーの懐中電灯が発する黄色いスポットライトが狭い小道の上を揺れ、カサコソと音が聞こえるだけの周囲の大きな暗闇から、泥の地面だけを浮かび上がらせる。時おり風のせいで、一つかみの濡れた紙吹雪のように、雨粒が顔に激しく当たる。アリスンが見えない木の根か石につまずくと、ジェフリーが彼女の腕を引き寄せ、しっかりとつかむ。だが、それだけ。以前、同じ山腹を一緒に歩いたときとはまるで違う！　あれは暖かく乾燥した夏の夜で、空には満月が輝き、世界も平和だったのに。あの雰囲気はもう取り戻せないの？

ジェフリーは不意に話しはじめた。「内反足はどっちの脚？」

「ロニーのこと？　知らないわ。家族のあいだでも絶対に話さなかった。ロニーの——障害のことは。彼のためよ」

「赤ん坊のときの裸足を見たことは？」

「ないわ。私はロニーより年下よ。はじめて会ったのは、私が十歳のとき。六年前に父が死んで、アメリカに戻ってくるまで、彼のことはよく知らなかったの。お願いだから、彼にそんなこと聞かないで、ジェフリー。どれほど気にしてるか知らないでしょ。泳ぐときでも、特別製の水泳用シューズをはいてるから、どうせ分からないわ」

「あまり気の毒そうにも思ってないようだが」

「あなたは思わないの？　私はそう思ってるわ。でも、表に出したことはない。ロニーなら、気の毒だと思われたら、相手を殺してやりたいと思うだろうし」

「うまい具合に、容姿端麗ときてる」とジェフリーは言った。「女は顔の良さに弱いが、そいつは男をすっかり駄目にしてしまう」

「ちょっと！　私のいとこの話をしてるのよ」

「義理の伯父の甥だろ！」ジェフリーは言い返した。「それほど近い関係でもないのに、あいつはいかにもそれを特権みたいに言う」

「ロニーをそんなに責めないで」アリスンは懇願した。「陸軍に志願しなかったと思ってるのなら、間違いよ。何度も志願したの。陸軍も――海軍も――どの部署にも。そのたびに、身体上の理由で――そうよ、じかに会っていれば分かるじゃないの」

「まあね」ジェフリーは割り切れない様子で言った。

「陸軍に入って変わっちゃったのね。前はそんな皮肉屋じゃなかったのに」

「今のぼくが皮肉屋だって?」相手の顔はよく見えなかったが、声から、暗闇の向こうで微笑しているのが分かった。

「そうよ、あなたがロニーのことを話す様子ときたら……」

「陸軍じゃ、志願したが駄目だったとかいう、その手の気の毒な市民のお涙ちょうだい話を聞かされても涙を流したりしない――ラッキーなやつだと思うだけさ。少なくともロニーは『君はうらやましいやつだな!』とは言わなかった。ぼくのほうがよほどそう言いたいね。君はロニーが好きなんだな」

「フェリックス伯父さんが死んでからは、とてもよくしてくれるわ。山の空気に触れたほうがいいと医者に言われたら、夏のあいだオールトンリーを貸してくれたし――あれはなに?」

二人は森の端まで来ていた。前方は、フィリモア夫人の家とコテージのあいだに広がる草地。どちらの家も明かりはついておらず、周囲の森に溶け込んでいた――暗い空を背景に、もっと真っ暗な塊。

アリスンはまだジェフリーと腕を組んでいた。彼が手を強く握りしめてきた。どちらもじっと耳をすませて立ちつくした。雨と風と葉の囁きしか聞こえない。

「なにか聞こえた?」ジェフリーがようやく聞いてきた。

「小枝の折れる音がしたと思ったの。たぶん聞き間違いね」

二人は草地を横切っていき、湿った雑草が二人の足と踵（かかと）を濡らした。

「昨夜、なにか聞こえたのか？」とジェフリーが聞いた。

「たぶん。細くて鋭い口笛みたいな音よ」無理をして笑った。「牧神（パン）なのか、ミス・ダレルの亡霊かは分からないけど！」

ジェフリーは笑わなかった。「地元の若い者が山道でこっそりいちゃついているのかも。いつも聞こえるのかい？　なにか異常なものでも見たとか？」

「昨夜、私道の端に影を見たわ――ほかはみな動かないのに、その影だけが動いたの」

「男、それとも女？」

「分からない。確か――かがんでいたわ。動物かもしれないけど」

「たぶんね」家の近くまで来ていた。道が細くなり、縦にならないと進めないので、ジェフリーは彼女の腕を離した。彼の声が暗闇の中から聞こえた。「そいつを見るか聞いたかしたとき、誰か君のそばにいた？」

「いないわ」アリスンは立ち止まったが、二人は森を抜けて正面の階段の前まで来ていた。「いつも一人きりのときに起こるの。でも、どうも奇妙な点が一つあるのよ。ミス・ダレルも一人きりのときに同じ音を聞いていたの。フェリックス伯父さんも」

「ここに来たとき、そのことを知ってたのか？」

「いえ。レインズ夫人がミス・ダレルのことを教えてくれたのは今朝よ。フェリックス伯父さんの話は、昨夜、伯父さんの回顧録を再読して気づいたこと。伯父さんかミス・ダレルが、あなたになにか話したことはある？」

ジェフリーは彼女のすぐうしろにいて、彼女には横顔しか分からなかったが、私道の向こうの道路をじっと見つめていた。目を凝らして、むなしく暗闇の奥を見通そうとするように。「君の伯父さんは、どんな森にも牧神（パン）が棲んでいるふりをするのが好きだった。でもそれは――ふりをしていただけさ」

「伯父の〝牧神（パン）〟の話は、羊飼いの角笛を吹く山羊足の少年が実在するって意味じゃないと思うの」とアリスンは応じた。「ひと気のない場所にいつまでも一人きりでいるのはよくないと言いたかったのよ。一人静かに知的な問題に集中するのは実は簡単なこと。静寂と孤独は、精神の内に潜むものをもっと鮮明に顕在化させてしまう――そう、精神に潜むのは知的な事柄だけじゃない。静寂と孤独のうちにあると、息を吹き込まれてしまう原始的な恐怖もたくさんある。伯父が〝牧神（パン）〟という言葉で言いたかったのはそういうことでしょ」

「かもね」とジェフリーも同意した。「ぼくらの生活は、今じゃすっかり外面化されているから、経験することも、思考も感覚も、精神の内なる生命に左右されることを忘れてしまうのさ」

「つまり、精神の集中力がほんのちょっとずれただけで、すべてを歪めてしまうとでも?」

「当然さ。しばらくポーチに座って、一緒にいるあいだになにか起こるか、確かめてみようよ」

「ちょっと濡れてるわ」アリスンがポーチの床を横切ると、足音が静寂の中を大きく響いた。「ここに濡れてない椅子がある。ロッキングチェアを取ってくるわ。たばこもほしい?」

「うん。でも、こんなときに光を見せたくない」

「ジェフリー!　まさか本気で――」

「分からない。ただ――心配なんだ」

アルゴスがアリスンの足下で身を丸くすると、紐をつないである首輪がチリンチリンと鳴った。

「君が耳にした音を、この犬も聞いたかな?」とジェフリーは聞いた。

「最初のときは聞いてないわ。昨夜は眠りながらもぞもぞしたり、クンクン鳴いたりしたけど」アリスンはジェフリーの顔を見ようとしたが、暗闇の中でぼんやりと青白い輪郭が見えただけ。

「なあ、アリスン」その声は小さかった。「このコテージから君を追い出したいと思う動機を持つ人間が——まさかだけど、いるかな？」

衝撃のせいで、風で舞い上がった塵のようにいろんな考えが頭の中に渦巻き、心の中の風景はみなかすんでしまった。「いるはずないわ！」

「確かかい？」

塵のように舞い上がった考えが沈殿し、新たな形を成しはじめた——というより、もともと知っていた形が新たな側面を見せはじめた。「ああそう、レインズさんが、この土地を買って開発したいって。でも——まさか！　レインズみたいな、石頭で実用一点張りの農場主がそんな小ずるいことをたくらむはずないわ！」

「夜、コテージのまわりを徘徊するなんて、別に小ずるくもなんともない」

「そうかしら」アリスンは異を唱えた。「脅すばかりで、絶対に攻撃を仕掛けてこないのは小ずるい人間だけよ」

「ここには二晩泊まっただけだろ。攻撃はあとから仕掛けてくるのかも。レインズのほかに動機のありそうなやつは？」

アリスンは、さっき会ったときの、ヨランダの冷淡そうで青白い細面に憎しみを燃えたぎらせた目が、まざまざと記憶によみがえった。だが、ヨランダの弟にそんなことは言えない。それに、ヨランダの心情がいかに大人げないとしても、彼女の言動は表向き洗練されていたし、潔癖といってもよかった。彼女の言葉の攻撃は、いつも言葉だけの遠回しなものじゃないの？　自分の品位を傷つけかねないような、直接的で物理的なアクションをとるなんて考えられる？

「誰かが私を脅して追い払おうとしてると言いたいようね」アリスンは心にもない無頓着さを装った。「そんなことをする人は、犯罪者じゃないとしても、常軌を逸した無法者よ。この辺にそんな人がいるとしたら、フィリモア夫人だけだわ。会ったことある？」

「遠目にだけね」

「昨日、私に会いに来たけど、私がどんな人間か、好奇心から来ただけみたい。家の掃除のお手伝いがしたいって口実だったけど。コテージの一番近くに住んでるのは彼女だから、誰よりも近くを徘徊しやすいわ。動機は分からないけど、異常者だとしたら、理屈の立つ動機なんか要らないし。まったくいい加減ないたずら心からやってるのかもしれない」

「彼女、異常者なのか？」

「政治的信条では変人ね――信じ難いけど、見かけも挙動も女性の服を着た男みたいなの」

「信じ難いことでもない」とジェフリーは応じた。「服装倒錯（エオニズム）かも」

「なにそれ？」

「異性の服装を身に着けるだけの、ちょっとした倒錯だよ。シュヴァリエ・デオン（十八世紀に活躍したフランスの外交官・スパイ。女性的容姿から男性か女性か話題になった）が有名な例でね。それで心理学者は、この特殊な心理的奇癖に彼にちなんだ名を付けたのさ」

「一つだけ反証があるの」アリスンは話を続けた。「帰り際に、前夜、森の中を誰か徘徊するのが聞こえなかったかって聞かれたわ」

「煙に巻いたのかも」

「かもしれないけど、どうもそうは思えない。彼女も怖がってたみたいなの」

一瞬、雨の降る音しか聞こえなくなった。すると、ジェフリーは不意に言った。「ヨランダの言うとおりかもな。しばらくぼくらの家に滞在したほうがいい。今すぐ荷造りして、ぼくと一緒に帰らないか？」

彼はなぜ、ヨランダの招待に最初賛成しなかったのだろう、とアリスンは思った。あのとき、ジェフリーは彼女に泊まってほしくないのだ、とはっきり感じたのだが。だから、自分も断ったのに。プライドを傷つけられたのも、まだ疼いている。今頃になってどうして気が変わったのか？

「ありがとう」彼女はやや堅苦しく言った。「でも、ここに残るわ」

「分かったよ」彼は立ち上がった。「今夜誰か徘徊しているのが聞こえたら、それはぼくだからね。寝ずの番で見張るよ」

「ジェフリー！　雨が降ってるのに？」

「いいさ。君の言う〝亡霊〟が足の濡れるのを気にしなきゃいいがと思うだけさ。君がここに残ろうと残るまいと、必ずそいつの正体を突き止めてやる。暇乞(いとまご)いするふりをするよ――ぼくらを監視してる者がいるかもしれないからね。そのあと、草地から森に入る。それから――音を立てずにこっそりと戻る――うまくいくかな！　軍の訓練がオールトンリーでも役に立つというわけだ」

　アリスンは、安堵感が全身に広がるのに自分でも驚いた。コテージにもう一晩、一人で泊まるのかと、自分で思い、自覚していた以上に悩んでいたに違いない。

「ジェフリー、オールトンリーに来てはじめて、夜ぐっすり眠れそうよ！」

「そんなに辛かったのかい？　一晩で出ていくべきだったね。軍に入ったばかりの頃、古参の軍曹が三つの金言を教えてくれたよ。『目を覚ましていろ。口は閉じていろ。自分から買って出るな』ってね。目を覚まして口を閉じているのがどれほど役に立つかは分からないけど、君はなにごとも自分から買って出る人だ。そういうのは卒業しないと」

「あなたはどうなのよ？　軍だってみずから志願したし、今は今で、一晩中コテージを見張るって自分から買って出てるじゃない」

　ジェフリーは笑った。「まあ、自分がいかに馬鹿かってことさ」

彼女がドアの鍵を開け、居間のテーブルの石油ランプの火を灯すあいだ、彼はそばに立っていた。「それじゃ、暇乞いの演技をするか――いるかもしれない観客のためにね」

二人は明かりを背に、暗闇を前にして、開いた戸口の前に立っていた。彼はアリスンの顎に触れ、顔を上向かせた。彼女の唇に不器用に触れた唇には、雨粒が玉のように付いていた。

「それって、観客に見せるため？」とアリスンは聞いた。「それとも、ほんとにそうしたかったわけ？」

彼は図々しくにやりと笑ってみせた。「どっちかな？」

彼は雨と暗闇の中に姿を消した。

ドアを閉じながらも、彼女の唇には微笑が浮かんだまま。世界中の恩寵と月明かりとバラをくれてやると言われても、あの不意にくれた不器用な、雨に濡れたキスを譲ろうとは思わない。しばし、飛行士のように嵐と雲が覆う大地から舞い上がり、永遠の日差しの下に出た気分になった。雲の上に一生出ることなく、地上に縛り付けられ、失望したみじめな人たちにもちょっとは同情してやろうという気になるくらい幸せだった。ジェフリーはちっとも変わっていない。人生はまだこれから――はじまったばかり。

ちっとも寝る気になれない。フェリックス伯父の本を手に取り、闇雲に開いて読みはじめた。ペルシアのアテネ占領とドイツのパリ占領の比較に耽(ふけ)っていると、足下のアルゴスが身を起こし、唸りはじめた。

「ばかね！」と囁き声で言った。「今夜は見張りがいるのよ。なにも心配しなくていいの」

だが、アルゴスは再び唸りはじめた。今度は彼女にも聞こえた――コツコツ叩く音と軋む音。

「なんでもない」とアルゴスに言った。「木造の家は雨が降ると必ず軋むの」

アルゴスは正面のドアに目を向けた。不意に彼女が座るソファの下に潜りこんだ。

「『自分からは買って出ない』わけね？」と犬をからかった。

だが、犬はますます深く避難所に潜り込むばかり。

またもやコツコツ叩く音と軋る音。今度は少し胸がひやりとした。ポーチに響く人目をはばかる足音のよう。すると、ジェフリーの忠告を思い出した。（誰か徘徊しているのが聞こえたら、それはぼくだから……）

緊張を解き、あらためて安心感に浸った。草地からすぐ戻ってきたのね。森の中に立つ前に、コテージをもう一度見まわっておこうというわけ。

雨の降る真っ暗な夜、外に立つ彼の姿を思い描きながら、自分のためにこうして見張りをしてくれてすまないと思った。ドアのところに行き、ぱっと開け放つと、明るさから暗さに目が慣れるまで目をしばたたいた。影のような姿が、開いた戸口から射す明かりの筋が届かない、ポーチの階段の上に立っている。

「ジェフリー！　中に入って。見張りを続けるのなら、居間でもいいじゃない。人の噂になったって気にしないわ！」

影のような姿が、なにも言わずに近づいてくる。その挙動には見慣れないものが。

「ジェフリー！　あなたなの？」

顔が明かりの中に現れた。暗闇を漂う幽霊のように見える。影が覆うこけた頬、高浮き彫りのような、いかめしい口の輪郭。眼窩の奥でギラギラ輝く落ちくぼんだ目。アリスンがその目を見たのは過去一度だけ。忘れもしない――苦悩に満ちた不穏な目、「アームストロング大佐」と名乗った男の目だ。

「ご心配なく。話したいことがある」

「心配なんかしてないわ」しっかりした自分の声に驚いた。胸の鼓動はしっかりとは言い難かったが。ジェフリーはどこ？　なにかあったの？　電話に手が届きさえすれば。

彼女は一歩うしろに下がった。「今日の午後、外出中にコテージを家探ししたのはあなたね？」

アームストロングは驚いた。「よく分かったね？　みな元通りにしたのに！」

「道の向こうの空き家で寝ていたのもあなた？」

「いや」中に入ってドアを閉めた。「誰か空き家で寝ていたとでも？」

「夜、コテージのまわりを徘徊していたのもあなたなのね！」彼女は憤りながら言い添えた。

笑みらしきものがいかめしい口に浮かんだ。「面白くなってきたな。徘徊していたやつがいるとでも？」

彼女はもう一歩うしろに下がった。「知ってるくせに！　だって、あなたでしょ！」

「違う」

相手を信じるべきかどうか分からなかった。「それじゃ、誰だと――？」

「まったくだ。誰だろうね？　君と同様、興味津々だよ。だが――」今度ははっきりと笑みを浮かべた。「――それ以上に、怖いね」

「あなたが怖いですって？」彼女はほとんどヒステリックに笑った。「私、ここに来てから、ずっと震えてばかりだったわ」

「それでも、ここに滞在していると？」その声には賞賛がにじんでいた。「どうして？」

「わけがあるの」三度目にもう一歩下がると、相手は彼女の肩越しに部屋を見まわし、電話を視線にとらえた。三歩で彼女の横をすり抜け、振り返って彼女と向き合い、電話とのあいだに立ちふさがった。

彼女は、雨粒でキラキラする茶色のツイードのスーツを目にした。「制服じゃないのね――アームストロング大佐？」

「諜報機関にはそれなりの特権があるのさ」

彼女はうっかり言ってしまった。「どこの国の諜報機関かしら？」

「そんなことを考えているのか」大佐はまたもや驚きをあらわにした。

「否定なさらないのね？」

「否定したところで、信じてもらえるのかね？　身分証明書は偽造もできる。私を信じてもらうしかない」

「信じなきゃいけないわけでも？」

「わけなどない。君は窮地にあるし、助けが必要なら、誰かを信じなくてはなるまい」

「窮地ですって？」

「ミス・トレイシー、もし私が――君の思うような相手なら、君は今頃死んでいただろう」いくら感情を込めようと、死んだ蚊の話でもしているみたいだ。次の言葉は、打撃のように彼女に襲いかかった。「伯父さんは殺されたとは思わなかったのかね？」

しばし、壁と床がふわりと持ち上がったように目がくらんだ。まるで航海中の船のキャビンにいるように。椅子の背をつかんで体を支えた。「フェリックス伯父さんが……誰がそんなことを……あんないい人を……」

「だが、彼は暗号を所持していた。そして今は――」不穏な目が催眠術のように彼女をとらえた。「暗号を所持しているのは君だ」

彼女は膝を震わせた。椅子のほうによろめき、どさっと座った。「フェリックス伯父さんが……どうやって？　誰に？」

「誰にでもできたさ。あの共有の裏庭に入れる者ならね。あの区画の家の人間なら、誰でも入れた。下宿屋が数軒あったし、一晩くらいなら誰でも部屋を借りられただろう。伯父さんは心臓を患っていた。侵入者に直面したショックだけで命を落としたかも。手段は……ほかにもあるだろうが。いずれにせよ殺人だ――法的にそうでなくとも、道義的にね。伯父さんはいい人だった。しばらく一緒に仕事をしたし、そう――伯父さんを殺したやつを見逃すつもりはない」

彼女はこのときも、相手を信じていいか分からなかった。「なぜあのとき言わなかったの？」

「証拠がない。ただの疑いだ。これは今まで扱った中でも一番不可解な事件なんだ。幽霊か化け物でも捕まえるようなものさ。男と違ってね……それとも女かな」

アリスンは鋭い目で相手を見た。どこの女がフェリックス伯父を殺そうなどと……それとも自分を疑っているのか？

彼の目からはなにも読み取れない。

「私にどうしろと？」彼女は問いただした。

「暗号だよ」

彼女はまたもや笑いそうになった。「なんて単細胞なの！　いとしい暗号のことしか頭にないわけ？」

「コテージにないのは分かってる。午後にはなかったからね。だが、君が持っているのは分かってる。君のスーツケースの中のワークシートを見た。身体検査をさせてもらえるかな？」

本当にやるつもりだ。そこらの人間と違い、その気もないことを口にする男とは思えない。せめてジェフリーが戻ってきてくれたら！　だが、コテージを包む静けさを破る人の気配はない。まるで彼女とアームストロングだけが世の中から隔離されているかのように。

「いいかな？」彼は一歩踏み出した。

彼女はバッグのファスナーをもぞもぞと開けた。

彼を驚かせたのはこれが三度目。「ハンドバッグに入れて持ち歩かないのかね？」

「どこにしまえと？　どうやら鍵をかけたスーツケースの中身さえみんなに知れ渡ってるってのに！」

大佐は彼女から暗号を取り上げ、ざっと目を通すと、自分のポケットに突っ込んだ。

「なぜニューヨークで嘘をついた？」

「嘘じゃないわ。信じないでしょうけど……こっちに来てから見つけたのよ」

「どこで？」

「部屋着のポケットよ」

「どうしてそんなところに？」

「知らないわ。手紙でお知らせしようと思ったけど……興味がわいたから、後回しにしたの」

「君のワークシートを見たとき、そうじゃないかと思った。書きかけの手紙の『拝啓アームストロング大佐殿……』という書き出しを見なかったら、それも信じられなかったが」

　アリスンは弱々しく笑みを浮かべた。「あの手紙、書くのが難しかったの。あんな状況じゃ、なにを書いていいか分からなかったし」

「ばかばかしい。私は近づきがたい人間じゃない」

　弾込めしたマシンガンと同程度になら〝近づきやすい〟人だわ、とアリスンは思ったが、そんなことを口にする状況でもなさそうだ。

「どうやって暗号がポケットに戻ったのか分からないの。ハナが見つけたとき、屑籠に捨てててって言ったのに」

「たぶん、ポケットに残したままだったのさ」と彼は応じた。「ハナは明らかに用心深い人だし、伯父さんの死のショックから立ち直ったら、君がまたその紙をほしくなるかもと思ったんだ」

アリスンは深い安堵のため息をついた。「なにもかもそうやって簡単に説明がつけばいいのに」

大佐は彼女をじっと見つめた。「自分がまだ森から抜け出していないことに気づいているかね？」

〝森から抜け出す〟……その古臭い決まり文句（out of the woods は、苦難や危機を乗り越えて、という意の慣用句）は、いかにもギリシア人が牧神（パン）の象徴で表した、古代以来の森への恐怖を言い表している。「どういう意味？」と彼女は聞いた。

「暗号は独占してこそ価値がある。今では、君の伯父さんが亡くなり、この暗号のことを知っているのは君と私だけだ。君と私、それと、もしかすると第三の人物も。このコテージのまわりを徘徊していた人物さ。そいつ――でなくとも、それほど貴重なものを手に入れることに比べたら、人命二つぐらい、さしたる値打ちもないと思う者もいるだろう。すでに一人の命を奪っている――君の伯父さんだ。第三の人物の心当たりは？その――徘徊者をちらりとでも見なかったのかね？」

アリスンは疲れたように頬杖をついた。「カサコソいう音とか足音、かすかな囁き声や口笛なら聞こえたわ。ほかの影は動かないのに、動く影も――かがみ込んで跳ねるように歩く影だけど、なにかは分からない……」

「なにかではなく、誰かだね」

「そんなこと言った？　なんとも言えないわ」

「言えないとは、なにを？」

「それが――人間かどうかよ」

　予想した笑いは返ってこなかった。疑わしげな表情も浮かべない。目は以前と変わらない――真剣で落ち着きがなく、好奇心を湛えた目。「コテージの周囲に足跡は？」

「なかったわ。森の中にありそうな動物の足跡だけ。このあたりは動物がたくさんいるでしょ。一度、夜にヤマアラシがポーチのロッキングチェアに乗ってたわ。狐、アナグマ、カワウソもいる。日中は普通見ないけど、夜は出てくるの。冬、熊が食物を求めて山奥から村まで出てきたこともあるわ」

「だが、その徘徊者が動物とは思ってないだろう？」

「ええ。最初の夜に聞こえた足音は確かに人間だった。でも、何度か――」彼女は口を閉ざした。〝牧神（パン）〟のことは話せない。一番の恐怖を話せない――恐慌（パニック）はみなそうだが、〝徘徊者〟は自分の思い込みかも、という恐怖。「小説なら」と彼女は続けた。「一番神経をすり減らすのは追跡を受けること。包囲されるのは同じか、もっと辛いことだと知ったわ。今の状況は包囲よ。ここなら、山の空気も吸えるし、手料理の食事もとれるけど、医者に勧められた毎晩十時間の睡眠はとれない。夜のとばりが降りたとたん、見えない未知のなにかに包囲される。ジグザグの繰り返しなの――昼は平穏、夜は恐怖。暗闇が視界だけでなく心まで歪めてしまいそう。実際はなにも起きていないもの。いつも脅し、迫ってくるけど、襲いかかってはこない。それが一番恐ろしいこと――今までにないなにかが起きるという恐ろしい予感――」

驚いたことに、大佐は彼女の話を真面目に受け止めた。「賢いやり方だ。神経戦だよ。物量ではなく常に心理面で攻撃する手法だ」

「誰かが――私の神経をまいらせようとしているとでも？　意図的に？」

「かもしれない」

「それじゃ――思い込みでもないと？」

「暗号は思い込みの存在じゃない。君の伯父さんの死もだ。この土地で会った者の中で、暗号に興味のありそうな者は？　外国人は？　あるいは、他国に共感を抱く者とか？　来たばかりの新参者は？」

彼女の思考は新たな形を取りはじめた。「食料品店の配達人のマット。ここへ来るほんの数日前に来た人――フェリックス伯父さんが死んだ数日後よ。どうも変なの――頑健な体の人なのに、戦時中にこんな小さな山村に仕事を求めに来るなんて。それと、もう一つ変なことが――声に聞き覚えがあるの。顔は見覚えがないのに」

「ほかには？」

「ヨランダ・パリッシュの所にガートルードという女中がいるけど、紹介状もなしで来た人。近頃はどこも新しい女中を見つけるのが難しいのに。夏のあいだ、ずっと田舎で暮らそうなんて気のある女中を見つけるのはなおのことよ。それと、〝フィリモア夫人〟という変わった人。服は女だけど、見かけも挙動も男みたいなの。彼女が――彼かも――ネオ・ファシストでナチの支持者だとしても驚かないわ。そんな話をする人なの。あと、ロニーと一緒にパリッシュ家に来た外国人風の名前の男――カート・アンダーズ。ウィーンで心理学を学んだとか。でも、きっと問題のない人ね。OSEの心理戦部署で働いてるし、そこで働く人なら、まずFBIの調査をパスしなきゃいけないはずだから」

「フィリモア夫人のことなら村で耳にした。パリッシュ家は、この山の上の住人だね？」

「そうよ。あの人たちは旧友だし、疑う余地はないわ。ジェフリーは陸軍所属だし。シチリアから戻ってきたばかりなの」

「休暇で？」

「ええ」

「負傷でも？」

「違うわ。少なくともそうは言ってなかった。まさか――」

「じゃあ、なぜ休暇を？」

「知らないわ」

「一つ考えられる。砲弾ショックだ。最近の言い方なら、戦争神経症。君のいとこがカート・アンダーズというやつを連れてきたのもそのためかもしれない。間違いなく専門の心理学者か精神科医だ。ジェフリー・パリッシュを診断か治療するために来たのかも」

「ジェフリーほど正気の人はいないわ！」アリスンは怒りを込めて異を唱えた。

「彼にどこか変わった節は？」

「ないわ」そう言いながらも、それが真実かどうか自信はなかった。夕食のあいだ、ずっとジェフリーは皆――ヨランダ、ロニー、アンダーズ、それにアリスン自身――に対してよそよそしく、反発しているみたいだった。ジェフリーの精神状態を観察させるためにアンダーズを連れてくるようロニーに頼んだのがヨランダだとしたら――ジェフリーはそのことに腹を立てて、あんな態度を？　アリスンが最初に顔をあわせた朝、ジェフリーは他人行儀だったし、敵意すら感じた。そのとき思ったのは、変わったな、ということ。よく知っているジェフリーだと思ったのは、ポーチにいた最後の束の間だけ……。

　しかし、アームストロングにそんなことを言うつもりはない。「ジェフリー・パリッシュはまともだし、良識のある人よ」と言い張った。

アームストロングは納得しなかった。「良識ある社会なんてものは見せかけだ。ストレスを受けると仮面ははがれ、その裏にある粗野な素顔が現れるものだ」

アリスンはヨランダが最後に見せた表情を思い返して身震いした。あれこそ仮面がはがれ落ちた瞬間……。

「戦争ほど大きなストレスはない」とアームストロングは言った。「ジェフリー・パリッシュが徘徊者だという可能性に心当たりは？」

「あるわけないわ。ジェフリーは私が好きだし、私にも分かるもの」

「異常な精神は好意と憎悪を混同する――その二つの関心は表裏一体だ。愛の対極は、憎悪ではなく無関心なんだ」

「でも、ジェフリーは今夜、徘徊者がいないかコテージを見張ってくれるって言ったわ！」

アームストロングの目が突然、警戒感を帯びたのを見て、うっかり言わなければよかったと思った。ジェフリーがそばにいることを教えないことだけが救いの希望なのに、この男は実に巧みに彼女の口を割らせてしまった。

彼は部屋を横切ってドアに行き、開け放った。しばらく木の葉のカサコソいう音と雨の降る音に聞き耳を立てていた。彼女は電話までの距離を目で測った。アクションを起こそうと決めたとたん、アームストロングはドアを閉め、彼女のほうを振り返った。「コテージのそばには誰もいない」と静かに言った。「むろん、徘徊者を見張るというのはうまい口実——自分が徘徊する口実になる。自分が徘徊者だという疑いを逸らす手だ」

「ジェフリーはそんな人じゃない！」とアリスンは叫んだ。「あの人たちの誰かがフェリックス伯父さんの死に関与したなんて考えられない」

「そうはっきり言えるかね？」とアームストロングは言い返した。「パリッシュ家は旧友だそうだね。伯父さんのことも知っているのでは？　街の家の裏庭についても知ってたんじゃないか？　違うかね？」

「ええ、だけど——」

「伯父さんが亡くなった夜、彼らがどこにいたか心当たりは？」

「いえ」アリスンは勇気を奮って付け加えた。「伯父が死んだ夜、あなたがどこにいたかも知らないわ」

アームストロングは声に出して笑った。「すると、振りだしに戻って——君は私を疑い——私も君を疑うわけだ」

「フェリックス伯父さんが殺されたなんて、証明もしてないのに」とアリスンは続けた。「一二年も心臓病を患った老人が自分のベッドで安らかに息を引き取ったのよ——その死に謎なんてないわ」

「そうかな？」アームストロングの自制心は強く、彼女に責められても微動だにしないようだ。片手を石のマントルピースの上に載せながら、冷たい暖炉にたまったグレーの灰の塊に目を落とした。「では、伯父さんはどうして死に際に暗号でメッセージを書いたのかな？」

同じ疑問はアリスンも抱いた。しかし、そんなほのめかしには抵抗を示した。「あの最後のメッセージは、自分の暗号を使う練習かテスト文じゃない？　その最中に死が訪れたのかも？」

「暗号が解析に耐えられるかを確かめるのに必要なテスト文なら、すでにもらっていた。暗号作成は暗号解析と違って、うんざりする作業で、気晴らしにはならない。最後のメッセージを暗号で書いた一番分かりやすい理由は――そのメッセージを誰かから隠したかったからだ。説明は一つしか思いつかない。自分が危険にさらされていると思っていたのさ。メッセージには、自分を殺した者が誰かを示す情報があって、それを殺人犯から隠すために暗号で書いたんだ。さもないと、犯人に破棄されてしまうからね。何者かが伯父さんの新しい暗号システムの秘密を手に入れるために彼を殺したのなら、その人物は暗号文に自分を告発するメッセージがあると疑うだろう。そいつは今、暗号システムの秘密だけでなく、暗号文そのものも手に入れたいと必死になっているのさ」

「でも、それなら、私がコテージに一人きりだった最初の夜、私を殺して暗号文も破棄したはずよ！」

「一つ忘れているね」アームストロングは暖炉に背を向け、彼女のほうを向くと、心を見透かそうとするように奇妙な目でじっと見つめた。「殺人犯は暗号を読めないのさ」

「でも、その暗号文を破棄すれば、自分が犯人と特定されることは――」

「狙いはそれだけじゃあるまい。暗号システムの秘密もほしいのかも。どうしてもほしかったからこそ、手に入れるために伯父さんを殺したのかもしれない」

「でも、私も暗号システムの秘密は知らないのよ！」

アームストロングは壁に耳があるかと恐れるみたいに静かに話した。「暗号を解読するチャンスを持つ人物は、自分だけだと分かっていないようだね？」

アリスンはぎょっとした。「買いかぶりだわ！　私みたいに暗号に無知な人間が、陸軍情報部のアームストロング大佐にも解けなかった暗号を解読できるとでも？」

「ヴィジュネル暗号の解析には特殊性があるからさ」大佐はもどかしげに答えた。「伯父さんがテスト文をくれたとき、彼の暗号は新方式のヴィジュネル暗号だとすぐ気づいた。数学的解析で解読を試みたよ。ご存じのとおり失敗したがね。だが、バズリーの解読法は、平文の内容がある程度予測がつくかどうかにかかっている。私は君の伯父さんと生活環境のことをそれほど知らない。伯父さんが自分を殺そうと狙う者を誰だと思うか、どんな言葉でその疑いを伝えようとするか、君なら分かるはずだ。君のスーツケースにあったワークシートを見るかぎり、ニューヨークで私に話したよりも暗号解析によく通じている。さあ、どうして殺人犯が君を――まだ――襲わないのか、分かるだろ？君が暗号を解読するのを待っているのさ。そいつは暗号システムの秘密がほしいし、君がその暗号文を解読しなければ手に入らないことも分かっているんだ」

「でも、暗号解析のことはほとんど知らないわ！」とアリスンは言い返した。「こっちに来てから、フェリックス伯父さんの本で読んだことと、あなたとジェフリーが教えてくれたことだけ」

「ジェフリーだって？」その言葉は弾丸のように響いた。

「ええ。こっちに着いた最初の朝、訪ねてくれて、私が解読に取り組んでいるのを目にしたの。ヴィジュネル方陣のことを説明してくれたわ。そう、彼は通信部隊で暗号法を学んだの」

「そいつが一番怪しいと自分で言ってるのに気づいてるのか？」アームストロングはもはや怒りを抑えきれなくなり、目は怒りで燃え、声は震えた。「あきれるほど無分別だな。暗号の解読に取り組んでいると教えた相手はほかにもいるのか？」

「自分からは教えてないわ。フィリモアがポーチに突然来たとき、そのワークシートを見てたけど」

「なんだって、ミス・トレイシー！　頭がおかしくなったのか？　森から双眼鏡で君のやっていることを監視できるのに、正面のポーチで作業していただって？　それも、人里離れたコテージで一人暮らしをしているときに！　私もそれなりに度胸はあるほうだが、君が呑気にやってのけたリスクを冒そうとは絶対に思わんな。この暗号をどこまで解いたのか、話してもらおうか。我々二人が知識を共有すれば、君の危険もそれだけ減るというものだ」

アリスンはためらった。アームストロング大佐は信用できない。でも、技術的な支援が必要だし、どうやらそれほどの能力のある者はほかにいない。

「フェリックス伯父さんがこの暗号を解読不可能と考えていたと、ニューヨークでおっしゃってたわね。この暗号文がそんなに手ごわいと分かったとき、自分がフェリックス伯父さんだったら、どうやって解読不可能なヴィジュネル暗号を創り出すか考えてみたの。暗号解析はどれも基本的に数学的なものだから、数学的な要素——文字や二字連接にそれぞれ対応する数字を決めるインデックスとスライドのアルファベット順とか、暗号化の過程でキーワードが反復する回数——を取り除こうと決めて、あとは、それが可能ないろんな方法を考えたわ」

「たとえば？」

「節がいくつもある長い詩を鍵に使えば、周期性を取り除けるんじゃない？」

「いや。敵方の暗号解析者なら、鍵に同じ詩を使った暗号文を複数収集し、突き合わせるだけのことさ。長文を暗号化して一つのキーワードが何度も反復して使われれば、鍵が反復する同じ結果を得られるだろう」

「違う考え方をしたの」アリスンは口にするのをためらった。自分がそのテーマに無知なことをさらけ出すだけではと恐れたからだ。

「それで?」アームストロングはもどかしげに言った。

「とても単純なことよ。単純すぎるかも。つまり、キーワードの長さを気にしなくていいと気づいたわけ。暗号を作成しながらキーワードが終わるたびに、スライド——つまり、方陣——の文字列に変化を加えればいい。方陣に周期的な変化を加えれば、鍵の反復をうまく避けられる。長くて反復しないキーワードやキーフレーズと同じくらいうまく避けられるはずよ」

アームストロングは感心しながら彼女を見た。「同じことを思いついた者はほかにもいるが、普通は思いつくまでにもっと時間がかかるものだ。理論的に言えば、そうした変動型の方陣だと、数学的な解析は難しいし、できない場合もある。同じ原理による暗号機もある。だが、君の伯父さんは、自分の暗号システムは機械を必要としないし、書いた紙すら要らないと主張していた。文書もなしに、たくさんのばらばらの方陣をどうやって覚えるんだね? しかも、そうした文書は敵の手に渡る可能性もある」

「じゃあ、ほかにどうやってヴィジュネル暗号を解読不可能にするのよ！」とアリスンはなおも言った。「変動型方陣がアルファベット順も鍵の反復も取り除けると分かってるのなら、なおさらじゃない。スライドのそれぞれの暗号文字――あるいは、方陣のそれぞれの行――がスライドそのものと同じくらい変動したっていいはずよ。なぜスライドの文字が通常のアルファベット順でなきゃいけないの？　暗号作成でキーワードが終わるたびに、文字を違う順序に乱して変えてしまえばいいじゃない？　それなら解読不可能な暗号を作れるんじゃないの？」

「おそらく。だが、戦場の制約下で、そんなにたくさんの乱雑なアルファベットをどうやって素早く正確に覚える？　書いた紙も暗号機もなしに？　しかも、そんなものは肝心なときに失くしたり、壊れてしまうかもしれないんだぞ」

「スライドに乱雑なアルファベットを使った人はいないの？」とアリスンは聞いた。

「ああ、いたとも。いわゆる〝不規則アルファベット・ヴィジュネル暗号〟だ。最初の一番シンプルなヴァージョンはボーフォート暗号。英国の提督、フランシス・ボーフォート卿（十九世紀のアイルランド出身の英国海軍少将。水路学の第一人者として知られる）が創ったものだ。スライドのアルファベット順を逆にしただけだがね」

「教えてちょうだい」アリスンはテーブルの引き出しからメモ帳と鉛筆を出してきた。

アームストロングは手早く書き上げ、メモ帳をテーブル越しに寄こした。「ほら」

ABCDEFGHIJKLMNOPQRSTUVWXYZ
AZYXWVUTSRQPONMLKJIHGFEDCB

「ボーフォート暗号はこんなふうにスライドに表示される。実際は、卿は方陣を用いた。残念ながら、ZはA、YはBの代替物という具合に続いていくから、それを理解すれば、ボーフォート暗号は、通常の方法で普通のヴィジュネル暗号と同じように簡単に解読できてしまう。

次の段階は、記憶可能な仕方でもっと変則的なスライドのアルファベットを考案することだった。アルファベットのうしろのほうの文字から成る一語を選び、その語を最初にして、残りのアルファベットをそのあとに置く。ZITHER（チター）という言葉を例にとろう」大佐は再び走り書きした。「スライドは次のようになる」

ABCDEFGHIJKLMNOPQRSTUVWXYZ
ZITHERABCDFGJKLMNOPQSUVWXY

「もっと技巧を凝らしたければ、スライドだけでなく、インデックスにも変則的アルフアベットを載せてもいい」

ZITHERABCDFGJKLMNOPQSUVWXY

ZITHERABCDFGJKLMNOPQSUVWXYZITHERABCDFGJKLMNOPQSUVWXY

「あるいは、二つの異なる変則的アルファベットをインデックスとスライドにそれぞれ用いてもいい」

NEWYORKABCDFGHIJLMPQSTUVXZ

ZITHERABCDFGJKLMNOPQSUVWXYZITHERABCDFGJKLMNOPQSUVWXY

アームストロングは彼女ががっかりする様子を見て、めったに見せない笑みを浮かべた。「これは文明がはじまって以来一万年近く続く課題だ。誰かが——たいていは古代ギリシア人だが——すでに考えたことのないものを考えつくなどまず無理だよ。だから、解読不可能な暗号を創り出したという君の伯父さんの主張は、まだ眉唾だと思っている」

アリスンは、アームストロングが書いてくれた定規に目をこらしていた。「二つの変則的アルファベットを用いた最後の方式なら、アルファベット順を取り除けるんじゃない？」

「そうかな？」大佐はいわく言い難い笑みを浮かべた。「定規はどれも同等の方陣の簡略表記だったね。最後の方式は、方陣形式ならどう書く？」

彼女は鉛筆を手にしてじっと考えながら、大佐が自分に罠を仕掛けようとしているのに気づいた。彼女はようやく書きはじめ、書き終えると、その結果を見せた。

アームストロングの笑みはますます広がった。彼女にも分かったが、きっとこう書くだろうと予想したとおりだったのだ。

「これも一つのやり方だ」と大佐は言った。「だが、変則的アルファベットをスライドに使う場合、対応する方陣を書くには二通りある——君のやり方ともう一つ。ハサミはあるかね？」

彼女がハサミを持ってくると、大佐は紙片を二枚切り取って定規を即席で作り、そこに二つの変則的アルファベットを書き込んだ。定規を使ってメモ帳に文字を書き込みはじめた。十分ほどすると、彼女にメモ帳を渡した。一見、その方陣は彼女の方陣と似ても似つかなかった。

「君の方陣と私の方陣は、二つの変則的アルファベットを使って、この定規で表現する、同じ暗号システムの二つの書き方にすぎない」とアームストロングは説明した。「私の

アリスンのスライド・アルファベット方陣

二つの変則的アルファベット

NEWYORKABCDFGHIJLMPQSTUVXZ と

ZITHERABCDFGJKLMNOPQSUVWXY を使った暗号用

	Z	I	T	H	E	R	A	B	C	D	F	G	J	K	L	M	N	O	P	Q	S	U	V	W	X	Y
N	Z	I	T	H	E	R	A	B	C	D	F	G	J	K	L	M	N	O	P	Q	S	U	V	W	X	Y
E	I	T	H	E	R	A	B	C	D	F	G	J	K	L	M	N	O	P	Q	S	U	V	W	X	Y	Z
W	T	H	E	R	A	B	C	D	F	G	J	K	L	M	N	O	P	Q	S	U	V	W	X	Y	Z	I
Y	H	E	R	A	B	C	D	F	G	J	K	L	M	N	O	P	Q	S	U	V	W	X	Y	Z	I	T
O	E	R	A	B	C	D	F	G	J	K	L	M	N	O	P	Q	S	U	V	W	X	Y	Z	I	T	H
R	R	A	B	C	D	F	G	J	K	L	M	N	O	P	Q	S	U	V	W	X	Y	Z	I	T	H	E
K	A	B	C	D	F	G	J	K	L	M	N	O	P	Q	S	U	V	W	X	Y	Z	I	T	H	E	R
A	B	C	D	F	G	J	K	L	M	N	O	P	Q	S	U	V	W	X	Y	Z	I	T	H	E	R	A
B	C	D	F	G	J	K	L	M	N	O	P	Q	S	U	V	W	X	Y	Z	I	T	H	E	R	A	B
C	D	F	G	J	K	L	M	N	O	P	Q	S	U	V	W	X	Y	Z	I	T	H	E	R	A	B	C
D	F	G	J	K	L	M	N	O	P	Q	S	U	V	W	X	Y	Z	I	T	H	E	R	A	B	C	D
F	G	J	K	L	M	N	O	P	Q	S	U	V	W	X	Y	Z	I	T	H	E	R	A	B	C	D	F
G	J	K	L	M	N	O	P	Q	S	U	V	W	X	Y	Z	I	T	H	E	R	A	B	C	D	F	G
H	K	L	M	N	O	P	Q	S	U	V	W	X	Y	Z	I	T	H	E	R	A	B	C	D	F	G	J
I	L	M	N	O	P	Q	S	U	V	W	X	Y	Z	I	T	H	E	R	A	B	C	D	F	G	J	K
J	M	N	O	P	Q	S	U	V	W	X	Y	Z	I	T	H	E	R	A	B	C	D	F	G	J	K	L
L	N	O	P	Q	S	U	V	W	X	Y	Z	I	T	H	E	R	A	B	C	D	F	G	J	K	L	M
M	O	P	Q	S	U	V	W	X	Y	Z	I	T	H	E	R	A	B	C	D	F	G	J	K	L	M	N
P	P	Q	S	U	V	W	X	Y	Z	I	T	H	E	R	A	B	C	D	F	G	J	K	L	M	N	O
Q	Q	S	U	V	W	X	Y	Z	I	T	H	E	R	A	B	C	D	F	G	J	K	L	M	N	O	P
S	S	U	V	W	X	Y	Z	I	T	H	E	R	A	B	C	D	F	G	J	K	L	M	N	O	P	Q
T	U	V	W	X	Y	Z	I	T	H	E	R	A	B	C	D	F	G	J	K	L	M	N	O	P	Q	S
U	V	W	X	Y	Z	I	T	H	E	R	A	B	C	D	F	G	J	K	L	M	N	O	P	Q	S	U
V	W	X	Y	Z	I	T	H	E	R	A	B	C	D	F	G	J	K	L	M	N	O	P	Q	S	U	V
X	X	Y	Z	I	T	H	E	R	A	B	C	D	F	G	J	K	L	M	N	O	P	Q	S	U	V	W
Z	Y	Z	I	T	H	E	R	A	B	C	D	F	G	J	K	L	M	N	O	P	Q	S	U	V	W	X

アームストロングの暗号アルファベット方陣

二つの変則的アルファベット

NEWYORKABCDFGHIJLMPQSTUVXZ と

ZITHERABCDFGJKLMNOPQSUVWXY を使った暗号用

	A	B	C	D	E	F	G	H	I	J	K	L	M	N	O	P	Q	R	S	T	U	V	W	X	Y	Z
A —	K	L	M	N	B	O	P	Q	S	U	J	V	W	A	F	X	Y	G	Z	I	T	H	C	E	D	R
B —	L	M	N	O	C	P	Q	S	U	V	K	W	X	B	G	Y	Z	J	I	T	H	E	D	R	F	A
C —	M	N	O	P	D	Q	S	U	V	W	L	X	Y	C	J	Z	I	K	T	H	E	R	F	A	G	B
D —	N	O	P	Q	F	S	U	V	W	X	M	Y	Z	D	K	I	T	L	H	E	R	A	G	B	J	C
E —	G	J	K	L	R	M	N	O	P	Q	F	S	U	E	C	V	W	D	X	Y	Z	I	A	T	B	H
F —	O	P	Q	S	G	U	V	W	X	Y	N	Z	I	F	L	T	H	M	E	R	A	B	J	C	K	D
G —	P	Q	S	U	J	V	W	X	Y	Z	O	I	T	G	M	H	E	N	R	A	B	C	K	D	L	F
H —	F	G	J	K	E	L	M	N	O	P	D	Q	S	H	B	U	V	C	W	X	Y	Z	R	I	A	T
I —	C	D	F	G	T	J	K	L	M	N	B	O	P	I	R	Q	S	A	U	V	W	X	H	Y	E	Z
J —	Q	S	U	V	K	W	X	Y	Z	I	P	T	H	J	N	E	R	O	A	B	C	D	L	F	M	G
K —	S	U	V	W	L	X	Y	Z	I	T	Q	H	E	K	O	R	A	P	B	C	D	F	M	G	N	J
L —	U	V	W	X	M	Y	Z	I	T	H	S	E	R	L	P	A	B	Q	C	D	F	G	N	J	O	K
M —	V	W	X	Y	N	Z	I	T	H	E	U	R	A	M	Q	B	C	S	D	F	G	J	O	K	P	L
N —	W	X	Y	Z	O	I	T	H	E	R	V	A	B	N	S	C	D	U	F	G	J	K	P	L	Q	M
O —	X	Y	Z	I	P	T	H	E	R	A	W	B	C	O	U	D	F	V	G	J	K	L	Q	M	S	N
P —	Y	Z	I	T	Q	H	E	R	A	B	X	C	D	P	V	F	G	W	J	K	L	M	S	N	U	O
Q —	Z	I	T	H	S	E	R	A	B	C	Y	D	F	Q	W	G	J	X	K	L	M	N	U	O	V	P
R —	J	K	L	M	A	N	O	P	Q	S	G	U	V	R	D	W	X	F	Y	Z	I	T	B	H	C	E
S —	I	T	H	E	U	R	A	B	C	D	Z	F	G	S	X	J	K	Y	L	M	N	O	V	P	W	Q
T —	O	R	G	A	H	K	L	M	N	O	C	P	Q	T	A	S	U	B	V	W	X	Y	E	Z	R	I
U —	T	H	E	R	V	A	B	C	D	F	I	G	J	U	Y	K	L	Z	M	N	O	P	W	Q	X	S
V —	H	E	R	A	W	B	C	D	F	G	T	J	K	V	Z	L	M	I	N	O	P	Q	X	S	Y	U
W —	E	R	A	B	X	C	D	F	G	J	H	K	L	W	I	M	N	T	O	P	Q	S	Y	U	Z	V
X —	R	A	B	C	Y	D	F	G	J	K	E	L	M	X	T	N	O	H	P	Q	S	U	Z	V	I	W
Y —	A	B	C	D	Z	F	G	J	K	L	R	M	N	Y	H	O	P	E	Q	S	U	V	I	W	T	X
Z —	B	C	D	F	I	G	J	K	L	M	A	N	O	Z	E	P	Q	R	S	U	V	W	T	X	H	Y

アームストロングの方陣のA行の文字はすべて、Aが鍵文字である場合に常に出てくる、通常のアルファベット順のアルファベット文字の暗号変換を表している。B行の文字は、Bが鍵文字の場合の通常のアルファベットの暗号変換を表す――同様にZ行まで全アルファベットに続ける。

アームストロングの方陣を構成する暗号アルファベットは、通常のアルファベットを平文とし、それを定規かアリスンの方陣を使って二十六回暗号化したものであり、それぞれ違う文字をアルファベット全体の鍵文字に使うことで得られる。

アリスンの方陣とアームストロングの方陣は、同じ暗号の二通りの書き方である。どちらの方陣も暗号作成に使えるが、二三七頁のこの暗号用の定規は、暗号作成に最も便利な手段である。

ただちに攻撃せよ（ATTACK AT ONCE）――という平文は、アリスンの方陣でもアームストロングの方陣でも、*cryptography* というキーワードを用いて暗号化すれば、MZSY GWPZ FPJZ という、定規を使った場合とまったく同じ暗号文が出てくる。

アームストロングの方陣で暗号を作成する場合、鍵文字を方陣の左端の通常のアルファベットに見出し、平文字を方陣の上辺の通常のアルファベットに見出す。暗号文字は、変則的な方陣における鍵の横行と平文字の縦行が直角に接する個所に出てくる。こうして、最初の暗号文字のMが、左端のCの横行と上辺のAの縦行の接点に出てくる。

アリスンの方陣を使って暗号を作成する場合、平文字を、方陣の左端の変則的な「ニューヨーク（New York）」のアルファベット、鍵文字を、表の上辺の変則的な「チター（Zither）」のアルファベットに見出す。暗号文字は、鍵の行と平文字の行が接する箇所に出てくる。

鍵文字をアームストロングの方陣の上辺、アリスンの方陣の左端に見出す場合、どちらの場合も、鍵文字ではなく平文字を定規のスライドに見出すのと同様、暗号文は同じになる。結果の暗号文は、MBRX HOPB XCUB となる。

方陣の最初の行は、Aを鍵に用い、この定規で通常のアルファベットのAからZまでの各文字を暗号化してできる。二番目の行は、Bを鍵文字に使い、再び同じやり方でアルファベット全体を暗号化したもの。こうして、Zを鍵に用いる最後の行までこのプロセスを続ける。

私の方陣の最初の行を〝暗号のAアルファベット〟、二番目の行を〝暗号のBアルファベット〟とし、最後の〝暗号のZアルファベット〟まで同様に名づける。このスライドでAを鍵に使って平文字を暗号化すれば、出てくる暗号文字は常にこの方陣のAアルファベットから選ばれる。Bが鍵文字なら、出てくる暗号文字は常にBアルファベットから選ばれ、あとの行も同様だ。この暗号アルファベットの方陣は、定規を使っているかぎり見えないが、これが暗号化プロセスを司る大元なんだ。

変則的アルファベットによるヴィジュネル暗号を解読する場合、その文字が選ばれた暗号アルファベット表の各行ごとに暗号文字を分類する。通常のアルファベットによるヴィジュネル暗号を解読する場合、その文字が選ばれた通常のアルファベットの各行ごとに暗号文字を分類するのと同じだ。君の方陣ではこれができず、不規則なヴィジュネル暗号を解読するにはまず役立たない。だが、同じ暗号の私の方陣は、解析に役立てることができる。なぜなら、インデックス――方陣の左端のアルファベット――は常に必ず通常のアルファベットとなり、通常のアルファベット順とこれに応じた計算可能な対応数字を得ることができるからだ。

つまり、定規や方陣に不規則なアルファベットを使っても、通常のアルファベット順を完全に払拭することはできない。そんなことをしても、通常のアルファベット順を、私の方陣に示される同等の代替物で隠しているだけのことさ。Aが鍵文字の場合、私の方陣の最初の行が通常のアルファベットの代替物だ。Bが鍵文字なら、私の表の二行目が代替アルファベットという具合に、あとも続いていく。暗号法では、アルファベットは——物理学における物質と同様——創造も破壊もできない。変形できるだけだ。目に見えようと見えまいと、常に存在する。この場合のように、二十六の代替アルファベットの下に何尋も水深深く沈めたところで、依然として存在しているし、なにをやろうと、汎神論の神のようにいたるところに潜んでいるんだ。その見えないアルファベットを、どんな暗号解析者にも暗号文から発掘できないほど暗号の中に深く埋め込むことができるのか——そう、それこそが君の伯父さんの最後の暗号文が提起している問題だ」

アリスンはふと閃いた。「今のは、変則的なアルファベットを一つのペアだけ使った定規や方陣しか想定してないわ。でも、鍵の反復を避けるために、周期的に変わる十二くらいの変則的アルファベットによる変動型方陣を使ったらどう?」

「だから、そんなものは記憶できないのだ!」

彼女の閃きは、まだ些細でかすかだったが、次第に明瞭な形をなしつつあった。「じゃあ、フェリックス伯父さんの発見は、新しい暗号システムじゃなく、新しい記憶術の方法なんじゃない？　だって、伯父さんがヴィジュネル暗号という昔ながらのシステムを用いていたのは確かだもの。伯父さんが考案したか、発見したのは、全体が変則的なアルファベットによる変動型方陣を覚えられるような秘訣じゃないの？」

「秘訣だと？」アームストロングは疑わしげだった。「変則的アルファベットを一つ正確に覚えるだけでも大変なのに」大佐はフェリックス伯父の暗号をポケットから取り出し、テーブルの上に広げた。「なぜ二連続の同文字がこれほどたくさんある？　それに、XYXのような三文字パターン——別の一字を挟んだ二つの同文字——が、なぜこうも頻繁に出てくるんだ？」

「ワークシートを取ってくるわ。力を合わせれば解読できるかも」

彼女はテーブルから懐中電灯を取り、部屋から飛び出すと、屋根裏部屋に上がっていった。すぐにスーツケースの鍵を開けた。懐中電灯のぼんやりした光を頼りに、重要なメモをそうでないメモから選り分け、重要なほうをまとめて小脇に抱えると、階段を降りていった。階段は急だから、懐中電灯だけが頼りだと、ゆっくり降りなくては。足音は、一人で階段を降りるのを学んだばかりの小さな子どもの足踏みみたいに響いた。しかし、足どりは廊下に出るとすぐ早くなり、居間に飛び込みながら叫んだ。

「インデックスとスライドのアルファベットがどっちも変則的なら、バズリーの解読法が使えるんじゃない？　鍵が終わるたびに、どっちも変えたとか？　それなら――」

出かかった言葉は止まった。正面玄関のドアは外の雨と闇のほうに大きく開いたまま。アームストロング大佐はいない。

アリスンは戸口に立ったまま、目をみはり、耳をすませた。空はいまや大地と同じくらい黒みがかっている。風は唸り、木の葉はカサコソと音を立て、打ち寄せる波のようにざわめき、雨は屋根を叩きつけ、軒と雨樋をさざめくように伝わり落ちている。

「アームストロング大佐？」返事はない。「ジェフリー？」

目もくらむ蒼白い閃光が眺望全体を覆った。一瞬、ポーチや揺れる木々の間の私道が昼間のようにはっきりと見えた。どっちも人はいない。その光景は完全な暗闇の中に消え、雷鳴が数秒後に届いた――まるで重いワゴン車が丸太道路の上をゴトゴトと走っていくような、空全体に響き渡る長く低い唸り声。

ジェフリーが戻ってきてくれたら！　呼べば聞こえるところに戻ってくるまで、ここで待つべきか？　それとも、探しに出るべきだろうか？　嵐の闇の中では見失うだけかも。でも、待っていたら、恐怖がどんな形で具現するか分からない……。それに、彼も戻ってくるかどうか分からない。今夜はコテージを見張ると言ってたけど、自分で買って出た見張り役にうんざりし、嵐になったからなにごともあるまいと安心して、帰ってしまったのかも。

ドアを閉めなくては。雷は開口部に落ちやすい。すでに足下の床は水浸し。火を起こそうと暖炉に行ったが、雨は煙突からも伝わり落ち、木炭の灰を汚い練り粉のようにしていた。

アームストロングは衝動的に出ていったのか？　自分が二階にいるあいだに、外からなにか聞こえたとでも？　足音？　笛を奏でるかすかな音？　そんな音を調べるために、私一人を疑心暗鬼や危険が生じる状況にさらしたまま、外に飛び出していくだろうか？　そのうち自分にもなにか音が聞こえたら？　どうしたらいい？　ここではまったくの無防備。アームストロングが正面玄関から入ってきたとき、自分は押し返すこともできなかった。今、ほかの人間が入ってきたらどうする？

コテージでもう一晩、一人で泊まろうなんて考えるんじゃなかった。ヨランダの招きを断ったプライドも、今となってはばかみたい。今夜を無事に過ごせたら、金輪際（こんりんざい）、無謀なことはすまい……。

閉じたドアと窓の奥や、薄い木の壁の向こうから、嵐の激しさと唸り声が聞こえてくる。足で踏んだ落ち葉のカサコソいう音も小枝の折れる音も、この騒がしい合奏の中ではかき消されてしまう。徘徊者が今夜来ても、ポーチに足を踏み入れるまでなんの音も聞こえない……。

すると、彼女は気づいた。アームストロングにもそんな音は聞こえなかったはず。出ていったきっかけがなんだろうと、音のせいじゃない。

なんてずる賢いんだろう！　暗号解析に自分の関心を新たに向けさせて、情報を引き出すなんて！　大佐から必死に学ぼうとするうちに、疑うことも忘れてしまった。今、その疑いも蘇ってきた。アームストロングは彼女がここにいるのをどうやって知ったのか？　ニューヨークからつけてきたとでも？　聞いてみようとも思わなかったとは！　信頼できる相手という保証はなにもない。身分証明書も、見せるのをしたたかに避けていた。知っていることはみな彼に知られてしまった。暗号文まで渡してしまって。手に入れてしまったら、姿をくらます機会を得たとたん、嵐の中だろうとすぐ出ていったのだ。

暗号は独占してこそ価値がある……。大佐の言葉だ。いまや暗号文は大佐の手中にあるが、自分が暗号システムを解読する作業をしていると話してしまったし、自分がいつ解読するか分からないと思っているだろう。自分が生きているかぎり、大佐は暗号システムを独占できない。

大佐は本当に去ってしまったのか？　それとも、近くに待機して、自分がこれからなにをするのか見張っているとでも？　うまくてっとり早く自分を始末するために、なにか巧妙な攻撃の仕方でも練っているのか。カルロ・フレシを〝事故〟、フェリックス伯父を〝心臓発作〟で始末したのと同じように……。

本当にそんなことが？　ニューヨークの昼日中では、ロニーから聞いたカルロ・フレシの話など真面目に受け取らなかった。だが、今は……。その男が目に浮かぶ——びくびくしながら星空の下のデッキを歩き、手すりの手前で立ち止まり、暗く波打つ海を見つめる小男。船に弱いのかも。そのせいで、ほかのことはしばし忘れてしまう。手すりに身を乗り出すと——いきなり背後から激しく押す手が。黒い水が彼を飲み込もうと迫る。冷たく塩辛い衝撃。途方もない量の水が彼の頭上を覆う。反射的に叫び声を上げ、泳ごうともがきながら海面に顔を出す。濡れた上着と水浸しの靴の重みが腕と脚の力を奪い、彼を引きずり込む。風と海の唸り声が彼のかぼそい叫び声をかき消す。照明の光る船の姿がどんどん遠ざかり、ハエ取り紙にからめ捕られたハエのように小さく無力な彼を暗く荒れすさんだ風と水の中に取り残す。突然、打たれたように、なにが起きたのか気づき、それで一巻の終わり……。

アリスンはたばこに火をつけ、部屋の中をうろうろと歩きはじめ、ドアを見つめると、ポーチに足音が聞こえないか耳をすませた。小さな家はぽつんと、渦巻く風、水、闇に囲まれながら、乾いた、明かりの灯った箱のよう。外の嵐の騒音は、中の静けさを際立たせ、強めるばかり。コテージにいて、これほど孤立感を抱いたことはない。滅びゆく惑星に住む最後の生存者のように……。

本を手に取る。フェリックス伯父の浩瀚（こうかん）なプルタルコスの一冊。「アギュライオスが斬りつけられて倒れ、絶命したかのごとくに見えた。ところが彼はそう見せて置いて、倒れたままの恰好であとずさりをしながら、部屋から身を這い出させ、こっそり、ある小さなお堂に入り込んだ。なんとそれは『恐れ』の神の神殿……」（村川堅太郎編『プルタルコス英雄伝（中）』ちくま学芸文庫より引用）

感情というものを、時おり人間をとらえる気まぐれな神と見なすのはいともたやすいことだ。

またもや蒼白い稲妻の閃光がカーテンを引いてない窓の向こうで閃いた。ほぼ同時に、大きな雷鳴の唸りが響き渡った。雷は真上で生じたに違いない。だから、雷鳴は間をおかずに伝わってきた。ギリシア人なら、神々がお怒りだと言うだろう。

ギリシア人は正しかったのかも。現代人は、宇宙が穏やかで快適な場所であり、暗い場所などないと言いたがるが、そう言われて騙される者はいない——言う本人でさえ。心の中では、ギリシア人と同じく、自分が謎と敵意に満ちた未知の力に取り囲まれているのを知っている。電動機に利用してきたこの嵐の力が、ばらばらになりそうな宇宙を束ねる、あらゆる原子の核にある宇宙の接着剤だと知っているのだ。だが、それがどうやってみずからを現すのかを説明することはできない。稲妻はどうやって、鉄の鎖を一瞬にして一本の金属棒に変えてしまう強い熱を生み出すのか？　あるいは、時には人を傷つけずに衣服だけを燃やし、時には衣服を焦がさずに人を殺す気まぐれな力をどうやって？　これまた、人の皮膚に近くの物の絵柄を深く刻み込むだけで満足するのか？　そうした気まぐれな力は、〝電界の乱れ〟という同じく曖昧な言葉より、〝怒れる神々〟という言葉のほうが鮮明に表現できるのでは？

稲妻が再び閃いた。彼女は目を上げた。雷鳴が轟くと同時に、彼女は電話機に目を向けた。雷雨のときに電話はしないもの……。部屋を横切り、受話器を取り上げた。ジェフリーが無事家にいるか確かめなくては。アームストロング大佐が不意にまた来て、姿を消したことをロニーに伝えないと。受話器を耳に当てた。無音。もどかしげにフックをカチャカチャ叩き、腕時計を見る。午前一時。リトル・クローヴのような土地では、深夜過ぎに電話が頻繁にかかるはずもない。夜間の交換手が居眠りでも――たぶん、交換台をろくに見もせず、読書や編み物をしているのだ。無音が続く。再びフックを叩き、腕時計を見る。待ち続けて五分。いくらリトル・クローヴでも長すぎる。小さな冷水の滴りが漏出するように、じわじわと気づきはじめた。つながらなくとも聞こえるはずのかすかなツーツー音も受話器からまったく聞こえない。電話線が切れている。リトル・クローヴへの険しい道のどこかで、電柱が風で倒れ、電話線が切れたのかも。それとも、稲妻が老朽化した絶縁体に落ちたのか。あるいは、電話線が切断された……。

指を震わせながら受話器を受け台に戻した。今夜一晩をしのぐのに、電話の存在はひそかな心の拠りどころだった。いわば、危険防止策、奥の手、非常食糧だった。いまや切れた電話線の雄弁すぎる沈黙は、警告の合図のように思える。包囲網は狭まり、敵は今にも攻撃を仕掛けてくる……。

「アルゴス、頼れる友はあなただけよ……」

彼女の声は先細った。

いまや悟った。なぜ沈黙がこれほど深く、これほど孤立感が強いのかを。足下をパタパタとついてくる柔らかい足音がしない。暖炉の前にうずくまる柔らかく黒い毛の塊はない。アルゴスは屋根裏部屋までついてきて、自分が一階に降りたあともまだそこにいるのでは？　懐中電灯を持って二階に上がりながら犬の名を呼んだ。クンクン鼻を鳴らす音も、床を叩く尻尾の音も、パタパタと走る足音も返ってはこない。寝室にも物置にもいない。彼女は台所に駆け降りた。「アルゴス！」だが、台所にもいない。家の中心を貫く狭く暗い廊下に懐中電灯の光をあてた。犬はそこにもいない。ドアはすべて閉じている。彼女は居間に戻り、薄暗い隅をすべて調べた。やはりアルゴスはいない。自分が二階にいるあいだに、アームストロングが一階の寝室のどこかに閉じ込めてしまったのか？　彼女は廊下を進みながらドアを開けていき、南西の寝室を通って居間に戻った。犬は屋内にいない。

アームストロングが連れていったのか？　それとも、アルゴスは、ドアが開けっ放しのあいだに、気づかれずに外に出ていったのか？　アルゴスらしくない――年老いて太った、ものぐさで臆病なアルゴスが。雨が嫌いなのに。優しい飼い主のアリスンを置いて、よそ者のアームストロングについていくはずが……。

最後にアルゴスを見たのはいつ？　ジェフリーを呼びに玄関に行き、アームストロングがポーチにいるのに気づく直前。アームストロングとの話に気を取られて、アルゴスがそのあともいたかどうか、気づかなかった。アームストロングが入ってきたのと行き違いで犬は出ていったのかも。でも、どうして？

犬が一緒にいない今、コテージはあまりに空虚だった。口もきけず、人間ではなくとも、あの温かく、生きた動く存在がどれほど大きな安らぎだったことか。アルゴスを気遣うあいだは、最悪のときでも一人ぼっちの不安を意識せずにいられた。今は自分一人。数マイルも広がる、嵐に見舞われた暗い森林が、他の生きた存在との連絡手段を奪っていた。フィリモア夫人は別だが。こんなときに考えたくもない。薄暗い黄昏の中から現れた、あのひょろっとした人、女物のドレスを着ながら不気味なほど逞しく、ポーチのテーブルにあった暗号のワークシートをやけに目ざとく見つけたあの人のことなど……。

アルゴスは遠くに行けない。引っ張ってくれる紐がなくては、盲目の犬は風雨の中でまごつくばかり。アルゴスは老いて太りすぎていた。甘やかされてきたから、こんな夜に外で過ごせるはずもない。ひどい風邪をひいて、肺炎になるかも。早く見つけなくては……。

レインコートを再びはおり、フードをかぶった。懐中電灯のスイッチを入れてから、石油ランプの火を細らせて消した。石油ランプの火をつけっぱなしにして家を出ようとは思わない。正面のドアを開けると、風が唸り声を上げて吹きつけてくる。雨が顔をずぶ濡れにした。海の嵐でも、森を揺り動かすこの嵐ほど騒がしくはあるまい。

「アルゴス！」風は彼女の口から出る息を奪い、叫び声を暴風の中にかき消す。唇をすぼめて口笛を吹いた。きっと汚れた黒い毛の塊が、しっぽを丸めて申し訳なさそうに、暗がりから懐中電灯の光の中に出てくる……。もしや、兎（うさぎ）の穴につまずいて足の骨を折りでもしたか？　傷ついて怯えながら、呼びかけに応じて出てくることもできず、どこかで寝そべっているのか？

　彼女はポーチの階段の上で迷った。アルゴスを見つけなくちゃ。でも……暗闇、唸る風、きしむ枝、つぶやく葉の向こうになにが？　自分の忌々しい想像力のせいなのか？それとも、ちょうどそのとき、遠くかすかな笛が奏でる甲高い調べを耳にしたとでも？その音をはじめて聞いたとき、眠っていたアルゴスが体を動かし、鼻をクンクン鳴らしたのを思い出す。乾いた温かい暖炉から嵐の中へと不思議にもいざなったのは、その呼びかけだったのでは？　荒れた夜のなにかが、飼い馴らされた犬に潜む祖先の血を、同じ種の発祥の地に戻るよう唆（そそのか）したとでも？　飼い馴らされた動物でも、牧神（パン）に従ってしまうのか？

空想に耽るときじゃない。彼女は空想を払いのけた。アームストロングが言うように、暗号は思い込みじゃない――現実のものだ。ほかに客観的な事実はなに？　何者かが二晩、家周辺の森に潜んでいた。ジェフリーもアームストロングも、解釈は違っても、その事実を受け入れた。この三日目の夜がもっと平穏とは言い切れない。昨日まではおとなしく屋内にとどまった。今夜は敢えて森の中に行くか？

なにかしなくては。なにか起こるのをコテージで座して待つわけには。それに――アルゴスは目が見えないし、彼女がいなければどうにも……。

見つけなくては。そのあと、森の中の小道を行き、遅いけれど、パリッシュ家に行ってもいい。人と明かりこそは今の彼女に必要なもの。ヨランダの辛辣なもの言いも小さなこと。

フードをかぶった頭を雨が打ちつけたが、アリスンは懐中電灯の光を頼りに水の流れ落ちる階段を降りていった。小さく白いスポットライトが鈍いオレンジの光に弱まっていく。向きを変えて電球を確かめる。ガラスの奥に橙赤色の針金の輪が二つ見えた。見ているうちに、光は弱まって消えた。電池が尽きたのだ。マットに予備の電池を注文するのを忘れていた。

すでに真っ暗闇。役立たずの懐中電灯をポケットにしまい、一歩一歩踏みしめながら階段を降りた。ぬかるんだ私道の泥に足を取られ、ようやく最後の段を降りたと分かった。石につまずき、あやうく倒れそうになりながらなんとか持ち直す。「アルゴス……」風の唸りと雨のはねる音しか応答はない。再び雷鳴の響き——今度は短く、鋭く、大きい。足を止め、方向を確かめるのに稲妻が閃くのを待った。真っ暗闇の中、数秒が経過する。なにかおかしい。恐怖で麻痺した思考は、のろのろと答えにたどりついた。雷鳴のあとに稲妻が光るのを待ち構えたりはしない。稲妻のあとに雷鳴が響くのを待ち構えるものだ。稲光は雷鳴より先に来る。光は音より早い。最後に雷鳴が響いたとき、稲妻はその前に光らなかった。あれは雷鳴か？　それとも違うもの？

　思考はそれ以上働かなかった。懐中電灯がないと、アルゴスを探せない。今夜、森の中は悪が跋扈(ばっこ)している。手遅れにならぬうちに逃げなくては。急がないと……。

　私道から離れて正面の芝生に移動した。踵は濡れた芝生と雑草に食い込み、びしょ濡れになった。不思議と、屋内よりも怖さを感じない。きれいな空気と広々とした空には自由がある。自然は最も荒れ狂っているときでさえ、閉鎖的な家に閉じこもるほど不吉さを感じさせない。壁と屋根の存在は、罠に捕えられ、追い詰められた気分にさせる。こうして開けた外にいれば、いつでも逃げるチャンスがある。森を歩くのは快適ではないが、せいぜいパリッシュ家に着くまでのこと。コテージでもう一晩一人で過ごすのは、終わりなき夜のようだ……。

　探る手がざらざらした樹皮に触れた。森の端に来たのだ。向きを変えて山腹をのぼりはじめた。

風に揺れる木々の囁きと唸りが突然の叫び声に中断された。その声は神経に障るほど甲高くなり、そのあと、次第につぶやくような静けさに消えていった。あまりに唐突で、あからさまな大声のため、それが男か女か、人か動物かも分からなかった。しかし、そのこだまが耳の鼓膜に響くあいだに分かったことが一つ——突如として命を絶たれる恐怖に直面した生命体が発した断末魔の叫びだ。自然がその短命な子どもたちを嘲るために植え込んだ自己保存の本能が声を発し、抗議の叫びを上げたのだ。たったそれだけ？生きんとする長き闘争もこんなふうに終わってしまうのか？

この二日間、アリスンは何度も、恐怖には慣れっこだと思った。彼女はいま悟った。この瞬間まで自分は恐怖を理解していなかったと。その叫び声に反響した恐怖は、感覚も理解も絶して伝搬していく。どんな攻撃、どんな音や光景が、生けるものの喉からそんな叫び声を絞り出させるのか？

彼女はもう、作戦を立てることも警戒することもできなかった。恐怖が目と耳をふさぎ、理性を打ち消してしまった。方向感覚もなく、障害物も意識せずに森の中に飛び込み、木の根につまずき、足をよろめかせ、音を立てて藪の中に突っ込みながら、ただ一つの衝動に駆られていた——逃げて、逃げて、逃げるのよ、どこでもいい、ともかく、なんとしても。馬や鹿、動物の群れがどっと逃げ出すときの、目も耳も声も感覚すべてを失った、気も狂わんばかりの恐怖。生命体全体が、ごく小さな最初の細胞原形質が熱さや冷たさの最初の刺激で縮み上がるときに生じる原始的な情動に屈してしまう。フランスの群衆の〝逃げろ（ソヴ・クイ・プ）〟という叫び、軍の敗走、火事の劇場で群衆が陥る狂乱、あからさまで動物的な自己保存本能。一瞬の閃光とともに襲い、あらゆる感情が白熱する一点に集約する心因的な落雷。これが恐慌（パニック）。

雨が顔に当たり、風が髪を乱し、低めの枝が首と胸を叩き、茨が手足を引っ掻く――だが、痛みを感じない。

なにかにつまずいた。彼女は暗闇の中を地面に投げ出され、ばったりと倒れてしまった。木の根が手の皮膚を掻き裂き、石でもう一方の手の爪が割れた。すっかり息切れし、立ち上がる力もない。これ以上は無理――完全に麻痺。恐怖が強すぎ、その本来の機能が働かない。蛇が獲物を仕留めようと迫ってくるのに、震えながら身動きできない鳥のようなもの。

囁くような闇の奥から別の音が聞こえる――水が心臓の鼓動のように規則正しくはねる音。すると、自分がどこにいるのか分かった――家の背後にある池の急勾配の岸。ぼんやりとだが、誰か、なにかが水の中を歩くか泳いでいる。ほんの目と鼻の先だが――よく見えない。懐中電灯さえあれば……。

頭がおかしくなったの？　鹿や牛が危険を察知してすぐ逃げ出すとしても、それがなんだと？　最期まで闘い抜く動物はほかにいないとでも？　あらゆる獣性が人間には潜んでいるという。潜在的な獣性を一つ選ばなくてはならないのなら、最も卑しむべきものをなぜ選ぶ？　自然においては、臆病さは女々しいものじゃない。雄ライオンが銃で撃たれると、雌ライオンが攻撃してくる。だが、雌ライオンが撃たれたら、雄ライオンは逃げる。だから、猛獣狩りのハンターたちは、まず雌ライオンを撃つよう教えられる。自分には雌ライオンの爪も牙もないが、なにより人間としての知性がある。今夜、森の中の監視者から逃れる唯一のすべは、音を立てず慎重に、うまく逃げること――藪を踏んで音を立てたりして、自分の存在を知らせないことだ。

なんとか膝立ちになり、身を立て直そうと手を伸ばすと、すぐ近くのなにか柔らかい、ぐにゃりとしたものをつかんだ。よく見えない……。

雷鳴が稲妻のすぐあとに轟いた。閃光は二秒ほど――千分の一秒で働く人間の頭脳には十分な時間。その二秒、不気味な青白い光が小さな空き地を照らした。月明かりよりまばゆく、蛍光灯のように明瞭な光。池を囲む木々は、カメラのフラッシュの光がとらえた人間の姿のように、影を剝ぎ取られてパッと輝いた。アリスンは膝立ちのまま、闇の中でつかんだものを目にした――泥で汚れたグレーのリネンのドレス。ぶざまに開いた大根足、グレーが混じる髪の下に不気味な顔、ガラス玉みたいに見開いた目玉、腐って破裂した果実の露呈した種のように、大きく開いた口から突き出した黄色い歯。フィリモアだ。死んでいる。

夜は再び黒いカーテンのようにとばりを降ろした。アリスンはスカートから手を放した。闇の中でつまずいたのは、この身じろぎもしない死体。あの野性的であからさまな叫び声も、この喉から出たもの……。

稲妻の光は血を映し出さなかった――傷も。フィリモアの死因は？　目は、叫び声と同様、狂おしげに、恐怖で見開いたまま硬直していた。その目はなにを見たのか？　記憶の中から囁く声がした。相対して牧神を見ることは死を意味する。

雷鳴がアリスンの耳の鼓膜をつんざいた。これは稲妻？　まぶたに焼き付くこの金色の閃光の跳梁はなに？　アリスンは自分が夜よりも深い闇に陥っていくのを感じた――眠り、あるいは死の闇に。

四日目

柔らかく温かい感触がアリスンの目を醒まさせた。目を開けると、健全で活力に溢れた日差しが、糊(のり)のきいた白いベッドカバーに照り映えていた。滑らかな、ラベンダーの匂いのシーツと枕にくるまれ、静かに横たわる自分。サッシの窓は下から数インチほど上げて開き、黒っぽいブラインドが半分ほど降ろしてある。天井は暗く、床とベッドだけが日差しに溢れていた。木材は白く、インド更紗(さらさ)の椅子カバーはラベンダー模様の淡黄色。彼女の衣服は椅子の一つに載せてあり、洗濯して乾かしてある。化粧テーブルのクリスタルの燭台には黄色いろうそく。窓の横のクリスタルの鉢にはニオイスミレがいっぱいに生けてある。整えたのはヨランダだ……。

アリスンは再び目を閉じた。口を出す資格はないし、興味もない。すると、声がした。「最初会ったときは、顔も真っ青で、げっそりだったたし」ヨランダの声だ。「落ち着きがなくて、心配事があるみたいだったわ」

「健康を害してニューヨークを離れたんだ」アリスンはロニーの声、その早口で起伏のある、進んでは止まり、また続け、というしゃべり方に気づいた。「でも、たいしたことはないよ。インフルエンザのあとの慢性咳みたいなもんさ」

「落ち着きがないのは、いつだって消耗の徴候ですよ」アリスンは、アンダーズの声に気づくのに少し時間を要した。「妙な話だが、神経が疲弊すると、無気力じゃなく、不必要な活動に走ってしまう。人間、疲れがなくて休息が必要じゃないときにこそ、一番休息できるものでね。残念な話で申し訳ないが、率直な意見を聞いてきたのは君だよ、ロニー。ニューヨークで見せてもらった手紙はほぼ決定的だった。聞こえないはずの音が聞こえるのは……精神不安定な人間だけだ。ここで見聞きしたことは、みなぼくの最初の印象を裏付けている。警察に話さないと。どのみち、彼女はフィリモアの死体と一緒に発見されたんだし」

　アリスンはショックで完全に目が醒めた。オールトンリーでの最初の朝、マットに出してと頼んだ手紙で、ロニーになにを書いたっけ？　ロニーは返事をくれなかったけれど……。誰もいないポーチに足音がしたとか、風もないのに木の葉がさざめいたとか？　軽く書いたつもりなのに、まさか深刻に受け止めるとは。ロニーがいきなりアンダーズを連れてきたのは、私のため？　ロニーも彼女が「精神不安定」だと思っているのか？　だからヨランダを頼ってきたと？　ロニー、よくもそんなことを考えたものね！　確かに私を助けようとしているのだろうけど、その手の助けなどいらない。友情とは、相手が自分のことをどう思っているか知らないからこそ成り立つのだと、まざまざと思い知らされた。

身を起こすと、頭がくらくらした。頭に触ると、白いガーゼの包帯が巻いてある。淡黄色のシルクの寝巻を着ている——もちろん、ヨランダのだ。ベッドから足を出し、白い毛皮の敷物に足を降ろす。ちょっと寝台の支柱につかまって身を立て直し、立ち上がった。こめかみが包帯の下でずきずきする。少し間を置き、裸足のまま部屋を横切り、窓下の腰掛けに膝をつき、半開きの窓から外を覗いた。

舗装されたテラスを見下ろすと、その向こうに素晴らしい広原の眺望。空は雲一つない青空。遠くの広大な谷を流れる川は、日差しを受けてきらきらと輝いている。空気は雨のあとだけにひんやりと涼しい。手すりの周囲に生えるバラは雨のしずくで彩られ、敷石の隙間には小さな水たまり。ヨランダは白いサージのスカートに真紅のセーター、髪には真紅のリボンと、若々しい。アンダーズは彼女と並んで手すりに座っていた。ロニーは手をポケットに突っ込み、前かがみに敷石の上を歩いている。アリスンには、ヨランダの蒼白い細面の顔とアンダーズの優しそうな肉付きのいい顔が見えたが、背を向けたロニーの顔は見えない。見えるのは、後頭部の黒っぽい巻き毛だけ。

家族や友人が自分のことを、ここにいるのも意識せず、こんなふうに他人事のように話すのを聞くのは妙だった。なにか記憶に引っかかる……どうも思い出せないけど……最近見たか聞いたかしたもの……。こんな状況では、もっと聞きたい誘惑に逆らえない。

「そうは思えないな、カート」ロニーは引きずるような歩行を止め、他の二人に向き合った。「アリスンが……精神不安定だなんて」

アリスンは安堵の吐息をついた。ロニーは自分の味方だと思わなきゃ。

「今思えば、君を連れてきたのは間違いだった」彼はアンダーズに向かって続けた。

「あの手紙を読んで、性急にそんな結論を出すべきじゃなかったな」

ヨランダは薄く赤い唇を少し歪めた。「感情に流されやすいのね、ロニー。もちろん、アリスンが好きだからでしょうけど、彼女がちょっと……精神に変調をきたしてるのなら、彼女のためにも現実を直視すべきよ」

私のことが嫌いなのね、とアリスンは思った。それほど私が嫌いなのか……。

「そのとおりだ」彼女の思考はアンダーズの声で途切れた。「はっきり言うが、〝精神不安定〟という言葉は、主に君の気持ちを傷つけないために使ってるんだ。その用語が精神病を意味しないわけでもないが」

「精神病だって！」ロニーは怒りを見せた。「でも、それじゃ――精神異常ということじゃないか！」

アリスンはようやく、なぜこの体験に妙に覚えがあるのか分かった。ミス・ダレルがオールトンリーのベッドに横になりながら、家族が自分の精神異常について話し合うのを漏れ聞いたのと同じだ。ヨランダのこの態度こそ、昨日の晩、ジェフリーがアリスンを姉と同じ屋根の下にいさせたくないと思った理由……。

アンダーズは丸く黒い目で友人をひたと見据え、申し訳なさそうな態だが譲る気配はない。「そうさ」と優しく言った。「存在しない声や足音が聞こえる人間は精神病院にしかいない。包囲されているとか迫害されていると妄想する人間もだ。そんな妄想はしばしば暴力行為に結びつく。フィリモアは好ましくない隣人だった。そしてフィリモアは死んだ。警察は事故と考えているようだが、ミス・トレイシーの精神状態を知ったら、意見を変えるかも。もちろん、心神耗弱を申し立てて――」

「もうたくさんだ！」とロニーは叫んだ。「いとこのことをそんなふうに話すな」

「義理のいとこじゃないの」とヨランダがつぶやいた。

「アリスンに人を殺せるものか。ばかげてる」ロニーは言い張った。「フィリモアは彼女の倍は体重があるぞ」

「フィリモアは池の上の岩から落ちて、下の泥の斜面で首の骨を折ったんだ」とアンダーズは言い返した。「彼はバランスを失ったところを押されたのかも。たいした力は要しない」

フィリモアを「彼女」ではなく「彼」と言っているのにアリスンは気づいた。やはり自分の疑いは正しかった。

「警察はアリスンもフィリモアも事故で転落したと考えてるけど」とヨランダが言った。「一晩に二度も転落事故が起きるなんて、ちょっと信じられないわ」

「ミス・トレイシーは、フィリモアの死体を見つけて、気を失って倒れたのかも」とアンダーズは言った。「もし彼が転落したのが……彼女のせいなら、なおのこと……」

「ロニー！」とヨランダはもどかしげに叫んだ。「アリスンの幻覚のことを警察に話すべきじゃないの？」

「またその話か」とジェフリーが家からテラスに出てきながら言った。アリスンの視野は限られていた。この窓は居間に入るドアの真上にあるからだ。日差しに映える明るい色の髪は見えるが、彼の顔は見えない。その声は怒っているように聞こえた。

「ジェフリー」とヨランダは言った。「アリスンが好きなのは分かるけど、だからといって常識に目をそむけちゃいけないわ。彼女におかしなところがあるなら、適切な治療を受けてもらうのが彼女のためよ」

「君らが忘れていることが一つある」とジェフリーは異を唱えた。「昨夜の事件から、アリスンは幻覚にとらわれていなかったと分かる。何者かが、夜、コテージの周囲を徘徊していると彼女は思った。そのとおりだ――まさに何者かが昨夜コテージの周囲を徘徊していたし、何者かがフィリモアを殺し、アリスンを殴ったんだ。フィリモアには敵がいたに違いない。今はそうと分かる。その一人が岩から彼を突き落し、そのあと、アリスンが死体のそばで膝をついているところを殴り倒した。アリスンの幻覚が現実に基づくもので、その現実がフィリモアに死をもたらしたのなら、〝思い込みの〟幻覚を理由に彼女の症状を根拠づけられるのかい？」

「それも一理ある」とアンダーズは認めた。「ミス・トレイシーが足音や囁き声を聞いたのが森の中だけだったら、もっと説得力もあったろう。だが、彼女の手紙には、ポーチの足音が正面玄関のドアに近づいてきたとある。ポーチから人が去る音が聞こえなかったのに、ドアを開けても誰もいなかったとも。そんなことがあり得るかな？」

「足音がしてから彼女がドアを開けるまでに間があったのさ」とジェフリーは応じた。「そいつは忍び足か裸足で立ち去ったのかも」

「物理的には可能だ」とアンダーズも認めた。「だが、心理学的に見てあり得るかな？　なぜそんなことをしなくちゃならない？　普通じゃない」

「フィリモアは普通じゃないことだらけだった」とジェフリーは言った。「精神異常の所在を探すのなら、なぜそこを見ない？　やつは誰の目にも常軌を逸していた、性的にも政治的にも」

「ならば、動機は？」とアンダーズは問いただした。

「アリスンを震え上がらせて追い払おうとしたのさ。彼女がいなくなれば、近隣に住人はいなくなる。〝なんとか連盟〟を操る黒幕には、隣人が邪魔だったのさ。アリスンが耳にした徘徊者はやつだったのかも。雷雨の深夜に森の中にいるなんて、ほかにどう説明する？」

「それなら、あんな深夜にアリスンが森でなにをしてたのかも知りたいわ」とヨランダは軽やかに言った。「彼女がこの家から帰ったのは何時間も前よ。ベッドですやすや寝てたはず。でも、彼女は服もちゃんと着て、雷雨の中をさまよってたわけね。そこにもなにか……とても異常なものがあるわ」

ロニーはヨランダとアンダーズのほうを見た。「アリスンの〝幻覚〟が――思い込みじゃなく――現実のものだという可能性があるのなら、警察に彼女が……精神不安定だと話すわけにはいかないだろう。せめて二、三日は、善意の解釈を認めてやってもいいんじゃないかな？」

アンダーズはちょっと考え、「警察がどう出るか、二、三日待って、見きわめてからでもいい」とようやく言った。

「もちろんさ！」とジェフリーは声を上げた。「薄弱な根拠しかないのに、アリスンのことをそんなふうに警察に話すなんて、薄情だし、ばかげてもいる」

ヨランダがシガレットケースをセーターのポケットから取り出すと、ロニーがマッチを擦った。「ありがとう、ロニー」彼女は最初に吐き出した煙越しに彼を見た。「あなたたちに賛成できなくて申し訳ないけど……警察には真実をすべて話すべきだと思うの」

三人の男はなにも言わなかった。アリスンは彼らが背を丸めて頭をうなだれているのを見ながら、自分たちが相手にしているのが、手に負えない、情け知らずの女の執念深さだと分かってるのかな、と思った。

ロニーが沈黙を破った。「ヨランダ、頼むからここはひとつ――」

「悪いけど、ロニー」彼女が横を向き、細面の小さな横顔が青空を背景にしたカメオのようにはっきり見えた。顎は微動だにせず、口も笑っていない。「誰も警察に言えないのなら、私が言うわ」

ロニーがもう一度アンダーズのほうを向いた。「それなら、君が警察に話したほうがいい、カート。君のほうが正しく事情を伝えられるだろう。アリスンの体験がただの思い込みだとする明確な根拠はないと、ちゃんと説明してほしい」

アンダーズは重々しく頷(うなず)いた。「もちろん、疑わしい点は彼女に有利な解釈をするつもりだよ」

ヨランダはようやく微笑んだ。我意を通したのだ。アンダーズは説明に手心を加えるかもしれないが、アリスンの証言には健全さと責任能力に疑いがあるという心証を警察に与えるだろう。

ジェフリーは彼女のほうを見ていた。「殺人の捜査が関係者すべてにとってどんなに不快なものか、分からないのかな？　警察がフィリモアの死とアリスンの転倒を……事故と考えているのをありがたいとは思わないのか？」

「フェリックス伯父さんの弁護士に長距離電話をかけて、いい刑事弁護士がいないか聞いてみるよ」ロニーは家の中に姿を消した。

「ゴドフリー・ジェイムズがいいかも」とアンダーズは声を上げたが、ロニーの返事はなかった。アンダーズもあとに続いて家の中に入った。「ジェイムズの評判を聞いたことは？」二人の声は消えていった。

ジェフリーは日差しに照らされたテラスの真ん中に立ちつくしたまま。ヨランダはたばこをくわえ、彼のほうを穏やかに見ていた。

もう窓から離れなくちゃ、とアリスンは思った。こんな話は聞いちゃいけない。しかし、彼女は動かなかった。彼女の命運は話を聞くことにかかっているのでは。聞くだけ聞けばいい。アームストロング大佐だけでなく、ジェフリーも昨夜、森の中にいたことを忘れちゃいけない。それに、ヨランダだけは、あからさまに自分に敵意を抱いているし……。

「そんな目で見ないでちょうだい」とヨランダは言った。

「どう見てほしいのかな？」ジェフリーの声はつっけんどんだった。

「ジェフ、目を覚ましてちょうだい。アリスンのことは真実を知っておかなきゃ。たった一人の弟を、精神不安定で、もしかすると殺人犯かもしれない女と結婚させたいと思う？」

「彼女が精神不安定だという証拠でもあるのか？　あるわけがない！　なのに、朝、彼女から足音の話を聞くと、その日のうちにロニーに手紙を書き、そんな考えを吹き込んだわけだ。その手紙は見てないけど、アンダーズみたいなやつを連れてこいと提案したのも姉さんだろう。姉さんの意地悪は底なしさ」

「意地悪ですって？」ヨランダの口調にはショックと非難がこもっていた。「ジェフリー、よくもそんなことを。私がこの件を気にかけてるのも、ただあなたのためを思ってのことよ。とんでもない間違いを犯してほしくないの。感謝してくれとは言わないけど――」

「けっこうだな。感謝するわけがないだろ！」とジェフリーは言い返した。「警察にこの話をしたら、ぼくの人生をすっかり狂わせるとは思わないのか？」

「あなたの人生をすっかり狂わせるのはアリスンよ」ヨランダの抑えつけていた感情が少しだけ迸り出た。細めた目を潤ませているのは日差しのせいではない。「彼女、あなたを臆面もなく追いかけまわしてるけど、男っていうのは、おだてあげられると情けないほど脆いものだし、あなたも気づいてないんでしょうね。アリスンみたいに男の虚栄心をくすぐる女は――」

「ヨランダ、正直に言えよ。アリスンのことだけじゃないのは、ぼくと同じく分かってるだろ。ぼくが十六のときから、二度目を向けた女性に対してはみんなそうだ。彼女が精神不安定だとは思っちゃいないのさ。ぼくと結婚させたくないだけだ。血も涙もなく、ぼくの結婚を阻止できるなら、彼女になにが起ころうとどこまでも無頓着なんだ。姉さんなら、良心の痛痒もなく彼女を心神喪失者として精神病院に放り込める。ただぼくのためを思ってると言われれば——それがなんだろうと——いつもぼくは信じてきた。でも、もう信じない。姉さんは自分のため、自分の安心、自分の都合しか考えてない。ほかのことなんか考えたことはない——ぼくのことも。ぼくはずっと言われるがままだったけど、目が覚めてなかった。イタリアから帰国し、姉さんと会って話をして、はじめて本当の姉さんを知ったよ。戦争が終わったら、もう姉さんと昔のままの生活には戻らないぞ」

ヨランダは立ち上がり、たばこの吸い殻を灰皿に捨てた。「どうかしてるわね。自分がなにを言ってるのか分かってるの」その言い方は、傷つけられた愛情と踏みにじられた威厳を巧みに混ぜた至芸の技だった。「落ち着いたときにまた話しましょう」

だが、ジェフリーは姉の腕をつかんだ。「すると今度は、精神不安定はぼくというわけか？　姉さんは自分の目的を果たすためなら、なにごとも辞さないと分かってきたよ。昨夜、アリスンが怪我をしたとき、どこにいたんだい？　ぼくはここにいなかった。姉さんがどこにいたのか、ぼくは知らないぞ」

ヨランダはつかまれた腕を振りほどいた。「弟に殺人で告発されるなんて！」

「そうじゃない。ただ、もし姉さんが警察にアリスンを告発――」

「やっぱりそうよ！」口喧嘩では一枚上の語り口で、ヨランダは機に乗じた。「自分の人生をみなあなたのために捧げてきたっていうのに、どうしてそう冷たく無神経になれるの？　普通なら結婚して自分の家庭を持ってるわよ。でも、そうしなかった。両親が死んでから、かわいい弟のために家庭を築けるようひたすら努めてきたっていうのに」

「すまないと思ってるよ、ヨランダ、でも分かってほしいけど――」

「よく分かってるわよ」彼女のため息はいかにも悲しげだった。それから、口喧嘩で勝利を収めるときによくあることに、余計なことまで言ってしまった。「それと、ジェフリー、あなたこそ、昨夜どこにいたのか聞きたいわ。アリスンを送っていったにしては、ずいぶんと長くオールトンリーにいたじゃない。彼女とフィリモアを見つけたのもあなたよ。その前はどこにいたわけ？　なにをしてたの？」

「それも警察に話すつもりか？」ジェフリーの声は再び厳しくなり、敵意がこもった。「それなら、姉さんの人生唯一の関心事はぼくの結婚を邪魔することだし、だから、アリスンを傷つける動機があるのは姉さんだけだと警察に話すぞ」

ヨランダが言い返す前に、ロニーがテラスに出てきた。「警察が来た。アリスンと話したいそうだ。もう目を覚ましたかな？」

「見てくるわ」ヨランダは家に向かって急いだ。

ロニーはジェフリーに話しかけた。「ヨランダを抑え込めなかったのか？」

「手は尽くしたさ」ジェフリーの答えは重く沈み、途方に暮れているようだ。「どうしようもない」二人の足音が遠ざかっていった。

ドアが開いたとき、アリスンはベッドの端に腰掛けていた。

「あら、アリスン、いつ起きたの？」ヨランダは戸口に立ったまま、不安そうに開いた窓に目を向けた。

「今しがたよ」アリスンには彼女の不安を和らげてやる理由はない。

「テラスで話してたの。私たちの声で起こしちゃったんじゃなきゃいいけど」

「日差しで目を覚ましたの」

ヨランダは室内に入り、ドアを閉めた。青白い上品な顔は穏やかで、声は低く、強く懇願するような響きがある。その物腰には、滞在客を心神喪失者として告発しようとしている気配などまるでない。

もう誰も信じないわ、とアリスンは思った。

「気分はよくなった？」

「ええ、ありがとう」

「警察が来て、フィリモアの件であなたと話したいって。まだ休みたいのなら――」

「服を着替えるわ」

「それは考えものよ。アンダーズ先生を呼んで、ご意見を聞いてみるけど」

「いえ、けっこうよ」とアリスンは棘(とげ)のある口調で言った。「服を着替えてしゃんとしたら、警察と直接話すわ」

「気を引きそうな病人の姿で、ベッドで対応すれば、もっと――同情を引けるかもよ」

それに、精神不安定だと、もっと疑われそうね、とアリスンは思った。声に出して言った。「警察の同情などいらないわ」

「そう?」ヨランダは彼女をじっと見つめた。「そのほうがいいと思ったけど。コーヒーをもってきてもらうわね」ベッドの頭板のそばの呼び鈴を押すと、肘掛椅子にどっしりと座った。「昨夜はなにがあったの、アリスン?」

アリスンは、ヨランダの冷たく敵意のこもった視線の奥に、ちょっと不快な意趣を感じたが、部屋から出ていけと言えない以上、どうしようもない。「アルゴスは見つかった?」

「いいえ」ヨランダの目は冷ややかな関心を示してぎらついた。「コテージにいないの?」

「昨夜いなくなったの」とアリスンは説明した。「ドアが開いたときに外にさまよい出たのかと思ったんだけど。外に探しに出たら、死体につまずいて――頭をなにかで殴られて、憶えてるのはそれだけ」

「なにかで？　枝が落ちてきたんじゃないの？」

「分からない」警察に会う前に、敵意のある証人に自分の体験を洗いざらい話して試す機会を得たことをアリスンはありがたいと思った。「誰かに、というべきかもね。間違いなくフィリモア夫人を襲ったのと同じ者よ」

「フィリモアは〝夫人〟じゃないわ」とヨランダは言った。「検死官が〝彼女〟は男だと明らかにしたの――あなたが思ってたとおりよ。ごく通常の男で、女物の服は変装だった。FBIの追及を逃れて、ここに隠れていたの」

「犯罪者だったの？」アリスンは鏡の前で髪を整えながら手が震えた。

「おかしな政治信念を持つ人だったの。真珠湾攻撃以前に、枢軸国の大使館といささか過密なほど連絡を取り合ってたのね。外国政府職員の登録もなしに外国政府のために働いた嫌疑で捕まるところだったの。どうやら戦争が終わるまで、フィリモア〝夫人〟を装ってここに潜んでいようと考えたみたい。リトル・クローヴみたいな辺鄙な土地でそんな人物を探そうなんて人はいないもの。でも、どこか――FBIか陸軍情報部――が消息を嗅ぎ付けて、とうにしっぽをつかんでたのね。〝超アメリカ人連盟〟と関係があったけど、その事実もうまく隠し通して、この土地の者は誰も知らなかったのよ」

「フィリモアって本名だったの?」

「本名ではよく分からないみたい。偽名をいっぱい使ってたから。一番おかしな偽名が〝ストラテジー（戦略の意）大尉〟。その名でよく知られてたの」

アリスンは、ツイードのスカートとセーターを着ながら、新聞でその名を見たのを思い出した。戦争がはじまると、その名も急に紙面から消えてしまった。

「しっぽをつかんでたのなら、どうして逮捕しなかったの？」

「金が絡んでたようね。〝連盟〟は出所不明の相当な不正資金を集めていて、〝連盟〟が解散したとき、その資金も消えてしまった。そのお金は所得税も全然支払われてなかったし、複数の政府機関が追及しようと思っていたの。フィリモアなら金の所在を知ってるし、そもそも金を提供した連中とつながりもあるんじゃないかと期待して、彼を監視してたわけ。警察は朝からずっとフィリモアの家を捜索して、金の手がかりを探してるわ……。お入りなさい、ガートルード」

不機嫌そうなブロンドの女中が、盆に果物、トースト、コーヒーを載せて入ってくると、テーブルに並べた。アリスンは食欲がなかったが、ブラック・コーヒーを自分で注いだ。女中が出ていき、アリスンがコーヒーを半分くらい飲むと、ヨランダはつぶやいた。「コーヒーを飲んでも大丈夫？」

「今頃そんなこと言っても遅いわ」アリスンはカップを飲み干した。

「アンダーズ先生は、骨折はない――ただの脳震盪だって言ってたわ。目が覚めるまで起こしちゃいけないって」

「ここまで運んできてくれたのは誰？」

「ジェフリーよ。フィリモアの死体と一緒に倒れてるのを見つけて、この家に運んできたの。フィリモアの件を警察に電話したのはロニーよ。ベッドに運んであげたのはガートルードと私。みんな、大変な夜だったわ」ヨランダは、それもこれもみなアリスンのせいだと言わんばかりだった。

「それじゃ、この家の電話は昨夜の嵐でもちゃんとつながったの？」

「そうよ」ヨランダは妙な目でアリスンを見た。「あなたの電話はつながらなかったの？」

「ええ」アリスンは立ち上がったが、胸の鼓動が激しくなった。「さあ、警察に会うわ」

胸の鼓動がヨランダの耳に聞こえたのか？　彼女はにこやかに微笑を浮かべていた。

「なにも心配いらないわ。ただの――手順だし」彼女はアリスンの手を取ろうとしたが、この偽善的行為だけはさすがにアリスンにも我慢ならなかった。手を差し出したりはせず、さっさと廊下に出て階段に向かい、ヨランダはあとを追うしかなかった。

声が居間の開いたドアから階段の吹き抜けを通して聞こえてきた。「いや」レインズの声だ。「ミス・トレイシーに……おかしな点はないと思いますよ。ただ――」

「ほう?」聞き覚えのない声が言った。

「ただ、山の中のこんな場所で一人暮らしをしたがるのは別ですがね」

アリスンが両開きのドアに姿を見せると、レインズの声は尻すぼみになり、ヨランダが部屋の中に入ってドアを閉めた。横長のブルーとホワイトの部屋で、男たちが暖炉の前に立っていた。ロニー、ジェフリー、アンダーズのほか、マット、レインズ、それに制服の男。

「州警察のレンデル警部よ」とヨランダが言った。「こちらがミス・トレイシー」

アリスンは、暖炉の両端に向かい合わせに置かれたソファの一つに腰を下ろした。ロニーは彼女の隣に座った。ほかの者は椅子に腰かけたが、レンデルだけは部屋にいる全員の顔が見えるように、暖炉に背を向けて立った。

この中の一人が徘徊者かも、とアリスンは思った。フィリモアがそうとは思えない。森の中を誰かが徘徊していると言ったら、本当に怯えていたし、疑わしげだった。もしかして、彼が死んだ理由もそれなのか……。

でも、この中の一人の顔は、日差しの下では穏やかにとりすましていながら、夜の森の中ではまるで違った顔に変わるのかも……悪意に満ちた危険な顔に……。この中の一人……それとも、アームストロングが……。

「ご気分はよくなりましたか、ミス・トレイシー?」レンデルは鋭いグレーの目をアリスンに向けた。

「ええ、ありがとう」

「どうやら、この事件は事故のようですな。昨夜は泥で滑りやすかったし、月も星も出ていなかった。フィリモアはあなたの住むコテージの背後の岩から滑って、下の池に落ちた。転落の際に首の骨を折ったのです。おそらく女物の服を着ていたせいで、動きも妨げられたんでしょう」

「あれは変装だったの？」とアリスンは思い切って尋ねた。

「ええ、実に大胆だったから、かえってうまくいった変装でしたね。年配の女性には筋肉質の人もいれば――おそらくは中年になると生じるホルモンの変化で口髭の濃い人もいる。そういう女性に会っても、女の服を着た男だといきなり結論を出したりはしない。フィリモアはそんな例もあることをうまく利用しただけです。ただ一つ、彼の死には腑に落ちない点がある。あんな暴風雨の夜遅くに外でなにをしていたのか？　思い当たる節はありますか？」

　アリスンは皆の目が自分に注がれているのをひしひしと感じながらかぶりを振った。

　レンデル警部は、落とし穴を避けながら道を進むみたいに、慎重に次の言葉を選んだ。

「フィリモアはなにかに驚いて転落したのかもしれません。驚きと恐怖の表情が死に顔にも張り付いていていました」

「確かに恐怖を味わった顔だ」マットは彼らしい淡々としたそっけないもの言いで口をはさんだ。「恐怖のあまり死に至った男のように見えた」

アリスンは不意に身震いした。月明かりの道をのっそりと歩く山羊のような影を再び思い浮かべたのだ。相対して牧神を見ることは死を意味する……。

マットのほのめかしがレンデルには気に入らなかった。「もしかすると、暗闇では気づかなかったのに、稲妻がいきなり光ったせいで、迷って池の上に突き出した岩の端まで来てしまったのがはっきり見えたのかも」レンデルは再びアリスンのほうを向いた。「あなたからお話を伺いたいのですよ、ミス・トレイシー――話せる状態でしたらですが」

違う状況だったら、自分が経験したことを警察に洗いざらい打ち明けるのが一番だとアリスンは考えたことだろう。しかし、さっき漏れ聞いた会話からすると、ヨランダ、アンダーズ、それに警察も、自分の話をすべて精神錯乱の証拠と解釈するかもしれない。それ以上確実に言葉を封じられることはあるまい。さっきヨランダに話したように、修正を加えた話を繰り返すしかない。

「ご自身を襲った相手を見なかったのですか?」

「ええ」

「誰かが近づいてくる音も聞かなかったと?」

「ええ、嵐の音がすごかったので」

レンデルは穏やかに訴えるような口調で続けた。「でも、この三日ほど、何者かがオールトンリーの森を徘徊しているのを耳にしたのでは？」

アリスンは、ヨランダが嬉しそうに勝ち誇った視線を送るのに気づいた。ヨランダは間違いなく、二階に上がってくる前にレンデル警部と話をする時間があったのだ。アリスンは一瞬、どう答えていいか分からなかったが、幸運の女神は大胆な者にこそ微笑むことを思い出した。

「いいえ、誰の音も耳にしてませんが。なんのお話をしてらっしゃるのかしら」

それは、円滑に回っている機械の中に自在スパナを放り込んだようなものだった。そんな答えが返ってくると予想した者は誰もいなかった。彼女がテラスでの会話を盗み聞きしていたとは知らなかったのだ。レンデル警部は、自分のつま先を踏んづけたみたいに、不意に口をつぐんだ。ヨランダは目をみはり、赤い唇を少し開き、驚きでぽかんとしながら、ネズミのような歯を覗かせた。ロニーの黒い目が面白そうに揺れた。彼はいつも大胆さを称賛する。ジェフリーの日焼けした顔は無表情で、まるで、その場でどんな発言が出ようと顔色を変えまいと心に決めているみたいだ。アンダーズは、面白くもなさそうに淡々とした好奇心をのぞかせてアリスンのほうを見た。マットの顔は帽子のまびさしで隠れたまま。屋内でも帽子を脱ぐ気配はない。レインズは明らかに彼女の答えにほっとしていた。音が聞こえるほど深く息を吸い込み、椅子に深々と身を沈めた。

「私が受けた印象では――」とレンデル警部は言いかけた。

「ミス・トレイシーは脳震盪をおこしたの」ヨランダがこれほど優しく同情に満ちた声を発したことはない。「記憶にも影響したんじゃないの。レンデル警部、彼女は間違いなく、ジェフリーと私に謎めいた音の話をしました――足音と囁く声と、それに――」

「なんの話だい、ヨランダ?」ジェフリーはどこか無頓着に言った。「アリスンはそんな話はしなかったよ。君は聞いたかい、ロニー?」

「いや、そんな話ははじめてだな」ロニーはジェフリーと同様、すぐにアリスンに話を合わせたが、ジェフリーと違い、思わず目を面白そうにきらめかせた。「君は、カート? アリスンが君にそんな話をしたとでも?」

アリスンは、アンダーズの反応を待ちながら、心臓の鼓動が止まりそうな気がした。今朝の彼女の状態について、判断しかねているのが分かったのだ。常に大胆不敵なロニーは、皆のいる前で彼に心を決めさせようとしている。アリスンはアンダーズに目を向ける気になれなかったが、ロニーとジェフリーが彼をじっと見ているのは感じ取れた。ようやく穏やかで悲しげな声がした。「ミス・トレイシーからそんな話を聞いたことはないね」

それは文字どおりの真実だとアリスンは気づいた。ヨランダも。いつもの青白い顔がぱっと醜く上気した。彼女はアンダーズに逃げを打たせるつもりはなかった。「でも、アリスンがロニーに宛てた手紙なら見たでしょ?」と挑みかかった。

こうなっては、アンダーズも嘘をつくか、アリスンを裏切るかのどちらかしかない。彼の丸く黒い目は、さっきまでアリスンに向けていた淡々とした好奇の目で、今度はヨランダを見つめた。「いや」とはっきり嘘をついた。「手紙は見ていない。そんなゴシップを耳にしただけだ。気にも留めなかったな。なにしろ、そんなゴシップは――悪意によるものだろうからね」

今朝のヨランダは、またもやテラスで度の過ぎた芸を演じてしまったようだ。カート・アンダーズはアリスンの精神状態にまだ確信が持てなかったかもしれないが、ヨランダの意に屈して、警察に確信のないことを打ち明ける気にはなれないのだ。あらかじめ共謀したわけでもないのに、彼もほかの者たちもヨランダに逆ねじを食わせてしまった。こうなっては、徘徊者の話も、アリスンではなくヨランダの根拠のない証言があるばかりだ。

「それはどんなゴシップですか?」とレンデルは問いただした。

アンダーズはゆっくり慎重に答えた。「パリッシュ氏の話では、フィリモア本人がミス・トレイシーに、誰かが森の中を徘徊する音を耳にしなかったかと尋ねたそうですが」これは、徘徊者の話をアリスンよりもフィリモアに結び付けるだけに巧妙だった。

「昨日のミス・パリッシュの話だと、彼女の理解では、コテージ周辺の説明のつかない音に悩まされているのはミス・トレイシーのほうだとか」

「それが悪意とも思えませんが」とレンデルは異議を唱えた。

アンダーズは重々しく応えた。「悪意の印象を受けましたがね」

ヨランダは自分の負けと気づいたが、目をつり上げ、頬を上気させながら最後の抵抗を試みた。「レンデル警部、ミス・トレイシーが憶えてるかどうかはともかく、彼女がここに一人でいるとき、コテージ周辺で謎めいた声や足音を聞いたという印象をはっきり彼女から受けましたけど。彼女はいつも生々しい想像を抱いてたし、ここに来たときは健康もすぐれなかった。みんな幻覚だと私は思ったけど、ミス・トレイシーがフィリモアの死体と一緒に発見されたとき、そのことをご報告するのが自分の義務と思ったんです」

「アリスンなら、仮にそんな幻覚を体験したとしても、真面目に受け止めたりしないよ」ロニーは実にさわやかな図々しさで言った。「もしそう受け止めてたら、ぼくに手紙でそのことを書いていたはずさ」

レンデルの目ざとい視線は、ロニーの目に抑えがたい嘲りの色が宿っているのを見逃さなかった。警部は顔をしかめながらアリスンのほうを向いた。

「ミス・トレイシー、昨夜――というか、今朝早く――ここに呼び出されたとき、侵入者がいないかコテージを調べましたが、居間の床に泥の足跡があるのに気づきました――あなたと、二人の男の足跡です。男の一人はパリッシュ氏と確認しましたが、もう一人は?」

「たぶん――」と言いかけて、アームストロング大佐という、口まで出かかった名前を抑え込んだ。警察に話すことじゃない――陸軍情報部の話だ。「分かりません」

「〝たぶん……〟と言いかけましたね。なんですか?」

「叫び声を聞いたのですか?」レンデルは彼女の言葉に鋭く反応した。「そんな話はしませんでしたね」

「言いそびれたの。だって……ぞっとすることだったし」叫び声が記憶の中をこだまして彼女は身震いした。「フィリモアはなにかに驚いたのよ。死体のそばに足跡はなかったんですか?」

「雨のせいでその手の証拠はほとんど消えてしまいまして」レンデルはためらいを見せたが、付け加えた。「一本の木の下にいくつかありました。びっしりと生い茂った葉が地面を守っていましてね――あなた自身の足跡ですよ」

「ほかにはなにも?」

うんざりした表情のヨランダを除いて、全員がレンデルをじっと見つめていた。

「人間の足跡はなにも」うんざりした様子だったヨランダも耳をそばだたせた。「動物の足跡なら見つけましたよ——たぶん、迷い出た子牛か羊です」

「このあたりに羊や牛を飼っている農場は知らないが」とレインズはのろのろと言った。

「知ってるか、マット？」

「いや」マットは相変わらずそっけなかった。

「山羊を飼ってるやつも知らないな。鹿なら、夏にここまで山を降りてくることは滅多にない」

「足跡はかすれていました」とレンデルは言った。「どんな動物の足跡でもおかしくない。あらためてお聞きすることがあるかもしれませんので、皆さんにはもう一日、近隣にとどまっていただきたい」彼はドアに向かっていきかけた。

アリスンが呼び止めた。「レンデル警部、私の犬の手がかりはありませんでした？」

「あなたの犬？」レンデルは足を停めた。

「昨夜探していた犬です」

「ああ、そうでした。まだ行方が分からないと？」

アリスンは頷いた。「黒いスパニエルです。年老いて、太っていて——」彼女の声が震えた。「目が見えません」

「目が見えないのなら、遠くには行っていないでしょう。今朝、我々がコテージにいるあいだに見つからなかったのは妙だな……。警官の一人が警察犬を連れてきています。犬を探すよう言いましょう」

「ありがとう」

「聞きたいのだけど」とロニーが言った。「フィリモアが集めたという金の手がかりは？」

「家にもなかったし、ファーンウッド銀行の口座にもなかった」とレンデルが答えた。「金は消え失せてしまったようですな」

レンデルに続いてレインズも部屋を出ていった。マットはアリスンのソファのそばで立ち止まった。「お気の毒だったね。食料品とかは当面大丈夫かい？」

彼女は陰になった相手の顔に目を向けた。またもや、オールトンリーに来る前にもその声を聞いたような妙な気がしたが、顔はやはり見覚えがない。

「いや、大丈夫さ！」とロニーが代わってマットに答えた。「昨夜のオールトンリーでの事件のあとだし、ミス・トレイシーを引き留めておく必要があるなら、この家に泊まってもらおう」

それってヨランダと同じ屋根の下で数日過ごすってことよね、とアリスンはまごつきながら気づいた。どうしようもなさそう。レンデル警部の〝要望〟は、ほぼ事実上の命令だ。

マットがほかの連中に続いて出ていくと、ヨランダは急に頭痛がすると言いだした——どう見ても、ジェフリーのことを気に病むといつも襲われる、家庭内の戦略的な頭痛だ。あなたのせいよ、と暗にほのめかすような非難の視線を弟に向けると、殉教者精神とオーデコロンで自分の敗北を癒すべく部屋に引き取った。

彼女が部屋を出ると、ロニーはドアを閉め、たくらみを秘めたように目をきらめかせ、足を引きずりながら戻ってきた。「さあ、アリスン！　昨夜、ほんとはなにがあったんだい！」

アリスンは三人の顔を見た——アンダーズは相変わらず無関心そうだが、ジェフリーとロニーはどんな説明が返ってくるのか固唾をのんで待っていた。警察への説明に口裏を合わせてくれた以上、説明を拒むわけにいかない。彼女は洗いざらい話した——アームストロング大佐がフェリックス伯父さんの死を他殺ではないかと疑っていることも。

「フェリックス伯父さんが！」ロニーは驚きのあまり、いつもの明るく自信に満ちた態度も吹き飛んだ。「そいつ、頭がどうかしてるんだ！」

「でも、ロニー、あり得ないことじゃないわ」とアリスンは疲れたように言い張った。「検死解剖もしなかったじゃない。それに、フェリックス伯父さんは庭に出るフランス窓に鍵をかけるのをしょっちゅう忘れてた。誰でも家に入れたのよ。いつだって」

「アームストロングもな！」ロニーは唇を引き結んだ。「ニューヨークでやつのことまで調べようとは思わなかったよ。フェリックス伯父さんが陸軍省に協力してるんじゃないかと思ったことはあった。アームストロングは身分証くらい持っていたろうが――そいつも言うように、そんなものは偽造できる。怪しげな目つきをしてたしな」

「アームストロングは今どこに?」とジェフリーは誰にともなく言った。「自称したとおりの男なら、フィリモアの死を聞き知って、今朝のうちに警察に連絡しそうなものじゃないか?　この近辺にいれば、必ず耳に入ったはずだ。村じゅうに知れ渡ってるよ」

「大佐のこと、レンデル警部に話すべきだった?」とアリスンは聞いた。「軍情報部に直接話すほうがいいと思ったんだけど」

「そうだな」とジェフリーが言った。「アームストロングが本当に軍情報部の人間なら、地元警察と関わりたいとは思わんだろう」

「どうもアームストロングというやつは胡散臭いな」とロニーは言った。「暗号にはっきり関心を示したのはそいつだけだ。しかも今となっては――やつは君から暗号を取り上げちまったんだぜ、アリスン!」

アリスンはかすかに微笑んだ。「でも、写しは何枚もあるわ」

「どこに?」

「コテージのワークシートに。何度も書き写さなきゃ、暗号には取り組めないもの」

「そのワークシート、すぐ取ってきたほうがいい」ロニーはもうドアに向かっていた。

「それと、アームストロングのことも確かめないと」とジェフリーが言った。

「そうだな」とロニーは眉をひそめた。「カート、OSEのフェリスのオフィスに長距離電話をかけて、軍情報部にアームストロング大佐というのがいるか、聞いてくれるかい？　ぼくはコテージに行く」

「私も行くわ」とアリスンは言った。「スーツケースの荷造りもしなきゃ」

ジェフリーが立ち上がった。「スーツケースを運ぶのを手伝うよ」

「ぼくが手伝う」とロニーが小声で言った。

ジェフリーはにっこりした。「ともかく、行くよ」

「アリスンに行かせていいものかな」ロニーはアンダーズのほうを見ながら問いかけた。

「君らがゆっくり気をつけて行けば、ミス・トレイシーも大丈夫だろう」とアンダーズは言った。

この緑と金色の世界が、昨夜のじめじめと暗く恐怖に満ちた森だったとは信じられない。山を降りる泥だらけの小道には、日差しが斑点のように射している。生い茂る木の葉のアーチがつくる緑陰も、この昼日中には暖かい。アリスンは失ったものを痛感せずにいられなかった。四つの足がパタパタとうしろをついてきて、湿った鼻を彼女の踵(かかと)に時おりすりつけてくることもなく、森の中を歩くのは初めて。

「昨夜なにがあったのか、まだ話してくれてないわね、ジェフリー？」

彼は眉をひそめ、進路を遮る低い枝を押し分けた。「森の中に誰かいる音がしたから、コテージの裏の草地まで行ったんだ。アームストロングかフィリモア、それともアルゴスかと思ってね。ともかく、突き止めてやろうとしたけど、暗闇で干し草の中の針を探すようなものさ。実を言うと、どこまで深く迷い込んだのか自分でも分からなかった。小道から離れて、森の奥に入り込むはめになってね。叫び声も聞こえたが、遠すぎた。その方向へ藪をかき分けて進んだ。池にたどりつくと、君とフィリモアを見つけた——ほかには誰もいなかった」

「池の中を歩いたり、泳いだりする音は聞こえなかった？」

「いや」

「稲光もないのに雷鳴が聞こえたとか？」

「そんな覚えはないな。慌ただしかったし、嵐を気にかけてる余裕はなかった」

ロニーはいたずらっぽい微笑を浮かべ、日差しが頭上の木の葉で揺れるのに合わせて、その顔に斑点のような影ができた。「稲光がないのに雷鳴だって！　それだけで、ヨランダなら君を精神病院の個室に押し込めちまうよ」

「どうかな」ジェフリーは真面目な顔で言った。「熱雷（夏季に水平線近くで生じる雷鳴を伴わない稲妻）は雷鳴のない稲光だ。稲光のない雷鳴はあり得ないかな？」

「昨夜みたいな嵐じゃ、それはないよ」

アリスンは心を落ち着けながら、あの雷鳴らしき音を思い出そうとした。

彼らは草地に出た。小さなコテージがこれほど慎ましやかに見える場所はなく、灰色がかった緑の屋根が山腹に寄り添っていた。もう二度とそこで幸せなときを過ごすことはないと思うと、アリスンは胸がかきむしられるような悔恨の念を覚えた。「うしろの道を行ったほうがいいわ」と彼女が言うと、彼らは草地を横切って台所側のドアに来た。

日差しが正面の窓から居間に射し込んでいた。暗号のワークシートは、昨夜、アームストロングに見せようと持ってきたときのまま、中央のテーブルに置いてある。ロニーは興味ありげにざっと目を通したが、彼女の骨折り仕事には気をそそられなかったようだ。「君には解読できないよ」と彼は言った。「アームストロングが安んじてこれを置いていったのももっともさ。この紙をみんなパリッシュ家に持っていくつもりかい?」

「そこまでしなくてもいいでしょ。暗号文の写しだけ持っていくわ。私のワークシートに書き散らされた断片から暗号を復元できる人がいるとも思えないし」

アリスンはバッグに荷物を詰めに屋根裏部屋に上がった。再び降りてくると、階段の途中でジェフリーと出くわし、バッグを持ってもらった。

居間から残りのあれやこれや——本数冊と万年筆、アルゴスの革紐と予備の首輪を取ってきた。「これで全部ね」部屋をざっと眺めまわすと、昨夜、アームストロングが立っていた場所に目をとめた。「どうしてアームストロングは急にいなくなったんだろう？」

　ジェフリーが答えた。「暗号の写しを手に入れたら、さっさと出ていきたくなったか、外に人の気配を感じて調べに出たかだな」

「でも、誰の気配を？　あなたの？」

「ぼくかもしれないし――ぼくが気配を感じた相手かも」

「フィリモアだろうな」とロニーが口をはさんだ。「アームストロングがフィリモアを殺した可能性もあると考えたほうがいい」

　自分がぼんやりと疑っていたことをはっきり口にされて、アリスンは自分が置かれた立場に気づいた。「じゃあ、アームストロングのことをすぐに警察に言わないと」

「ワシントンにアームストロングのことを確認するまで待ってくれ」とロニーが応じた。

「どのみち、フィリモアは人類にとってたいした損失じゃなかったさ」

　別の可能性にアリスンは気づいた。「アームストロングが怪我をしてるとは思わない？　足や踵を骨折して森のどこかで横になってるかも」

　ロニーは疑わしげに苦笑した。「そうは思えない。アームストロング大佐は自分の身を守ることくらいできる男だと思う。それに、警察はこの周辺の森を徹底的に捜索したんだぞ」

　正面の階段に足音がして、彼らは誰かが来るのに気づいた。アリスンが目を向けると、それは州警察の警官で、紐でつないだ警察犬を連れていた——すらりとした働き者の田舎育ちの犬で、毛並みがよく、太った街中育ちのアルゴスとは大違いだ。

「なにか見つかったのか？」とジェフリーが聞いた。

「ええ」警官は、犬を愛する者同士の親愛の念を込めて、アリスンの驚く顔を見つめた。「犬をご確認いただけますか。もっとも——お辛いことではありますが」

「つまり……死んだと？」

「ええ」

アルゴスの死は、アリスンにとって、フィリモアの死体を発見したときより大きなショックだった。動物の死を軽く見る人が多いのは、動物を愛する者には特に心外なことだ。人間の死は、いくらありきたりで上っ面だけのことでも、それなりの同情を示してもらえる。だが、動物の死はいとも簡単に片づけられてしまう。「おたくの犬が死んだって？　そりゃお気の毒」そして話題は変わる。アルゴスはよき伴侶だった。一途で揺るぎない愛情は、人間の愛や友情を曇らせる気まぐれな猜疑心や躊躇に毒されることはなかった。進化した生き物と言ってもいい。動物の反射作用と同じくらい野蛮で不合理な憎悪に、人間としての知性を従属させてしまったフィリモアに比べたら。

警官は彼らを伴って草地を横切り、池の先にある森に案内した。アルゴスの死体は、いつも松の木の下、枯れた針葉をベッドにして横たわっていた。アリスンが近づくと、いつもなら地面をパタパタと叩いたしっぽが、はじめて微動だにしなかった。彼女の行くところならどこでも倦むことなくついてきた足も、死んで完全に生気を失い、疲れ果てて動けなくなったように見える。目も、半開きのまぶたの下で白目を剝いている。顎はだらりと開き、いつも彼女を面白がらせた、波打つピンクの上顎の見慣れた黒い点が見えた。喉は赤い傷がぱっくりと口を開けている。

「アルゴス……」彼女は膝をつき、柔らかく黒い毛に触れた。

「狐か、イタチの仕業？」とロニーが問いただした。

「分かりません」警官は言いにくそうだった。「ナイフかも」

夏の虫が香りと日差しに溢れた静けさをブンブン言う音でしばし満たした。すると、ロニーが叫んだ。「でも、フィリモアの死は事故だぞ！」

「警部はそうお考えですが」警官はアルゴスに目を落とした。「こうなると、考えも変わるかも」

アリスンは涙に濡れた目で見上げた。「でも、誰が？　なんのために？」

「分からない。どうにも……奇妙です」

「この事件はみんな奇妙さ！」ジェフリーは彼女の手を取り、立ち上がらせた。

「犬の死体はしばらくお預かりしなくては」と警官は言った。「よろしければ、埋葬をお手伝いしますよ——あとでね」

アリスンは頷いた。ジェフリーが彼女の体に腕を回し、三人はその場を立ち去った。「かわいそうに」とロニーはつぶやいた。「たぶんイタチだろうな。あの犬じゃかなわない」

「少なくとも、アリスンの仕業と思う者はいないさ！」とジェフリーは言った。

「そうとも言い切れない」とロニーはすぐに言い返した。「アリスンが聞こえもしない音を聞いたという話に絡めて、ヨランダがこの話を広めたら、なんだってアリスンの仕業にされてしまうさ」

アリスンはため息をついた。日はまだ山腹を照らしていたが、もう暖かくも明るくもなさそうだった。

ヨランダは、フワフワした薄い黒服に、首に真珠のアクセサリーをして夕食に降りてきた。鋭い目と引き結んだ赤い口は、頭痛で悩む女性の目と口には見えない。夕食のあいだ、誰も昨夜の事件には触れなかったが、食後に客間に移ると、ヨランダは高い窓から、暮れゆく空を見て言った。「ジェフ、今夜はドアも窓もみんな鍵をかけたほうがよくない？」

アリスン以外の人間がフィリモアを殺した可能性を彼女が暗に認めたのは初めてだった。アンダーズがワシントンにアームストロングのことで電話照会しているのを盗み聞きでもしたのか?

「そうだね」ジェフリーは部屋を出ていった。彼の足音に続いて、玄関ホール、食堂、書斎の掛け金をかけていく音が聞こえた。戻ってくると、横長の居間の三方にあるフランス窓の掛け金をかけた。「これでいい」

「玄関の鍵はどうした?」とロニーが聞いた。

「ドアにそのまま残しておいたよ。抜いておくと、きっと失くしちまう」

アリスンはヨランダの青白く動じない顔を見て思った……。

危険は閉め出されたのか? それとも、閉じ込められたのか? ここはオールトンリーと同じく、夜は家の周辺も静かで暗い。森が家の建つ空き地のすぐそばまで迫り、明かり、温かさ、快適さという小さな人工のオアシスが、原野の荒々しさを瀬戸際で食い止めているのも同じ。

「いつもなら、夜、窓を施錠しないの?」とアリスンは聞いた。

「こんな場所で? いいえ、したことないわ」

ヨランダの皮膚をこれほど白く保たせるとは、その血管に流れる血はよほどわずかで、冷たく、ゆっくり流れているのだとアリスンは思った。ヨランダは自分でたばこに火をつけ、か細く白い手でアリスンにクリスタルの箱を差し出した。目は再び暮れゆく青空をそわそわと見つめた。「カーテンがないと、この部屋もひどいものね! でも、カーテンを付けてる時間もなかっただけ。せめて女中が一人……」

アリスンは彼女のほうを見た。「夏はずっとここにいたんじゃないの?」

「あら、違うわ。ジェフリーがニューヨークに着いたのはほんの五日前よ。前日に電報一本で知らせてきただけだもの」彼女はすねたようにジェフリーのほうを見た。「弟がここで休暇を過ごすって決めたから——一緒に来たの。準備もなにもなしで!」

フェリックス伯父が死んだのは五日前。アリスンは、内心の驚きが顔に出てなきゃいいけど、と思った。「じゃあ、二人とも五日前はニューヨークに?」

「ここには君より一日早く来ただけだよ」とジェフリーは言った。「ヨランダは、使用人を雇うのが難しいと分かってたから、今年はぼくらだけで来るのが嫌だったのさ」

アリスンは、ニューヨークのフェリックス伯父の書斎の窓から見えた共用の裏庭をさまざざと思い出した。ニワウルシの葉、日差しが照らすペンテリコン産大理石のニンフ像……。フェリックス伯父が死んだ夜、裏庭を通ることは誰にでもできた……誰にでも……。

ヨランダは、たばこの箱と対のクリスタルの灰皿でたばこをもみ消した。「疲れたわ。失礼して早めに寝室に引き取らせてもらうわね」

彼女の足音が階段に消えていくと、ロニーはアンダーズのほうを見た。「で、カート、アームストロングにはつながったのか?」

「ＯＳＥのフェリスのオフィスにかけた。返事をもらう予定でね。この手のことはちょっと手間がかかるのさ」

ロニーは腕時計を見た。「もう十一時だ。今夜は電話してきそうにないな」

「この家の電話は一階の玄関ホールにしかない」とジェフリーが言った。「だが、ベルの音は大きいよ。二階で寝ていても、いつも目が覚めるくらいだ」

「じゃあ、ぼくらも部屋に引き取って寝たほうがいい」ロニーはアリスンのほうを見た。「君は特にね」

アリスンはなにも答えず微笑んだ。眠れないのは分かっていた。次から次へと疑問が頭に浮かんでくるし……。

白、ラベンダー、黄色の彩りの二階の部屋に行き、バッグから荷物を出した。アルゴスの紐と首輪を見ると胸が痛む。暗号解読という骨折り仕事をすれば、痛みもまぎれるかも。

小さな白く塗られた机には、新しいペンとインク、便箋が備え付けられていた。机の椅子は、開いた窓のそばに。テラス越しに暗い山腹を見ると、レインズ家の農場の明かりが見え、その向こう、谷のリトル・クローヴに明かりが密集している。暗く寝静まった大地の上に、空がきらめく星のアーチを描いている。新鮮な夜の空気を深々と吸うと、再び暗号に目を落とした。アームストロング大佐になんて言ったっけ？　解読不可能なヴィジュネル暗号――あるいは単に抵抗力のある暗号だろうと――は変動型方陣を必要とする。キーワードの反復と通常のアルファベット順を回避するために、入れ替わりで複数使える変則的アルファベットによる方陣。

スライドや方陣の文字を、まさにそうした目的で作られた機械装置も使わずに、継続的なパターンで操作する方法などあるのか？　変動型方陣のような複雑なものを正確に記憶できるよう人間の頭脳を仕込む方法があるとでも？

アリスンは疲労の吐息をつきながら髪をかき上げ、アームストロングが、昨夜コテージでフェリックス伯父の暗号について話したことや、ニューヨークで初めて会った朝に言っていたことを洗いざらい思い出そうとした。

すると、彼女は悟った。

昨夜、真っ暗な視野を切り裂き、目の前の光景――木々、泥、池、足下のフィリモアの死体――を一度に鮮明に見せてくれた青白い稲妻のように、突如として閃いた。

簡単に記憶できる、十個以上の変則的アルファベットを持つ変動型方陣――単純じゃないの！　なにか複雑かつ巧妙で、きわめて技術的なものを模索していた。実は子どものゲームのように簡単――ほとんど誰もが記憶している、世界でただ一つの変則的アルファベット。これまで思いついた者などいただろうか？

彼女は熱に浮かされたように文字を紙に書き込み、スライドとインデックスにするのに長細い短冊に切り分けた。最初の言葉はきっと、〝前略〟か〝親愛なる〟、〝アリスン〟、〝ロニー〟、あるいは〝アームストロング大佐〟だ。では、鍵は？

鍵は気にしなくていい。正しい方陣を見つけ、最初の平文字も正しく推測できたなら、定規で平文字と暗号文字を結びつければ鍵も得られる。平文字と暗号文字を結びつける鍵文字は、定規の上で平文字と暗号文字がつくる三角形の第三角に出てくる。鍵そのものが短ければ、すぐに出てくるし、残りのメッセージも、単純な暗号解読で読むことができる――方陣があまり頻繁に変わるようなら別だが……。

繰り返していくと、鍵は無意味な文字の羅列となって出てきた……ETAONR……。ちょっと待って――この羅列は無意味じゃない。この文字は前にも見たことがある。なにか意味があるのよ。やはり自分のスライドが正しいのかも。彼女は重ねたメモにさっと手を伸ばした。あの頻度表はどこ？　コテージに残してきた。だが、思い出しはじめた。ETAONRISH……そうよ！　こんな暗号にも意味のある鍵が！

ついに鍵を得た。これで暗号全文を読むのも児戯に等しい――鍵の反復を回避するために、二十七番目の文字に来るたびに方陣が変わっているという、自分の想定が正しければ別だが。木製か金属製のしっかりしたサン＝シール定規が手元にあったらいいのに。薄っぺらな短冊は、指の震えで曲がったり揺れたりする……。

二十七番目の暗号文字に来て、予想していた壁に突き当たった。そのあとは暗号文字と鍵文字を組み合わせても、もはや意味の通る平文は出てこない。フェリックス伯父は方陣を別のパターンに変えたに違いない。

彼女は、異なる文字配列のサン＝シール定規をいくつも作った。次々と試してみるが、うまくいかない。自分は間違っているのか？　フェリックス伯父は、定規だけでなく鍵も変えたのか？

それでも、鍵と暗号文字を次々と新たな定規で組み合わせる作業を続けた――一字、二字、三字……。やった！　ついに意味のある平文が、残る二十三の鍵の字に対応して、すいすいと解読されて出てくる。そのあと、きっと別の方陣に変わるだろうと思っていた鍵の最後に来て、再び新たな定規を試さなくてはならなかった……。

薄く曲がりやすい紙のインデックスとスライドを突き合わせる退屈な手作業にはいらいらさせられる。一文字ずつ、根気よく混沌から真実を引き出し続ける。モールス信号技師のように作業手順に集中していたせいで、出てくる平文の意味をまるで意識しないまま機械的に作業していた。大文字や句読点、語間のスペースも無視して、ひと続きに文字を一語一語書きとめていく。十六行の平文全体を引き出すと、ようやく手を止めて語を整理し、書きとめたメッセージを読んだ。

ペンが感覚を失った手から落ちた。まさか。なにかの間違いよ。でも、間違いのはずがない。間違いや偶然で、暗号文をなすでたらめな文字の羅列から、十六行もずっと意味のある言葉が出てくるわけがない。まさかそんな……でも——まさかと思うことはいろいろあっても——やはりそうだ。なぜなの？　残りのメッセージが教えてくれるかも。ペンは落としたまま拾わなかった。一瞬、残りのメッセージを読みたくないと思った。わけを知りたくない。

でも、なにもかも辻褄が合う……アームストロングが言ったこと、ロニーが言ったこと、ジェフリーが言ったこと、アルゴスの振る舞い。だからこそアルゴスは殺されたのだ。フェリックス伯父の死後、起きたことのすべてがそこにある——別の暗号文のように、でたらめに羅列された事実がそこに。無知で盲目、ショックで麻痺していたがゆえに、読めなかった暗号が。自分の首に巧妙に巻かれた絞首縄にまるで気づかなかった。徐々に気づくにつれ、抵抗しようともがいたが、その抵抗もすべてあらかじめ読まれていた。絞首縄は、犠牲者が抵抗すればするほど、ますますきつく締まるような結び方で結わえられていたのだ。束縛から逃れようとする自分の努力もすべて察知されていたし、計画に織り込まれていた。自分を救ってくれたのは、殺された伯父その人だ。このメッセージを残し——しかも——メッセージを書いた暗号の性質の手がかりまで残してくれた——自分が不注意で忘れっぽいせいで、今まで気づかなかった手がかり。

暗号の作業に関わらない感覚は、作業の途中、すべて停止していた。今こうしてひと息つくと、日常の世界が一挙に戻ってきた。不意に熱と疲労を感じ、夢から覚めた気分になる。再び窓に顔を向け、脈打つこめかみを優しくそよぐ夜の冷気にさらす。天の川は、絵がまだ乾かぬうちに、星をちりばめた部分を神が筆を揮(ふる)って描いた絵のようだ。その星のヴェールの奥にはなにが、と幾千回となく思った。果てしなく続く時空の中に、とわに絶えることなく輝き続ける、もっとたくさんの星があるだけなのか？

　黄色いきらめきが一瞬光り、彼女の目をとらえた。隕石？　うねるような大きな山の肩の真上、天の底のほうの星か？　星のようにきらりと光ったものの、黄金色でありすぎる。星は銀色だ。あれは人工の光。あんなところになぜ光が？　レインズ農場までの距離を目測した。ほんの三日前、この家の同じ場所から、木々の幹と葉の狭間に、オールトンリーの窓に輝く石油ランプの光を垣間見たジェフリーと同じく、彼女も光を見つめていた。その光も今夜は、のんびりしたそよ風で木の葉が動くたびに、不意に瞬くかすかなきらめきでしかない。でも、コテージには誰もいないはず……。今夜、その無人の住まいに侵入しようと思う者は一人だけ……。

　アリスンは、ゴム底の靴、ツイードのスカート、セーターを身に着けたままだった。ツイードの上着を引ったくり、急いで袖を通しながらドアに向かった。二階の廊下は夜通し明かりをつけっぱなし。ほかのドアはみな閉まっている。屋内は寝静まっている様子。

　部屋のドアを閉め、掛け金が音を立てずに収まるようにそっとノブを回した。階段のところまで忍び足で行き、手すり越しに下を覗く。一階の玄関ホールは薄暗く、誰もいない。居間の両開きドアは開け放たれたまま。その奥の部屋は薄暗い。

階段を途中まで降りると、下の玄関ホールで電話が鳴った。アームストロング大佐の件でワシントンからかかってきた電話だろう。自分が出ることはない。今はかまっていられない。彼女は軽やかに素早く階段を降りた。電話が再び鳴った。今までにない素早さでホールのテーブルの引き出しを開け、懐中電灯を引っ張り出す。二階でドアの蝶番が軋る音。鍵は玄関のドアに差したままだ。彼女は鍵を回した。開かない。もともと鍵があいていたと気づく。自分で鍵をかけてしまったのだ。鍵を反対に回す。ドアが開いた。外に出たとたん、二階の廊下に足音が。神経を張りつめて、そうっと音を立てずにドアを閉めた。私道を駆け降り、登り道に入り、オールトンリーへの森の小道に駆け込んだ。

晴天の夏の夜、今朝より暖かい。木の葉がひそやかに囁き続ける程度のそよ風。彼女が駆け抜けていくと、驚いた小さな白い梟が羽根を音もなくはばたかせ、ロケットの如く飛び立った。何度この道を通ったことか——一人のときも、ほかの人とも。昼も夜も。晴れの日も、雨の日も。嬉しいときも、悲しいときも——だが、今ほどすべての感覚が、恐怖さえもが麻痺しながら通ったことはない。今夜は恐怖も感じない。すでに知っているからだ——恐怖をもたらすのは未知のものだけ。

ふと、道が果てしなく続き、そのままずっと、待ち受けるものに直面せずにすめばと思った。だが、進まなくては。ほかに道はない。

その道がこれほど短いと思ったことはない。あっという間に、暗く囁きに満ちた森からコテージの背後の草地に出た。彼女は立ち止まった。月がすでに――今夜は満月で、金色の泡のように丸く浮かんでいる。穏やかな明かりが、いつもなら鈍(にぶ)い色にすぎない灰緑色のこけら板に銀の光沢を与えていた。ランプの明かりが台所の窓から漏れている。台所に誰かいるわけじゃない。居間にいる誰かが、台所に通じるドアを開けっぱなしにし、そこから明かりが漏れているのだ。むろん、オールトンリーの明かりがパリッシュ家の窓の一つから見えるとは、誰もが知っているわけじゃない。もし知っていたら、台所と居間のあいだのドアは閉めておいたはず。

彼女は左に曲がり、コテージの東側のポーチを迂回し、右に曲がって正面の階段に行った。明かりが居間の窓すべてから漏れている。

静かに階段を上がった。鍵は玄関のドアに差したままだ。大胆にドアを押し開け、中に入った。部屋には誰もいない。

彼女は立ち止まった。こんな暖かい夜に、なぜ暖炉に火が入ってるの？　火床には、薄く黒い灰が、立ちのぼる黄色い炎の下に揺れていた――紙を燃やした灰。端が黄ばんだ白い紙の断片がある。自分が書き込みをした紙だ。暗号のワークシート！　そう、フエリックス伯父の最後の暗号文に殺害犯が名指しされていると、誰かが考えたのだ。たとえわずかでも、アリスンのワークシートに書き散らされた断片から暗号が復元される可能性がある以上、殺人犯はほうっておけない……。

寝室へのドアは閉じ、台所のドアは彼女の考えたとおり開いていた。すぐ目の前に、廊下へのドアが暗闇に向かって大きく開け放たれていた。耳をすませた。夏の夜がこれほど甘美で静かなことはなかった。開いたドアの奥からは木の葉の囁く音しかしない。木の葉はなにを囁いているのか？　空想が言葉を与える。（不滅なるもの、すなわち、姿を隠そうとする神を見た者は、大きな代償を支払うことになる……）

フェリックス伯父のメッセージを読んでから、心臓が胸に埋まった鉛の塊のように感じられる。心臓は今再び命を吹き返し、別の音が聞こえて震えた――上の屋根裏部屋の木の床を横切る足音――今度はゆっくりではなく、素早く慌ただしい。よく耳にした足どりのリズム……。

足音は階段まで来ている。やはり素早く不規則。ドアの奥の廊下に広がる暗い虚空を覗き込む。なにかが動き、明かりの中に出てきた。彼女を目にすると、彼は壁にぶつかったように不意に戸口で立ち止まった。揺らめく炎のように、美しい顔にはなにか現実離れしたものがあった。それも感情に流された自分の空想か？　あるいは、大きくつり上がった眉が、巻き毛に届く曲がった小さな角のように見えるとでも？　そのきらきらした目がこれほど爛々と輝いていたことはない。そのとき彼女は思い出した。人間に化けた神は、人間らしからざる目の輝きで常に識別できる。その顔は、いつもアルカイックなギリシア風の特徴を帯びていた――黒っぽい巻き毛の頭に向かって急峻に傾いた狭い額、斜めの眉の下で大きく見開いたアーモンドのような目、ほぼ鷲鼻の鼻、来るべきデカダンス芸術の柔弱さがほの見える、滑らかに丸みを帯びた唇と顎。フェリックス伯父が彼に見たのは、ミュケナイのディオニュソスではなく、アルカディアの牧神――美しく健康的で、どんな運命にも情熱と強靭さで立ち向かい、神か獣のように善悪など顧みず、自分自身の流儀にのみ従って生きる半人半獣の自然神だった。

跳ねあがった眉がひそめられたが、眉の陰にある目はますます爛々と輝いている――〝鋭く見抜くように〟。彼女の顔を一目見ると、静かに言った。「分かったのか」

「ええ、ロニー。分かったわ」

最古の劇の場面を再演している異様な感覚になる―― 〝気づきの場面〟。アイスキュロスやプリュニコスよりはるか以前、エーゲ海やクレタ島の人々は、復活した神が死を弔ったばかりの神だと気づく、最初期のディオニュソス祭儀のクライマックスに興奮した。その最古の地中海沿岸の伝承は、後世の劇作家たちに、人生の偉大な瞬間は常に、ある人間の偽りの顔の下に潜む、不変の正邪の性質に気づくか再認識する瞬間だと教えてきた。

「あなたが——牧神（パン）なのね」彼女はゆっくりと言った。「あなたは私を怖がらせようとした——フェリックス伯父さんが死んだ朝、ニューヨークで私が言ったように。フェリックス伯父さんを殺したのはあなたよ。ああ、ロニー、どうして？」

　輝く目が愉快そうに、嘲りの色をはっきりと帯びた。「牧神（パン）？　ああ、森のことか。それに恐慌（パニック）。実にうまいな！」彼は引きずる足を一歩進めた。「ぼくが割れた蹄をしているとでも？」

「でも、あの晩、ポーチの足音は引きずってなかった」

「ああ。そうならないようにゆっくり歩いたのさ。引きずる足音にはリズムがある——モールス信号のようにね。交互に素早く歩を進めさえしなければ、リズムにはならない。ちょうど、長短の信号を交互に素早く続けなければ、モールス信号にはならないのと同じさ。姿を消す時間を稼ぐには、君が玄関のドアに来るのをためらう公算に賭けるしかなかった。立ち去る音が聞こえないように靴を脱いだんだ。ぼくの足が道に動物のような足跡を残すのに気づいた。それからは、人間の徘徊者の足跡に見えないように、森の中では裸足で歩くことにしたのさ」

　アリスンは、奇形を隠す彼のあずき色のモカシンに目を落とした。「池の足跡は一対だった……ともによく似てたわ」彼女は目を大きく見開いた。「どっちが内反足なの？」

　炎がはじけた。彼の背後にある大理石の牧神（パン）像の動かない顔に影がよぎり、生命と動きを吹き込んだようなイリュージョンを生んだ。

「両足ともさ」不意に苦々しい束の間の微笑が浮かぶ。それも石でできた顔をよぎった影でしかないように。「そう、たまたまね。バイロン（十九世紀の英国の詩人）と同じさ。どっちなのか憶測ばかりで、彼が死ぬまで分からなかった。両足とも蹄の形だと分かったのは死後だ。軍医はぼくの症例に強い興味を示してたよ」

アリスンは身震いした。「あなたは半人半獣の牧神（パン）よ。いつも動物に妙に身近な理解を示していたもの。フェリックス伯父さんが死んだ朝もそう思った。あのとき、アルゴスがクンクン鳴いたら、『死の匂いを嗅ぎつけたんだ』って言ったわね」

「ぼくが？」アーモンドのような目に炎が映え、猫の目のようにきらりと輝いた。「人間は神の仮面を剝がしちゃいけない。かつて、アルカディアやアッティカの羊飼いは、森の中に牧神（パン）の笛のこだまをとらえると、神の意に反して顔をあわせないよう、遠く避けて通ったものさ。だが、君は頑なで、なかなか怯えない。今夜はわざわざぼくと顔をあわせに来た。『女に寄り添う神とは？　塵（ちり）と嘲（あざけ）りなり』（ラドヤード・キプリングの詩 Late Came the God より）ずっと君のことが好きだったよ、アリスン。こんな終わり方は残念だ」

「どんな終わり方ですって？」

「忘れたのか？」彼は静かに笑い声を上げた。「『相対して牧神（パン）を見ることは死を意味する』のさ……」

アリスンは、未知なる者の目を見つめた。ずっと気づかぬまま、ロニーの中に棲みついていた者の目を。フェリックス伯父を殺し、当然アリスンも殺せるほど、その体と同じくらい歪んだ心を持つ未知なる者。囁くような声で話しているのは、ロニーではなく、その未知なる者だ。「怖いのか？　この期に及んで？」

彼女は首を横に振った。恐怖を認めるのは致命的だと本能が語る。しっかりとした声で答えた。「あなたのことはよく分かってるわ、ロニー。怖いはずないじゃない」だが、そう言いながら、自分が恐れているのが分かった――ロニーではなく、ずっと彼の中に隠れ棲んでいた未知なる者を。

彼は失望の色を見せた。彼女が恐れるのを期待していたのだ。「どうやって気づいた？」と荒々しく問いただした。

「なにかあったのね――フェリックス伯父さんが死んだあの朝――伯父さんの部屋で……」

「そう、そこさ！　いくら念入りに計画を立てても、青写真どおりに事は運ばない。必ず予期しない事態が起こる。今度の場合、フェリックス伯父その人だ。伯父は自分を殺したのがぼくだと知っていた。どうやって知ったかは分からないが、知ってたんだ。死の直前、伯父はぼくとゲームでもしているように笑みを浮かべて、真相を示す手がかりを残したと言った――なにかおかしいとはっきり分かる手がかりを、と。はったりだと思ったけどね。フェリックス伯父さんがはったりをかます人じゃないと気づくべきだったな。

君に電話する前に部屋を見まわしたが、おかしいとはっきり分かるものは目につかなかった。時間もなかったしね。涼しい顔を装うには、ぼくが家に着いたとき、伯父さんはもう死んでいたと君に印象付ける必要があった。時をおかずに君に電話しなきゃいけなかったのさ。ぼくがワシントンを出発した時間を知ってる連中もいたし、あとで君がそいつらと会う可能性もあったからね。その手がかりってのは?」

「アルゴスよ」彼女は息を切らして口ごもった。「テーブルにぶつかったの。アルゴスは目が見えない。あの部屋の家具は、アルゴスが記憶を頼りに歩けるように、絶対に位置を動かさなかったの。位置が動いてなかったら、テーブルにぶつかりはしなかった。テーブルを動かしたのはあなたじゃない。あのとき驚いてたから。ハナも動かすわけがない。アルゴスのことを知ってたし、フェリックス伯父さんと同じくらいアルゴスのことを愛してたもの。ほかに部屋に入った者はいない――フェリックス伯父さんを除いて。つまり、伯父さんが自分でテーブルを動かしたのよ」

「ぼくも気づいた」彼の目は熱のある病人のように潤みもなく輝いた。声までが精神錯乱者の声のように熱を帯び、ろれつが回らず、多弁になった。「君も気づいたとは思ったよ。ただ、確信はなかった。犬の反射的な運動の記憶が、ぼくが見逃したもの――テーブルの位置の変化——をあらわにしたことが分かった。これが手がかりだなと思った。おかしいとはっきり分かるものだったから。テーブルは車輪付きで、ベッドのそばにあった。瀕死の状態のフェリックス伯父さんでも少しは動かせただろう。伯父は、アルゴスがテーブルにぶつかることで、アルゴスの記憶が視覚代わりだと知っている者なら、その位置が変わっていることに気づくだろうと当てにしたんだな。

だが、どうしてそこから、フェリックス伯父さんを殺したのがぼくだと分かる？　伯父はテーブルそのものに注意を引こうとしたのか？　あるいは、位置の変化に？　それとも、テーブルに載っていた物？　手がかりの意味は分からなかった——もっと間の悪いことに、君がそのことに気づいたかどうかもよく分からなかった。確信が持てず、悩まされたよ——手がかりを残したとフェリックス伯父さんが言ったのも、それが目的だったのかも、と。仮に君があのとき状況に気づかなかったとしても、アルゴスが君のそばにいるかぎり、あいつの行動がいつ何時そのことを君に思い出させるか分からない。だから、君の手元にアルゴスを置いときたくなかったのさ。君があいつを連れていくと言い張ったから、殺さなきゃいけなくなった。ぼくが足音を演出したとき、君も耳にした小さな口笛を吹いたのは、すっかり忘れてたよ。口笛を吹いたのは、アルゴスを家からおびき出すためだが、牧神（パン）が笛を吹くことは、君に特別な印象を与えるつもりでやったわけじゃない。あいつは老犬で太っていて、動きも鈍かったから、昨夜、君がアームストロングにドアを開けてやるまで、外に出てこなかったのさ」

アリスンは、犬の喉に開いた大きな赤い傷口を思い出して胸が悪くなった。「よくあんなことを……」

彼は陰気そうに笑った。「ぼくは自分自身が動物的でありすぎて、動物に対する君の人間的な感情を理解できないのかもな。牧神(パン)は自分に従う動物を殺し、血の生贄(いけにえ)として受け入れる狩猟者だった。動物たちを人間から守ってやることがあるとすれば、獣神として人間の能力を嫉妬したときだけさ」

アリスンは激しく息を切らし、うまく話せなくなった。「私を殺せば……すんだことじゃないの?」

「フェリックス伯父さんの死は自然死に見せかけた。君に同じことは繰り返せなかったのさ。いくら慎重に事故を仕組んでも、冒すリスクを倍増させてしまう。ミス・ダレルを親戚たちが片づけたように始末するほうが安全だ。君も見当がついたろうが、彼らが音を演出し、聞こえたのは彼女だけだと装って、狂気の瀬戸際に追い詰めたのさ。ここに一人で滞在した夏、彼女の本に、幽霊の出そうな森の静けさに触れた個所があって、そこに親戚たちが彼女の目を引くように線を引いたのに気づいて、彼女になにが起きたのか悟ったよ。夏をオールトンリーで一人で過ごしたらと君に勧めたのも、同じ神経戦を仕掛けるつもりだった。君も一人でここにいれば、あとは森がぼくに代わって仕事を仕上げてくれる。あのフェリックス伯父さんも、静かな森に一人でいると、超自然的なこだまが聞こえる気がすると思ったほどだ。静寂は常に耳を自分の内面に向けさせる。貝殻で耳をふさげば、どんな音でも聞こえてくる。水晶球に目を眩（くら）まされれば、どんなものでも見えるのと同じさ。だが、ミス・ダレルの空想が役に立った。

彼女の親戚たちほどやる必要もなかった。君が精神異常だと法的に証明する必要はなかったからね。彼らと違って、ぼくは君の財産を狙ったわけじゃない。君の証人としての適性を否定できればそれでよかった。他人に聞こえない足音が聞こえる証人など、誰も信用しない。君なら疑いを抱くのが関の山と分かっていた。証拠があれば、警察かアームストロングのところに行っただろうからね。検死解剖を行わないことに君が不安を抱きはじめたとき、君の口を封じるためになにかしなくてはと、今度の計画全体を考えたのさ。カルロ・フレシのエピソードを話したのは、君を怯えさせて、アームストロングから遠ざけるためだ。ぼくの所属するオフィスは、フェリックス伯父さんの死後整理に必要な休暇をくれたが、そのことは君に話さなかった。コテージの周囲を誰かが徘徊する音を君に最初に聞かせるとき、ぼくはニューヨークかワシントンにいると思わせておきたかったからね。パリッシュ家に来る前からぼくがこの土地にいたとは、誰も思いもよらなかった――アルゴスは別だが。コテージに近づく者がいれば吠えたはずなのに、〝牧神（パン）〟の足音を耳にしても、吠えることも唸ることもなかった。一昨日の夜、ニューヨークに戻ると、ワシントンから転送されてきた君の手紙と、ヨランダからの招待状が届いていた。彼女はアンダーズも一緒に連れてきてと書いていた。君をジェフリーから遠ざけたいものだから、彼女は君の精神的安定に疑問を抱かせるために労をいとわなかったのさ。ぼくは最悪の事態を信じたくない献身的な親族を装うことができた――いい戦略だったよ。さあ、これですべて分かっただろう」

「でも、どうして?」アリスンは最初の質問を繰り返した。「動機を聞いてないわ」

「君だって、テーブルの位置の変化がなにを意味するのか、教えてくれない」と彼は答えた。「どうでもいいが。君しかそれを見ていないし、仮に君が――。なんだ、あれは?」

ロニーはつり上がった眉を寄せた。彼女にはなにも聞こえない。彼の耳のほうが鋭いのだ。ロニーは素早く踵を返した。西側のポーチのドアへと廊下を走っていくのが聞こえた。

「ロニー!」

あとを追わなくては。自分のことなどもう気にならない。むしろ気になるのは、森から聞こえたのがジェフリーの足音だとしたら、ロニーがなにをしでかすか分からないことだ。

ロニーはポーチの柵で振り返った。森は彼の背後で、暗く木の葉に覆われ、囁いている。顔をぼんやりかすませる影の奥から、目だけがぎらぎらと輝いている――自分の知っているロニーではなく、未知なる者の敵意に満ちた目。

「もう悪さは十分でしょ？」彼女は息を切らしながら言った。「あきらめなさい。こんなことしても得るものはないわ」

「失うものもないさ！」敏速に柵を乗り越えたが、足の障害のせいで、降り立つときにつんのめった。だが、立ち直りの早さ！　体全体は獣のようにしなやかで敏捷――不格好な足を別にすれば。

もっとのろかったが、彼女もあとを追った――柵を越え、森を抜け、山腹へと。ロニーはずっと先を進み、木々の間を素早く音もなく駆け抜けていた。まるで森がふるさとのように！　昨夜耳にしたのと同じ、彼がパシャパシャと水音を立てるのが聞こえた。足の障害が妨げにならない彼のスポーツは泳ぎだけ。

だが、池の縁まで来ても、彼の姿はない。森の中で見失ってしまった。背後で誰かの叫び声が。彼女は目を上げた。池の上高くに張り出す、切り立った岩の端に彼が立っていた――暗い月明かりでは、はるかに小さく見える。いにしえの言葉が頭によみがえった。

牧神（パン）……その縄張りは雪に覆われた高台、

　山の頂、岩がごつごつした小道……

わざとそんなことを？　それとも、足の障害がとうとう彼を裏切ったのか？

「ロニー！」

黒っぽい、小さな体が、石のように真っ逆さまに落ちた。彼女は目を閉じた。

五日目

空気ドリルのマシンガンのような〝ドドド〟という音が静けさを打ち破っていたが、その静けさも、クラクションの大音響、ブレーキの軋る音、新聞売り子の叫び声、どこからともなく聞こえるラジオの〝メアジイ・ドーツ〟（一九四三年作曲のコミカル・ソング）の耳障りな演奏のせいで、とうにずたずたになっていた。アームストロング大佐は苛立たしげに顔をしかめ、オフィスの窓をバタンと閉めて騒音を遮ろうとした。アリスンはジェフリーに微笑みかけた。思えば、自分もこんな騒音が嫌いだった！　ニューヨークは雑音だらけで俗悪だが、近代的で人も多く、精神も健全。欠点があっても、そのおかげで静けさや孤独が培う悪霊を駆逐してくれる。

アームストロングはデスクに戻った。その日も、両肩に銀の鷲の徽章の付いた、手入れのいいカーキ色の制服を着ていた。アリスンに顔を向けると、困ったような目つきも優しげに変わった。「フィリモアに会って、君のいとこがオールトンリーで一人暮らししていたときに彼もその土地にいたと聞かされても、そこになにかつながりがあるとは思わなかったのかね？」

「思いもよらなかったわ」と彼女は答えた。「ロニーは頭がよかった。フィリモアは愚かで意地悪、精神もまともじゃなかったし」

ドアにノックがした。長身で細身の、インディアンのような横顔の男が部屋に入ってきた。青いサージの服を着て、グレーのフェルト帽を手にしている。「お邪魔でしたか？」

「いや、グレイヴズ」とアームストロングは応じた。「座りたまえ」

アリスンはグレイヴズの声を聞きながら目を向けた。だぶだぶのズボンとセーター、まびさし付きの帽子の姿を思い浮かべてみた。「マット！　あなた、アームストロング大佐の部下だったの？」

「残念だが違うのさ！」グレイヴズは苦笑した。「ただの新聞記者だよ。だが、山男のダサい三点セットをけっこううまく着こなしてただろ？　それに、山男らしく口数の少ない無骨さもね。トラックに乗っけたときは、法外な対価も要求したし」

「あなたの声を聞いたのは、あれが初めてじゃないわ」とアリスンは言った。「オールトンリーに来る前、どこで聞いたんだろう？」

「電話さ。フェリックス・マルホランドが死んだという噂の裏を取るために、オクシデンタル通信社を代表してマルホランド家に電話したのはぼくだ」

「伯父さんが死んだという噂をあんなに早く聞きつけたのはどうして？　ロニーも不思議に思ってたけど」

「何週間か前に、ちょっといかがわしいやつから、ＯＳＥのロナルド・マルホランドが、解散した〝超アメリカ人連盟〟の元メンバーたちと会ってたという情報を売りつけられたのさ。この手の秘密結社は早晩、マスコミに存在が漏れるのが常でね。しばらくマルホランドに目を光らせて、記事ネタがあるか確かめる役割を振られたのがぼくなんだ。フェリックス・マルホランドが死んだ夜、ワシントンからニューヨークまでやつをつけてた。医者が出ていったときも家を見張ってたのさ。出ていくときに、フェリックス・マルホランドが死んだとか言うのを君に話すのが聞こえてね。心臓が弱かったのは知ってたし、あんな早朝に医者が必要なのは、あの家では彼だけだろう。それで、角を曲がってすぐのドラッグストアから真偽を確かめる電話をかけたんだ。そのあと、リトル・クローヴに行って、フィリモアを近くで観察してた。そのときは、ロナルドが自分の伯父を殺害したとは気づかなかった。今も動機は分からないね」

「動機？　殺害？」アームストロング大佐は分厚いまぶたを閉じた。「ロナルド・マルホランドが伯父を殺したという証拠はないが」

「昨夜、リトル・クローヴで噂を……」とグレイヴズは言い張った。

「噂など知ったことか！」アームストロングの声はこの上なく冷たくなった。

「私に言えるのは、ロナルド・マルホランドが山で転落死し、事故の可能性があるということだけだ。もし助かっていれば……。だが、助からなかった。事件はそれで終わりさ」

「じゃあ、記事ネタはないのかい？」

アームストロングはきっぱりと頷いた。「記事ネタなどなにもない」

グレイヴズが部屋から締め出されると、ジェフリーはアームストロングのほうを見た。

「ありがとうございます」

「裁判にかけられない以上、ロナルド・マルホランドの件を今さらおおやけにしても仕方があるまい。かえってやっかいかも――残ったフィリモアの手下どもを検挙する妨げになる恐れもある。扇動罪の証拠を見つければ、連中を裁判にかけられる。だが、マルホランドのいきさつは関係がない」

アリスンは小さな声で言った。「マルホランドのいきさつってなんのこと？　活字にできないことなの？」

「動機のことかね？」アームストロングはため息をついた。「例によって金さ。ロニー・マルホランドは、自分がフェリックス・マルホランドの相続人だと知っていた。だが、フェリックス・マルホランドが財産の大半を失ったとは知らなかったのさ」

「お金ですって？」とアリスンは繰り返した。今でも、金銭欲や打算を、ロニーのさわやかで若々しい、古代ギリシア風の顔、きらきらした、せせら笑うような目と結びつけるのは難しい。とはいえ、どこかで読んだ一節が頭に浮かんだ。若者はいつも軽薄さの裏に打算を隠している。若々しい明るさの裏にはなにがあるか分からない。そのせいで批判も矛先が鈍り、判断力にも先入観が混じる。

「給与だってずっとよかったのに」とアリスンは言った。「それに、フェリックス伯父さんは生活費を渡してたわ。特別な事情があれば、伯父さんは追加のお金もあげたと思うけど」

「だが、この件は事情が違う。君のいとこは〝超アメリカ人連盟〟のメンバーだったんだ」アームストロングは、このばかげた呼び名を口にしながら、苦々しい笑みを浮かべた。「伯父さんが暗号の作業の最中に突然亡くなったとき、君のいとこを徹底的に調べる許可を得た。フィリモアとのつながりを突き止めて、すぐさま彼が犯人だと悟ったよ。君への態度に時おり少し不審な点を見せてしまったとすれば、君にも疑いをかけていたからだ。その疑いが事実無根と分かって嬉しいよ」

「でも、ロニーが〝超アメリカ人〟なんて戯言に引っかかるとも思えませんが」とジェフリーは異を唱えた。

「引っかかったわけじゃない」とアームストロングは答えた。「彼なら、そんな戯言は大衆をとらえる罠だと考えただろう。だが、彼は集産主義の調和の美に惹かれた経済学者の一人だった。今日、ファシズムと呼ばれる権威主義的で非民主的な集産主義のね。それが実現すると信じていたし、最初からそれに参画していたいと考えたのさ」

「真珠湾攻撃の前にですか？」

「いや。真珠湾攻撃の前にそんなものに参画していたら、OSEに入りはしなかったさ。忘れたかね？　ロニーがオールトンリーに一人で住んでいたのも、フィリモアがしばらく身を潜めるために最初にあの土地に来たのも、真珠湾攻撃後の一九四二年の夏だったのを。いくらリトル・クローヴの近隣が辺鄙で寂しかろうと、かつてそこに自分の連盟の支部があったから、フィリモアも土地の噂を聞いていた。軍がロニーの入隊を許可しなかったせいで、彼とフィリモアは相通ずるものを持った。つまり、二人とも戦争から取り残されたと感じたのさ。どれほどそれが心にわだかまるものか、君には理解できないかもしれないがね。軍に志願した若者が身体的理由で不合格になり、涙にむせぶのを何度も見てきたよ。彼らの場合は、その気持ちも素直なものだが、ロニーの場合は……そう、傷ついた虚栄心と挫折した野心がないまぜになっていた。戦争は人が思うほど平和時と大差はない。同じような競争が違った形で最初に来る——昔ながらの同じ試合を新たな対戦相手と演じることになるんだ。まずは身体的な適性が必要となる——平和時にはさほど重要でもないのにね。

君のいとこは、努力分野のほとんどで一番になることで、常に足の障害の代償を得てきた。早熟な知的聡明さ、若さと容姿のよさ、おしなべて健康であることが、平和時にはそれを可能にしてきた。ところが、戦争がはじまると、もはや一番にはなれなかった。足の障害が野心を妨げた。彼を弁護するつもりはないよ。ただ、まっとうな人間から殺人犯以下に成り下がる過程で起きた変転を説明しようとしているだけさ。唐突とも思えるこうした性格の変化は、その過程にいろんな段階があったことに気づかないと理解しにくい。戦争がはじまると、非戦闘員機関のＯＳＥしか、ロニーには居場所がなかった。友人たちはみな軍役に就いていた。人生で初めて、自分は除け者だと実感させられた――奇形の怪物、低劣な存在だとね。そんな思いを抱くのは不快だった。平和が戻ったら、再び一番に――皆の仲間になると心に決めたのさ。〝超アメリカ人連盟〟は、戦争がはじまると必ず訪れる経済や気分の停滞につけ込もうとする団体だったから、いかにも仲間に加わりやすい相手だと彼も思ってしまった。『戦争と平和』のボリスを知っているかね？　どんな戦争でも、欲得づくで戦争に参加するボリスのようなやつが多少はいる。平和時と同じく戦時にも、栄達を得るためにみずから大きなリスクを背負おうとする者がいるんだ。そんな人間が身体の障害を理由に戦争から締め出されたらどうなると思う？　野心で凝り固まり、堕落していくのさ。それがまさに、ロニー・マルホランドに起きたことなんだ。

職業の上では投資家で経済学者だったから、〝連盟〟では出納係となった。ユダは使徒たちの小さな群れの中では出納係だったという、ルナン（ジョゼフ・エルネスト・ルナン。一八六三年に『イエス伝』を刊行したフランスの宗教史家）の説を連想しないかね？　どんな組織でも、出納係は常に背信の誘惑に駆られるものだが、違法な組織や扇動的な組織の場合は特にそうだ。君のいとこは、〝連盟〟と、フィリモアのような悪党や変人に金を貢ぐ腐敗した投資家たちとの連絡役を担っていた。〝連盟〟は愛国者の仮面をかぶっていたが、その仮面も脆く、ＦＢＩが目をつけはじめていた。投資家たちは怖気づいて、自分たちの身を守るために〝連盟〟に解散を求めたが、フィリモアは拒んだ。〝連盟〟は地下に潜った。その混乱に乗じて、君のいとこは集めた金を我が物としたんだ。その金は誰よりも自分のものと思ったのかもしれないが、フィリモアはそうは考えず、横領と見なしたわけだ。

横領をやるなら、相手のカモはまっとうで素性のよい市民を選ぶほうが賢明だ。そんな連中は法に訴えることはあっても、銃口を向けてくることはない。フィリモアとその仲間たちは、法に訴えることはできなくとも、みずからの手で法を執行することはできるし、実際やってきた。期日までに金を返さなければ殺すとロニーを脅したのさ。口先だけじゃない。実際やるつもりだった。彼らにとって、ロニーは自分たちの流儀で始末する初めての裏切り者ではなかったろうし、彼にもそれは分かっていた。彼は一人だが相手は多数、しかも、狂信者どもだ。捕まえるまで何年でも追い続けるだろう。警察に助けを求めるわけにもいかない。命が惜しければ、金を返すしかない。最初はロマンテイックな政治的冒険のようだったものが、いきなり陰惨で現実的な危機になったわけだ。ロニーは気づくのが遅すぎた。フィリモアのような連中とは親しくもなれなければ、嫌気がさしたからといってあっさり離れることもできないことにね。いったん仲間に入ったら、一生抜け出せない。かつてのシチリアの〝黒手団(マーノ・ネーラ)〟（イタリア系の犯罪秘密結社）のようにだ。

ロニーはせしめた金を返せなかった。使ってしまったからだ。ワシントンの家とか、足の障害を隠せるように工夫した手作りの靴とか、そんな奢侈(しゃし)に耽(ふけ)ったのも、不完全な体を埋め合わせる別の手立てだった。なにに使うのか説明しないかぎり、フェリックス・マルホランドがそんな大金をくれるはずがない。〝超アメリカ人連盟〟に貢ぐ金をフェリックス・マルホランドがくれるはずがないから、説明できるはずもない。フェリックスが事実を知れば、おそらく警察に自首して、罪を償う代わりに保護してもらえとロニーに言うだろう。たとえそれが監獄行きを意味してもね。だから、フェリックス・マルホランドは死なねばならなかった。

彼を殺すのは簡単だった。漸加薬――ジギタリス――を服用していたからだ。ロニーは、分量を増やしさえすればよかった。体内からジギタリスが検出されても、殺人を立証するのはきわめて難しかっただろう。致死量は体質に左右されるし、フェリックスが薬の分量の調整が苦手だったのは周知のことだったからだ」

アリスンは頷いた。「フェリックス伯父さんが死んだ朝、医師もそう言ってたわ」

「その朝、フェリックスが死んで、ロニーははじめて自分の相続額がたった一万三千ドルだと知った。その三倍は金が必要だったんだ。一万三千ドルでは、フィリモアとその仲間たちをしばらくおとなしくさせる程度のことしかできない。フェリックス・マルホランドが死んでも、ロニーにすれば、問題を解決するどころか、債権者たちを納得させられないまま、殺人の容疑もかけられかねない、もっとやっかいな事態になった。

フィリモアは全額返済を求めていた。君がコテージに来たとき、知己を得ようとしたのは、いずれ君を通じてロニーの金銭事情を知る手がかりをつかめるかもと思ったからだ。森から聞こえる徘徊者の音にフィリモアが怖気づいたのは、警察が監視しているのかと思ったからさ。嵐の夜、彼は調べてみようと決めた。

あの夜、君が二階にいるあいだに、私が君を残したまま急にコテージを出たのは、外に誰かいる音が聞こえたからだ。稲光でフィリモアが銃を手にしているのが見えた。あとをつけようとしたが、暗闇のせいで見失ってね。コテージに戻ると、君はもういなかった。翌日、州警察から、君はパリッシュ家で無事だと聞いたよ。その夜、パリッシュ家にいる君に電話をかけた――それで、君もロニーも家にいないと分かったんだ。あとは知ってのとおり、ジェフリー・パリッシュと一緒にコテージに向かい、ぎりぎりで君を救うのに間に合ったというわけだ。

あとで、一発だけ撃たれたフィリモアの銃が池の底から見つかった。銃は弾詰まりを起こしていたよ」

「それじゃ、稲光のない雷鳴はそれだったの？」とアリスンは聞いた。

「おそらくね。私の見るところ、フィリモアがロニーを狙って撃ち、銃が弾詰まりを起こすと、ロニーがフィリモアを岩から突き落としたんだ。ロニーは二つめの殺人に手を染めるリスクは冒したくなかったが、自分の身を守るために殺さざるを得なかった。フィリモアは〝連盟〟を裏切ったほかの者への見せしめのためにも、ロニーを殺したかったはずだ。〝連盟〟が地下に潜ってからは、そういうやつがたくさんいたのさ。ロニーにはせしめた金の残りを工面できないことも気づいていたはずだ。

　もちろん、今の話の半分は仮説だがね」とアームストロングは話を結んだ。「『かも』とか『はず』ばかりさ。フェリックス・マルホランドが自然死ではなく、フィリモアが事故死ではなかったと法廷で立証するのは難しかっただろう。ロニーが素知らぬふりを続けようとしなかったのは妙だが、扇動罪で裁判にかけられるのが耐えられなかったんだろうな」

「私が手がかりを握ってると思ってたのよ」とアリスンは説明した。

「だが、握っていなかったのでは？」

「いえ、握ってたのよ。一種の手がかりをね。そう、暗号を解読したの」

「ほう、それはまた――」驚きと疑い、ちょっとした悔しさが、いつもなら無表情なアームストロングの顔をよぎった。「どうやって解読したのかね？」

「最初に暗号の話をなさったとき、フェリックス伯父さんの言葉を引用して、暗号に必要な装備は、普通のペンと紙とタイプライターだけだ、と言ってたでしょ。どうしてペンとタイプライターが両方必要なのか？　暗号化や復号という骨の折れるプロセスでは、手書きのほうがタイプより間違いがないと気づくわ。ペンを持ってるなら、なぜタイプライターを使うの？　でも、フェリックス伯父さんの言葉を正確に引用なさったのなら、暗号の活用には、ペンだけじゃなくタイプライターも必要だと確かに言ったのよ。

フェリックス伯父さんの部屋には、あの夜、最後のメッセージ作成に使ったらしいタイプライターがあった。翌朝、アルゴスがタイプライター・テーブルにぶつかったとき、タイプライターに目を引かれたの。ロニーも気づいたけど、暗号の件はよく知らなかったから、その意味を理解できなかった。その後、オールトンリーで暗号の作業をしてたとき、その出来事を思い出したの。フェリックス伯父さんが死の間際にタイプライター・テーブルの位置をずらしたとき、誰か気づいてほしいと期待したはずのことを自問したわ。盲目の犬が位置の変わったテーブルにぶつかることで、誰かがタイプライターに目を留めてほしいと思ったんじゃないかって。フェリックス伯父さんがタイプライターを寝室に置いていたのはなぜなのか？　暗号文はタイプ打ちじゃなく、手書きだったのに。タイプライターの目的はなにか？　自分の暗号システムを用いるのに、ペンと紙と夕、イプライ、タ、ーが必要だと言ったのはどうして？　装備にはペンと紙しか要しない、機械抜きのほかの暗号と同じには使えないのか？」

「君の言うとおりだ！」アームストロングは立ち上がった。「新式の暗号システムでもなければ、新たな記憶術でもなかったんだ！　思いもよらなかったよ！　だが、実にシンプルだ。フェリックス・マルホランドのほかに、これほど巧妙きわまりない、シンプルなことを考えつく者がいるだろうか？」

「あっけにとられるほどシンプルよ」とアリスンは頷いた。「一見、変則的なアルファベットを用いたヴィジュネル暗号と取り組んでいると思えばなおさら。身近に接する、ほぼ誰もが知ってる変則的なアルファベットはなに？　標準的なタイプライターのキーボードよ！　一番上列のQWERTYUIOPは、typewriterという言葉のアナグラムなの。Q、U、Oは、列を埋めるための冗字。最初にタイプライターを販売したセールスマンたちは、機械を使うデモンストレーションのとき、typewriterという言葉を打つのが常だったし、見つけやすい第一列にその文字があることを望んだのね。

ヴィジュネル方式の戦地用暗号で、変則的な方陣用にタイプライターのキーボードを使うことには、メリットが四つあった。一つめ。現代の軍隊は、前線近くまでポータブル・タイプライターをたくさん持っていくから、キーボードが全部壊されたり、押収されることはまずない。いつだって無傷のまま確かめることができる。二つめ。タイプライターが暗号機と思われることはない。敵がタイプライターを押収しても、暗号機じゃなくタイプライターとしか思わないだろうし、そのつくりも暗号を連想させはしない。三つめ。熟練したタイピストなら、そらで反射的にキーボードが打てる。アルゴスがフエリックス伯父さんの部屋の配置が分かっていたみたいに。仮にタイプライターがことごとく壊されるか、押収されたとしても、熟練タイピストなら、キーボードの文字列を記憶で復元できる。四つめ。キーボードの文字は三列で配置されているから、実に多くの組み合わせができる。一つだけじゃなく、いくつもの変則的なアルファベット順が作れる。方陣（定規を使うなら、スライド）は、一つのアルファベットから別のアルファベットに頻繁に変えることができるから、鍵の反復を利用した暗号解析法の裏をかくことができる。つまり、暗号機に頼らずとも、変動型方陣を手中にできる。それにもちろん、変動型方陣なら、多くのヴィジュネル暗号の弱点である周期性を打破できる。

キーボードの列を上から順に1、2、3と数字を振ることにしましょう。定規のインデックスに、変則的なアルファベット1、2、3、スライドに2、3、1を使う。次に、暗号作成の途中でキーボードの最後まで来たら、スライドにアルファベット3、1、2を使う。つまり、鍵を変えるのではなく、方陣を変えることで鍵の反復を回避する。今度は、三つのキーボードの列のどれかを、前からではなく、うしろから並べることで不規則なアルファベットのセットを新たに創り出せる。たとえば、インデックスに1、2、

3を前から並べ、スライドには3、1、2をうしろから並べる。ある程度短いメッセージなら、鍵の反復を回避できるだけの可能な列の組み合わせが十分あるわ。敵の暗号解析者が、同じ暗号の複数のメッセージを突き合わせることで鍵の反復を見出せるとは思えない。だって、変則的なアルファベットを同じ順序と同じキーワードで使う必要がないから。

鍵について言えば、どんな種類の鍵でも使える——韻を踏んだ覚えやすい長詩、大半のアルファベット文字を含む長い単語とか。詩のような意味のある鍵は、どんなに長くても、鍵の文字がインデックスに出てくるときにだけ、方陣の列を暗号作成に使うのが弱点。なので、鍵が意味のある英文の場合、英文の高頻度の文字列はよく使われるけど、低頻度の文字列はほとんどかまったく使われない。ヴィジュネル暗号の解析は、暗号の文字を元の方陣の横列ごとに分類するのが決め手だから、方陣の横列はみな等しく、交替で用いるほうがいい。そのためには、アルファベットの全文字を含む、意味のない長文の鍵が必要になる——つまり、変則的なアルファベットが最善の鍵。最後のメッセージを暗号化するとき、フェリックス伯父さんは、どんな暗号専門家も頭に焼き付いてる、もう一つの変則的なアルファベットを鍵に用いた——英文の頻度順の文字、ETAON RISHDLFCMUGYPWBVKXJQZよ。ちなみに、この鍵をメモしたものを敵の暗号解析者が見つけても、キーワードじゃなく、英文字の頻度表だと無意識に思ってしまうわ」

「では、このメッセージの最初の二十六文字に、フェリックス・マルホランドがスライドとインデックスに用いた変則的なアルファベットは？」とアームストロングが聞いた。

「伯父は、インデックスには、キーボードの1、2、3の列を前から用いて、スライドには、2、3、1の列をうしろから用いたの。こうよ」アリスンはバッグから紙を一枚取り出した。

QWERTYUIOPASDFGHJKLZXCVBNM
LKJHGFDSAMNBVCXZPOIUYTREWQLKJHGFDSAMNBVCXZPOIUYTREWQ

「同じ鍵と同じインデックスをメッセージ全体に使ったの」とアリスンは続けた。「でも、暗号化の際、鍵が終わるたび——つまり、二十七番目の文字になるたび——に、スライドを変えた。キーボードの列と文字が変則的なアルファベットになるように配列する分かりやすいやり方が四十八通りあると思うわ。列が1、2、3の順の場合、八通りのやり方で配列できる。つまり、1を前から、2を前から、3を前から。1をうしろから、2をうしろから、3をうしろから。1を前から、2をうしろから、3をうしろから。1をうしろから、2を前から、3を前から。1をうしろから、2を前から、3をうしろから。1を前から、2をうしろから、3を前から。1を前から、2をうしろから、3をうしろから。1をうしろから、2をうしろから、3を前から、と。この八つの組み合わせのパターンを、キーボードの列の他の五つの組み合わせ――1、3、2。2、1、3。2、3、1。3、1、2。3、2、1――で同じように繰り返せる。こうして、全部で四十八通りの不規則なアルファベットが得られる。

このメッセージを暗号化するのに、フェリックス伯父さんは二十四通りのスライドを作り、その二十四通りのすべてを三回弱用いて、折り返すたびにスライドの順序を変えたの。最初は、スライドを普通の順序で1から24まで用いた。次に、偶数のスライドを先に用い、奇数のスライドをあとに用いたのだけど、小さい数のスライドから使っていった。最後に、偶数のスライドを先に用い、奇数のスライドをあとに用いたのだけど、今度は大きな数のスライドから使ったの。もちろん、暗号を使う通信員は、こうした定式を事前に共有しているものだけど、フェリックス伯父さんは、死ぬ前に自分の暗号の特徴を人に伝える機会がなかった。タイプライターのキーボードを利用しないと、これほど多くの変則的なアルファベットを用いた暗号は、普通の記憶力ではとても無理。でも、キーボードを使えば比較的簡単よ。

オールトンリーで教えてくださったように、方陣は二つのやり方で書ける――スライドに文字の頻度順を使った通常のヴィジュネル方陣。それと、暗号アルファベットを使った方陣。つまり、通常のアルファベット順の文字すべてを、それ自身の文字をそれぞ

スライド・アルファベットの方陣

フェリックス伯父が暗号文の最初の二十六文字を暗号化したやり方に従って、アリスンが彼の暗号文から引き出した方陣（同じやり方の方陣の定規については、334頁参照）

	L	K	J	H	G	F	D	S	A	M	N	B	V	C	X	Z	P	O	I	U	Y	T	R	E	W	Q
Q	L	K	J	H	G	F	D	S	A	M	N	B	V	C	X	Z	P	O	I	U	Y	T	R	E	W	Q
W	K	J	H	G	F	D	S	A	M	N	B	V	C	X	Z	P	O	I	U	Y	T	R	E	W	Q	L
E	J	H	G	F	D	S	A	M	N	B	V	C	X	Z	P	O	I	U	Y	T	R	E	W	Q	L	K
R	H	G	F	D	S	A	M	N	B	V	C	X	Z	P	O	I	U	Y	T	R	E	W	Q	L	K	J
T	G	F	D	S	A	M	N	B	V	C	X	Z	P	O	I	U	Y	T	R	E	W	Q	L	K	J	H
Y	F	D	S	A	M	N	B	V	C	X	Z	P	O	I	U	Y	T	R	E	W	Q	L	K	J	H	G
U	D	S	A	M	N	B	V	C	X	Z	P	O	I	U	Y	T	R	E	W	Q	L	K	J	H	G	F
I	S	A	M	N	B	V	C	X	Z	P	O	I	U	Y	T	R	E	W	Q	L	K	J	H	G	F	D
O	A	M	N	B	V	C	X	Z	P	O	I	U	Y	T	R	E	W	Q	L	K	J	H	G	F	D	S
P	M	N	B	V	C	X	Z	P	O	I	U	Y	T	R	E	W	Q	L	K	J	H	G	F	D	S	A
A	N	B	V	C	X	Z	P	O	I	U	Y	T	R	E	W	Q	L	K	J	H	G	F	D	S	A	M
S	B	V	C	X	Z	P	O	I	U	Y	T	R	E	W	Q	L	K	J	H	G	F	D	S	A	M	N
D	V	C	X	Z	P	O	I	U	Y	T	R	E	W	Q	L	K	J	H	G	F	D	S	A	M	N	B
F	C	X	Z	P	O	I	U	Y	T	R	E	W	Q	L	K	J	H	G	F	D	S	A	M	N	B	V
G	X	Z	P	O	I	U	Y	T	R	E	W	Q	L	K	J	H	G	F	D	S	A	M	N	B	V	C
H	Z	P	O	I	U	Y	T	R	E	W	Q	L	K	J	H	G	F	D	S	A	M	N	B	V	C	X
J	P	O	I	U	Y	T	R	E	W	Q	L	K	J	H	G	F	D	S	A	M	N	B	V	C	X	Z
K	O	I	U	Y	T	R	E	W	Q	L	K	J	H	G	F	D	S	A	M	N	B	V	C	X	Z	P
L	I	U	Y	T	R	E	W	Q	L	K	J	H	G	F	D	S	A	M	N	B	V	C	X	Z	P	O
Z	U	Y	T	R	E	W	Q	L	K	J	H	G	F	D	S	A	M	N	B	V	C	X	Z	P	O	I
X	Y	T	R	E	W	Q	L	K	J	H	G	F	D	S	A	M	N	B	V	C	X	Z	P	O	I	U
C	T	R	E	W	Q	L	K	J	H	G	F	D	S	A	M	N	B	V	C	X	Z	P	O	I	U	Y
V	R	E	W	Q	L	K	J	H	G	F	D	S	A	M	N	B	V	C	X	Z	P	O	I	U	Y	T
B	E	W	Q	L	K	J	H	G	F	D	S	A	M	N	B	V	C	X	Z	P	O	I	U	Y	T	R
N	W	Q	L	K	J	H	G	F	D	S	A	M	N	B	V	C	X	Z	P	O	I	U	Y	T	R	E
M	Q	L	K	J	H	G	F	D	S	A	M	N	B	V	C	X	Z	P	O	I	U	Y	T	R	E	W

暗号アルファベットの方陣

フェリックス伯父が暗号文の最初の二十六文字を暗号化したやり方に従って、アリスンが彼の暗号文から引き出した方陣（同じやり方の方陣の定規については、334頁参照）

	A	B	C	D	E	F	G	H	I	J	K	L	M	N	O	P	Q	R	S	T	U	V	W	X	Y	Z
A	I	F	H	Y	N	T	R	E	Z	W	Q	L	S	D	P	O	A	B	U	V	X	G	M	J	C	K
B	T	A	D	E	C	W	Q	L	I	K	J	H	N	M	U	Y	B	X	R	Z	Q	S	V	F	P	G
C	E	N	A	Q	Z	L	K	J	Y	H	G	F	V	B	T	R	C	P	W	O	U	M	X	S	I	D
D	P	H	K	I	A	U	Y	T	C	R	E	W	F	G	X	Z	D	M	O	N	V	J	S	L	B	Q
E	S	Y	I	M	Q	N	B	V	G	C	X	Z	R	T	F	D	E	L	A	K	H	U	W	O	J	P
F	Z	J	L	O	S	I	U	Y	V	T	R	E	G	H	C	X	F	A	P	M	B	K	D	Q	N	W
G	X	K	Q	P	D	O	I	U	B	Y	T	R	H	J	V	C	G	S	Z	A	N	L	F	W	M	E
H	C	L	W	Z	F	P	O	I	N	U	Y	T	J	K	B	V	H	D	X	S	M	Q	G	E	A	R
I	J	Z	C	G	Y	F	D	S	Q	A	M	N	O	P	L	K	I	T	H	R	W	X	U	V	E	B
J	V	Q	E	X	G	Z	P	O	M	I	U	Y	K	L	N	B	J	F	C	D	A	W	H	R	S	T
K	B	W	R	C	H	X	Z	P	A	O	I	U	L	Q	M	N	K	G	V	F	S	E	J	T	D	Y
L	N	E	T	V	J	C	X	Z	S	P	O	I	Q	W	A	M	L	H	B	G	D	R	K	Y	F	U
M	U	D	G	T	B	R	E	W	P	Q	L	K	A	S	O	I	M	V	Y	C	Z	F	N	H	X	J
N	Y	S	F	R	V	E	W	Q	O	L	K	J	M	A	I	U	N	C	T	X	P	D	B	G	Z	H
O	K	X	V	H	U	G	F	D	W	S	A	M	P	Z	Q	L	O	Y	J	T	E	C	I	B	R	N
P	L	C	B	J	I	H	G	F	E	D	S	A	Z	X	W	Q	P	U	K	Y	R	V	O	N	T	M
Q	M	R	Y	B	K	V	C	X	D	Z	P	O	W	E	S	A	Q	J	N	H	F	T	L	U	G	I
R	D	U	O	A	W	M	N	B	H	V	C	X	T	Y	G	F	R	Q	S	L	J	I	E	P	K	Z
S	O	G	J	U	M	Y	T	R	X	E	W	Q	D	N	Z	P	S	N	I	B	C	H	A	K	V	L
T	F	I	P	S	E	A	M	N	J	B	V	C	Y	U	H	G	T	W	D	Q	K	O	R	Z	L	X
U	H	P	X	F	T	D	S	A	L	M	N	B	I	O	K	J	U	R	G	E	Q	Z	Y	C	W	V
V	R	M	S	W	X	Q	L	K	U	J	H	G	B	N	Y	T	V	Z	E	P	I	A	C	D	O	F
W	A	T	U	N	L	B	V	C	F	X	Z	P	E	R	D	S	W	K	M	J	G	Y	Q	I	H	O
X	W	B	M	L	P	K	J	H	T	G	F	D	C	V	R	E	X	O	Q	I	Y	N	Z	A	U	S
Y	G	O	Z	D	R	S	A	M	K	N	B	V	U	I	J	H	Y	E	F	W	L	P	T	X	Q	C
Z	Q	V	N	K	O	J	H	G	R	F	D	S	X	C	E	W	Z	I	L	U	T	B	P	M	Y	A

れ鍵に使って二十六回暗号化した方陣。今説明したスライド用の方陣はこうよ」

アリスンは、アームストロングに二枚の紙を手渡した（三三六頁、三三七頁参照）。

「すでに鍵を見つけた以上、伯父さんの平文は解読したんだろう？」とアームストロングは聞いた。

アリスンは再びハンドバッグを開いた。「平文はこれよ――フェリックス伯父さんの最後のメッセージ。死んだ夜、たぶん死の直前に書いたものね」

アームストロングは紙を受け取り、眉をひそめながらざっと目を通した。

「親愛なるアリスン――

願わくば、この手紙でショックを受けないでほしい。実に恐ろしい疑惑で、そんなことを考えるのも情けない。だが、もうすぐ死ぬのなら、おまえを守るためにも真実を知ってもらいたいのだ。

二日前、自分の部屋の前を通りかかると、ドアが開いていて、ロニーがそこにいた。私の心臓の薬の小瓶を手にしていた。私に見られたとは気づいていなかったし、私からもなにも言わなかった。なんの悪気もなく小瓶に触れただけかもしれない。今夜になるまで思い出しもしなかったが、異常なほどの吐き気を催し、ジギタリスの過量摂取の症状と気づいた。私自身の過失かもしれない。デンビー医師も言うだろうが、私はいつも分量を量るのが苦手だった。だが、どうしても頭から離れないのは、ロニーが金を必要とし、自分が私の相続人だと承知していることだ。

　数週間前、ロニーが、すぐにはとても出せない多額の金を求めてきた。私に拒まれてひどく動揺していたが、なぜそんな金が必要かは言おうとしなかった。いずれは話してくれるものと思っていたが、話してはくれなかったし、そしたら、このやっかいなジギタリスの症状だ。

　そこで、ロニーが万一いわれなき――きっとそうだ――嫌疑を受けないように、この手紙を新たな暗号で書いているのだ。ワークシートは今夜すべて焼却し、明日にはアームストロング大佐にこの暗号システムの秘密を伝えるつもりだ。もし私が疑わしい状況で死んだら、おまえ宛てに暗号で書き、プルタルコスの第二巻に隠したメッセージを見つけてくれるよう伝える。大佐なら、おまえに代わって暗号を復号し、どう対応すべきかも教えてくれるだろう。大佐には全幅の信頼を置いていい。

　だが、おまえがこの手紙を読まずにすむことを願っている。ロニーが今度ワシントンから来たとき、正直に話してくれることを願っているよ。そしたら、この手紙は破棄し、書いたことも忘れるつもりだ。

　毒と殺人のエピソードが頭から離れないのは辛い。フォキオンは、アテネ人たちから処刑用の毒を自費で払わされたとき、どう思っただろう？（フォキオンはアテネの政治家。紀元前四世紀、反逆罪で死刑宣告され、あおった毒で死にきれず、執行人は追加の毒の対価を本人に要求した）カエサルが、自分の実の息子かもしれない、若くて高慢な、あの恐ろしいブルータスに刺されたとき、なにを思ったのか？

おやすみ、アリスン。愛する伯父のことを忘れないでくれ。

フェリックス・マルホランド」

My dear Alison,—

I would gladly spare you the shock of this letter if I could. A suspicion has come to me so monstrous that I am ashamed of myself for even thinking of it. Yet if I should die I feel that you should know the truth for your own protection.

Two days ago I passed the open door of my own room and saw Ronnie there, holding my little phial of heart medicine in his hand. He did not know that I saw him and I did not mention it to him. He may have picked the phial up for any one of a hundred legitimate reasons. I thought nothing more about the matter until this evening when I had an unusually severe attack of nausea, characteristic of an overdose of digitalis. It may have been my own fault. I've always had trouble regulating the dose, as Dr. Denby will tell you. But I can't help remembering that Ronnie is in need of money, and that he knows he is my heir.

Several weeks ago he asked me for a larger sum of money than I could afford to give him at the time. Though he seemed greatly upset by my refusal, he would not tell me for what purpose he wanted the money. I waited, certain that he would confide in me eventually; but he did not do so, and then came that disturbing little incident of the digitalis.

So I am writing this letter in a new cipher in order to protect Ronnie from a suspicion which may be—which must be—unfounded. Tonight I am burning all my work sheets, and tomorrow I shall give the secret of this cipher system to Colonel Armstrong and tell him that, if I should die in suspicious circumstances, he will find a message for you written in the cipher and hidden in the second volume of my Plutarch. He can decipher it for you and he will advise you what steps to take. You may trust him completely.

But I hope that you will never have to read this letter. I hope that Ronnie will confide in me the next time he comes up from Washington. In that case, I shall destroy this letter and try to forget that I ever wrote it.

It's unpleasant the way my mind keeps running on the subject of poison and murder. I wonder how Phocion really felt when the Athenians made him pay from his own purse for the poison to which they had condemned him? And how Caesar really felt when he was stabbed by that dreadful young prig Brutus, who may have been his own son?

Good night, my dear Alison. Think of me always as

Your affectionate uncle,
FELIX MULHOLLAND

窓が閉まり、車の往来の喧騒も遠くに去ったようだ。空気ドリルの音も少し弱まった。アリスンが室内の沈黙を破った。「さあ、アームストロング大佐、これが解読不可能な暗号?」

アームストロングは珍しく微笑んだ。「うむ……解読したのは君だ」

ジェフリーは、誇らしげにアームストロングに微笑み返した。「たいした女性でしょ?」

アリスンが目にしたのは、率直で飾り気がなく、はじめて見るほど深い称賛の念を湛えた顔だった。普通の人間のほうが気が許せる。魅力的で快活だが、半ば異教の神、半ば獣、しかしけっして人間とは言えない存在よりも。

訳者あとがき

一　マクロイのノン・シリーズ代表作

『牧神の影』(原題 Panic. 一九四四年初版、一九七二年改訂版)は、ヘレン・マクロイのノン・シリーズものの代表作の一つとして知られる。「パニック」という原題はホラー物を連想させるが、サスペンス的要素を交えつつも、ベースは謎解きの作品である。

作中でも説明されているが、〝パニック(panic)〟という言葉は、本来、ギリシア神話の〝牧神(Pan)〟、つまり、森に棲む半人半獣の神に由来する。動物や家畜の群れが突然理由もなく暴走を始めたりすると、それは牧神が人の耳には聞こえない音楽を奏でて動物たちを唆(そそのか)したためと古代ギリシア人は考えた。ここから、牧神は理由のない混乱や恐怖を引き起こす源とされ、〝パニック〟の語源となったとされる。原題は、この〝牧神〟が本書のストーリーを貫くライトモチーフであることに由来し、アンソニー・バウチャーも本書の書評において、Pan-ic とハイフンを加えた表記でその含蓄を表そうとしている。

新たな暗号法の創出に取り組んでいた伯父の謎の死。その暗号の秘密の手がかりを握りながら、それが何か分からないヒロイン。そして、山中の孤独なコテージに一人きりとなったヒロインの周囲に次々と起きる不可解な現象……。〝牧神〟の影が常に彼女につきまとい、衝撃的なクライマックスにおいてその正体が明かされ、タイトルの意味も含め、すべての謎がパズル・ピースのように一つの絵にまとまる。

シリーズものであれば、〝機械仕掛けの神（デウス・エクス・マキナ）〟よろしく、ベイジル・ウィリング博士が必ず最後に快刀乱麻を断つ如く決着をつけてくれると誰もが予測する。だが、叡智に長（た）けた名探偵はここには不在だ。それだけに、ヒロインが救われるかどうかも読者は心もとない。ヒロインはみずから苦境を脱し、謎を解かなくてはならない。そのことがサスペンスをいやがうえにも高める。

周囲を取り巻く自然をリアルに描写しながら、孤独な環境と四面楚歌状況の中で追い詰められていくアリスンの心情を細やかに描く筆致もマクロイの全盛期の作品らしい熟練の技だ。後年のサスペンスものでは、途中からしばしばエスピオナージュ的な展開が入り込み、ややもするとストーリーを混乱させるが、本書では、脂の乗った時期に書かれた作品らしく、脇筋に大きく逸脱することなく、一貫した謎解きとサスペンスのプロットで全体をまとめ上げている。限られた数の容疑者をベースにしながら手がかりを随所にちりばめる緻密な謎解きの構成も健在だ。

本作は、H・R・F・キーティング編 Whodunit?（一九八二）において、マクロイの作品としては、『暗い鏡の中に』、The Sleepwalker と並んで採点の対象に挙げられ、両作と遜色のない高い評価を与えられている。また、短編集 The Pleasant Assassin and Other Cases of Dr. Basil Willing（二〇〇三）に序文を寄せたB・A・パイクも、ノン・シリーズものとしては唯一、本作をマクロイの傑作として挙げている（ほかは、『あなたは誰？』、『逃げる幻』、『ひとりで歩く女』、『暗い鏡の中に』、『二人のウィリング』、『幽霊の2／3』、『割れたひづめ』）。

だが、本書には〈暗号〉というもう一つ重要なテーマがある。わが国でも、近年話題を呼んだ竹本健治氏の『涙香迷宮』のように、ミステリにおける暗号は今日なお人気の高いテーマだ。ただ、詩歌のような一見ありきたりな文章の中に別の通信文を秘匿する〝分置式〟暗号や「ニイタカヤマノボレ」のような〝隠語式〟暗号は、メッセージ自体を隠蔽する〝ステガノグラフィー〟に属するものであり、大量の情報の処理に適した実用的な暗号とは言えない。

これらももちろん広義の暗号に含まれるが、本書でテーマとなるのは、メッセージの内容を読めなくする〝クリプトグラフィー（暗号法）〟であり、政治や外交、戦時において歴史上主に活用されてきたのはこの狭義の暗号のほうだ。

B・A・パイクは、本書について、「解読困難な暗号の活用とゾクゾクする雰囲気の増幅で二重に幻惑」と、暗号とサスペンスの二つの要素を巧みに融合させたことを高く評価しているが、アンソニー・バウチャーは、その二つの要素を「いずれも最高級」と評価しつつも、「心理的な要素と知的な要素を混和」させたとしてやや難色を示している。だが、マクロイが純粋な謎解きやサスペンスではなく、敢えて暗号という難解なテーマをそこに採り入れた時代背景を読み解くことも、本書を理解する上で必要なことだろう。

以下、あくまで本書の理解を助ける範囲で、暗号の発展史と推理小説との関連について最小限のアウトラインを描いてみたい。（暗号の種類や歴史についてさらなる詳細をお知りになりたい方は、サイモン・シン著『暗号解読』（邦訳は新潮文庫）、フレッド・B・リクソン著『暗号解読事典』（邦訳は創元社）、長田順行著『暗号大全 原理とその世界』（講談社学術文庫）、『暗号と推理小説』（現代教養文庫）、一松信著『暗号の数理』（講談社ブルーバックス）等を参照いただきたい。）

二　暗号の発展史と推理小説の暗号

（一）コードとサイファー

本文中にも出てくるように、暗号には大きく分けて、〝コード（code）〟と〝サイファー（cipher）〟がある。コードは、単語や語句を別の言葉や記号に置き換えるもので、例えば、「アメリカ」を「赤」、「日本」を「白」という色に置き換える類の暗号。しかし、こうした〝コード〟は、大量の通信を可能にするためには、膨大なコード一覧を必要とし、「コードブック」のようなものがなければ、作成も復号もできない。そうしたコードブックは、作成にも持ち運びにも不便であるだけでなく、敵に盗まれる危険もある。

これに対し、サイファーは、個々の文字や二字語等を他の文字や記号に置き換えることを原則とする暗号である。実用的な暗号として歴史上主に活用されてきたのはサイファーのほうだ。

（二）転置式と換字式

サイファーには、主に〝転置式（transposition）〟と〝換字式（substitution）〟がある。

転置式暗号は、平文の文字を他の文字や記号に置き換えることなく、単にその順序を入れ替える暗号である。紀元前五世紀のスパルタで用いられた〝スキュタレー〟がその代表例。これは、スキュタレー（木製の巻き軸）に紐状の皮や羊皮紙を巻き付けて通信文を記し、ほどくとでたらめな文字の羅列にしか見えないが、再びスキュタレーに巻き付けると平文に復号できるというもの。転置式は、平文の文字をそのまま活用したものであるため、さほど難解な暗号ではない。

これに対し、換字式暗号は、平文の各文字を別の文字や記号等に置き換える暗号であり、転置式が組み合わされることもあるが、その後の暗号の主流はこの換字式である。

(三) 単一字換字法

換字式暗号の最古の記録は、紀元前一世紀、ユリウス・カエサルが用いたもので、カエサルはアルファベットの文字を三文字うしろにずらして文字を置き替える暗号を用いた。このタイプの暗号を〝カエサル暗号〟と言う。もちろん、ずらす文字数を変えれば、同じ原理で二十五種類の暗号が作れる。

カエサル暗号は、その原理とずらす文字数に気づきさえすれば、簡単に解読できてしまうが、アルファベットの各文字を不規則な別の文字や記号等に置き換えれば、その弱点は克服できる。このように、個々の文字をそれぞれ対応する別の文字、記号、数字列等に置き換えるタイプの暗号は〝単一字換字法(simple substitution)〟と呼ばれる。

ただ、暗号を通信手段として活用するには、暗号化と復号に必要な、共有できる鍵が必要だ。鍵をでたらめなアルファベットや記号等に設定すれば、憶えるのが容易ではなく、紙に記しておけば、敵に盗まれる危険がある。だが、例えば、人名、国名等の固有名詞や詩歌のフレーズ等を活用したアルファベットを用いれば記憶も容易だ。

カエサル暗号と異なり、アルファベットに限定しても、その組み合わせは膨大なものとなるため、鍵を知らない者に解読は容易ではなく、この単一字換字法暗号は、実にほぼ一千年近く、暗号の主流であり続けた。

十五世紀には、暗号は芸術や科学の域を超えて、政治・外交上の通信手段として普及し、これに応じて、各国も解読技術にしのぎを削るようになっていく。こうした過程で、ヨーロッパでも十六世紀には、この単一字換字法は弱点を見抜かれ、解析法が確立される。

その解析法の基礎は〝頻度分析〟だ。つまり、どんな言語にも、使用される文字にはそれぞれ頻度がある。英文であれば、本書にもあるように、アルファベット文字は概ねETAO……の順で、Eは平均して約十三％、Tは約九％の頻度で現れる。単一字換字法は一対一で平文字と暗号文字が対応しているため、暗号文の文字や記号の出現頻度を調べ、頻度分析を行えば、各暗号文字の元となった平文字を推測し、解読していくことができるのだ。

(四)　多表換字法

頻度分析の確立により、単一字換字法が安全な暗号ではなくなったことから、新たな暗号法の開発が必要になり、十五世紀後半には、アルファベットを複数回置き換える〝多表換字法（double substitution）〟が現れてくる。

フランスの外交官ブレーズ・ド・ヴィジュネルは、『秘密の書記法について』（一五八六）において、アルベルティ、トリテミウス、ポルタといった先駆者たちのアイデアをまとめ上げ、方陣（表）を用いた新たな暗号法を創り出す。それが、本書にも出てくる〝ヴィジュネル暗号〟である。

〝サン＝シール定規〟は、これをスライド形式に簡便化したもので、オランダの暗号学者アウグステ・ケルクホフスが考案し、フランスの陸軍士官学校の名にちなんで命名した。原理はヴィジュネル方陣と同じだが、より使いやすく間違いが生じにくい。

ヴィジュネル暗号は、一二二頁にあるような方陣を用いて、平文にキーワードを組み合わせることで暗号化する。例えば、HELENMCCLOYという平文をPANICというキーワードで変換すれば、

平文　HELENMCCLOY
鍵　PANICPANICP
暗号文　WEYMPBCPTQN

となる。平文の二文字目と四文字目は同じEだが、暗号文はE、Mと異なり、七文字目と八文字目のCも暗号文ではC、Pとなる。反対に、平文の五文字目のNは、八文字

目のCと同じく暗号文ではPとなる。このように、同じ文字でも、組み合わせるキーワードの文字が異なれば、違う暗号文字に変換され、反対に、違う文字でも、同じ暗号文字に変換されることもある。こうして、ヴィジュネル暗号は、単一字換字法の弱点である文字の出現頻度をカムフラージュすることに成功したのである。

ヴィジュネル暗号は、単純な頻度分析では解読できないことが最大の長所であり、その後ほぼ三百年にわたって、〝解読不可能な暗号〟と呼ばれた。しかし、そのヴィジュネル暗号にも弱点があり、プロイセンの退役軍人フリードリヒ・カシスキが『秘密書法と解読の技法』（一八六三）において解析法を提示した（実際は、カシスキより少し前に、英国のチャールズ・バベッジが同様の解析法を発見していたが、公表されなかった）。

その解析法を簡単に解説しておこう。ヴィジュネル暗号も、長文になれば、出現頻度の高い語とキーワードの同じ部分が複数回重なり、同じ暗号文となって出てくるようになる。出現頻度の高い同じ文字連接を見つければ、その間隔からキーワードの文字数を推測することができる。そこまで分かれば、キーワードの文字数の間隔で出てくる各文字は、ヴィジュネル方陣の同じ横列から採られた暗号文字と推測でき、各文字を同じ列ごとに分類することができる。

例えば、暗号文で、ABという同じ文字連接が、五文字、三十文字の間隔で出現し、

CDEという文字連接が、十文字、三十五文字、八十文字の間隔で出現していれば、いずれも五の倍数の間隔であることから、キーワードは五文字と推測できる。そこから、暗号文を五つに分類することができる。仮にキーワードがPANICだとすれば、一つ目のグループの暗号文字はいずれもPの横列の暗号文字、二つ目のグループの暗号文字はいずれもAの横列の暗号文字から採られていることになるだろう。一文字目、六文字目、十一文字目等々がPのグループ。二文字目、七文字目、十二文字目等々がキーワードのAのグループという具合に。同じ鍵文字の横列から採られた暗号文字は、単一字換字法の暗号と違いがないため、あとは、頻度分析によってグループごとの平文字を推測していけば、キーワードも平文も単一字換字法と同様のプロセスで解読できる。

こうして、カシスキ（およびバベッジ）の解析法により、ヴィジュネル暗号の安全性も揺らぎ、十九世紀終わりから無線通信の時代に入ると、暗号も機械暗号の時代に入っていく。本書に触れられているように、機械暗号の原理はヴィジュネル暗号の原理をさらに精緻化・複雑化させたものである。アルトゥール・シェルビウスが発明した暗号機〈エニグマ〉を活用したドイツと、ポーランドのマリヤン・レイエフスキ、英国のアラン・チューリングら暗号解析者との攻防は、それだけで手に汗握るようなドラマに満ちているが、本書の射程範囲を超えるものであり、ご興味のある方は前掲『暗号解読』等を参照いただきたい。

※以下、本書『牧神の影』、ポー「黄金虫」、ドイル「踊る人形」、ヴェルヌ『ジャンガダ』のプロットを明かしているため、ご留意ください。

ここで、推理小説における暗号の歴史に目を転じ、実際の暗号の発展史と対比させてみよう。

（五）推理小説における暗号

ミステリにおける暗号は、探偵小説の始祖エドガー・アラン・ポーの「黄金虫」、A・コナン・ドイルの「踊る人形」など、古典期から取り上げられてきたテーマだ。

ポーが「黄金虫」を発表したのは一八四三年、コナン・ドイルの「踊る人形」は一九〇三年。いずれも、カエサル暗号等と同様の古式ゆかしい単一字換字法暗号であり、要はアルファベットを他の文字や数字、記号に単純に置き換えただけのものだ。

ポーは、「黄金虫」で用いたのと同様の頻度分析による暗号解析を得意とし、自ら執筆した「暗号論」（一八四二）でもその暗号の原理を解説している。彼は自分が寄稿していた雑誌の読者にも挑戦して暗号文を送って寄こさせ、そのほとんどを解読したとされる。

このため、ポーは、暗号のエキスパートのように見なされ、江戸川乱歩も、その後の暗号小説と比較しつつ、「『黄金虫』ほどの驚異のある作品は一つもなかった。結局、ポオ(ママ)は暗号小説においても、もっとも古く、しかも優れた作家だった」と述べている（「探偵作家としてのエドガー・ポオ」）。

しかし実際は、上記のように、政治・外交の世界では、単一字換字法暗号は既に十六世紀には頻度分析による解析法にさらされて力を失っていた。ポーの時代には、ヴィジュネル暗号すら解析法の発見を目前にしていたのである。「黄金虫」に出てくるアルファベットの頻度順も、エイブラハム・リース編百科事典（一八〇二）所収のウィリアム・ブレアの論文「暗号」から借用した（それも間違って）ものであることが突き止められている。

ポーは「暗号論」において、トリテミウス、ポルタ、ヴィジュネルの名にも言及しているが、踏み込んだ議論はなく、彼らの暗号法の意義を十分認識していたとは言い難い。実際、ポーに挑戦した読者の暗号文の中にはヴィジュネル暗号も含まれていたが、ポーは「でたらめな文字の羅列」と断じて、それがヴィジュネル暗号とは気づかなかった。

乱歩は「暗号記法の種類」（『続・幻影城』に収録）において、小説に登場する多様な暗号法を分類しているが、その後の小説における暗号の大半は、コード式の暗号や単一字換字法のヴァリエーション、あるいは詩歌等にメッセージを隠すステガノグラフィーであり、実用的な暗号法として目新しいものは特にない。

ジュール・ヴェルヌの『ジャンガダ』（一八八二）は、グロンスフェルト暗号というヴィジュネル暗号の一変種を用いた小説として知られる。同書のストーリーでは、偶然知った人名を文末の語と仮定して暗号の解読に成功するが、その刊行時には、既にカシスキによる解析法が世に出ていた。

こうして実際の暗号の発展史と推理小説における暗号とを対比すると、ポーと「黄金虫」に対する乱歩の絶賛とは裏腹に、「暗号小説に登場する換字式・転置式については、その発達史から見て、約三世紀分の空白が存在する」（前掲『暗号と推理小説』より）のがあからさまな実態なのである。

その後は、技術革新の時代への突入に伴い、暗号も機械暗号から電子式暗号へと高度なテクノロジーに発展し、〈暗号〉はますます一般読者が楽しめる小説の題材とは次元の異なるものになっていったといえるだろう。

三　『牧神の影』と〝戦地用暗号〟

『牧神の影』が書かれたのは、まさに第二次大戦の最中であり、この時期のマクロイの作品らしく、ヒトラーやナチスへの言及など、戦時色が色濃く表れている。

暗号機〈エニグマ〉を駆使するナチス・ドイツとその解読を試み続けた連合国との攻

防が大戦の帰趨に影響を与えたとすら言われるほど、暗号作成とその解読は、当時、まさに一国の命運を左右しかねない重大な課題だった。アラン・チューリングらによる〈エニグマ〉の解読がなければ、戦争終結はさらに数年遅れていたとすら考えられている。暗号は文字通り歴史を変えたのである。その意味で、「解読不可能な暗号なら、命だって差し出す」という作中のアームストロング大佐の言葉は決して誇張ではない。時局的な問題意識が作品の背景をなすのはマクロイの作品の特徴だが、著者が本書で暗号というテーマに挑んだ動機は、こうした時代背景を抜きにしては理解できない。

マクロイが本書で取り上げた暗号は、〝戦地用暗号〟というものだ。

先に触れたように、文字数の限られたキーワードを一定周期で使うことがヴィジュネル暗号の最大の弱点である。この〝周期性〟の弱点を克服するには、キーワードをよほど長く設定したり、まったくランダムな文字列や乱数等を用いるしかない。それでも、各国の暗号解析者たちは新たな工夫を次々と見破り、解読していった。〈エニグマ〉のような暗号機の誕生は、その延長線上にあるものだが、機械暗号も原理は「機械化されたヴィジュネル暗号」（前掲『暗号解読』より）であり、暗号解析者も同様に精緻なテクノロジーを駆使して解読を試みてきたのである。

だが、平時においてはともかく、戦場という特殊環境の制約下にある前線の兵士は高度な機器に頼れない。長くて複雑なキーワードや膨大なコード表の類は通常人には簡単に記憶できるものではない。コードブックや暗号機の類は、仮にあっても、滅失・毀損したり、まして敵に奪われでもしたら元も子もない。

戦地用暗号に求められる要件は、そんな文書や機器を使わずとも、素人の兵士でも容易に利用できる単純さ、なおかつ、敵に容易に解読されない複雑さを併せ持つこと――。これが、『牧神の影』においてマクロイが挑んだ〈暗号〉の課題だ。

マクロイは、この困難な課題に実にシンプルで明快な解決策を与えている。長くて不規則なアルファベットは容易に記憶できないが、身近に存在するものなら、それを活用できる。しかも、ポーの有名短編における心理的盲点の原理と同様、ごく当たり前の存在であるがゆえに、その存在の意味に普通気づかないものを活用する――。その答えが、〈タイプライター〉なのだ。

パソコンが普及した今、タイプライターは過去の遺物となったが、その原理はパソコンになお生きている。皆さんの手近にあるパソコンのキーボードを見てほしい。それはタイプライターとほぼ同じものだ。マクロイが指摘しているように、アルファベットの最初の列にTYPEWRITERの文字が揃っていることに、本書を読んで初めて気づいた読者の方も少なくないのではなかろうか。

タイプライターのキーボードのアルファベットは三列に分かれているため、これを見ながらであれば、三列の組み合わせを変えたり、文字順を逆転させて用いたりと、多くのヴァリエーションを生み出すことも容易にできる。マクロイはさらに、キーワードには、誰が見ても解析用の手段としか思えない頻度表のアルファベットを用いるという巧妙なミスディレクションを加えている。

マクロイは、一九七二年の改訂版の序文で、陸軍と海軍の情報部職員が刊行前に本書の暗号の解読を試みて失敗したエピソードに触れている。これだけシンプルな原理に基づく暗号法でプロの暗号解析者たちを悩ませるとは、ある意味、痛快でもある。だがそれだけに、とても素人が容易に解読できるものではないとも言える。

マクロイは念には念を入れたのだろうが、方陣（定規のスライド）を変動させるためにキーの文字列を複雑に組み合わせたため、その暗号法は素人の一般読者にすればさすがに難解な印象があり、「黄金虫」のような単純かつ素朴な暗号を好んだ乱歩は、「機械的で機智がなく、少しも面白くない」と難じている（「探偵作家としてのエドガー・ポオ」）。

だが、マニアでないかぎり、読者の多くは、「黄金虫」や「踊る人形」のような初歩的な暗号でも、文字の出現頻度を調べたり、頻度分析を用いてまで解読を試みたりはすまい。むしろ、解決でその原理や解読法の面白さを知って感心するのが、こうした暗号小説の楽しみ方だ。本書の暗号もまた、実際に解読を試みることではなく、そのシンプルな原理と、意表を突く発想の独創性を知るところに味わいがあると言うべきだろう。

なお、乱歩は、「暗号記法の種類」で本書の記述を至る所で借用しており、「暗号書には、『暗号記法を二種に大別し、トランスポジションとサブスティテューションに分つ』と書いてある」という「暗号書」とは、おそらく本書のことであり（本書三三頁）、ヴィジュネル暗号の解説でも、平文をATTACKATONCE、鍵をCRYPTOGRAPHYとする本書の解説（同一二五頁）をほぼそっくりそのまま用いている。『牧神の影』には、暗号の歴史をエッセンス的にうまくまとめた教本の性格もあるのだ。

データのセキュリティ確保が重要性を増す近代社会において暗号はどんどん複雑化し、今日では、数学的な暗号アルゴリズムを用いた共通鍵暗号や公開鍵暗号等の電子式暗号が主流となり、〈暗号〉はもはや素人がペンと紙で作成や解読を楽しめる代物ではなくなった。だが、本書は、戦場という特殊な条件を設定することにより、ハイテクの次元にまで飛躍し、生身の人間には手の届かなくなった〈暗号〉というテーマを、再び一般読者の目線に引き戻そうと試みた作品といえる。

一見すると一般読者には敷居の高そうなテーマを扱いつつも、そこにシンプルで鮮やかな心理的盲点を突くアイデアを取り入れ、謎解きやサスペンスと無理なく融合させたプロットを築くところに、マクロイの全盛期の傑作らしい技巧の冴えを感じる。

さらに言えば、インターネット通販や電子メール等で広く活用されているＲＳＡ暗号は今日の代表的な公開鍵暗号の一つだが、その着想は共有すべき暗号の鍵をいかに安全かつ簡便に配送するかという課題から生まれたものだ。利用しやすく、しかも安全な情報交換の手法の探求こそが、暗号を身近で日常的なものに変えたともいえる。その意味で、戦時の課題として、暗号の利便性と解読困難さとを両立させる可能性を追求したマクロイの問題意識には、やはり時局的な課題の中に普遍的な意義を見出す彼女の洞察力をあらためて看取することができるのではないだろうか。

　暗号を題材にした長編ミステリは、コナン・ドイルの『恐怖の谷』、ドロシー・L・セイヤーズの『死体をどうぞ』をはじめ、今日まで数多（あまた）あるが、本書『牧神の影』は、その頂点に立つ傑作と見なされている。本書の暗号について、アンソニー・バウチャーは、現代の小説として「最も才知に長けた暗号の扱い方」とし、The Oxford Companion to Crime and Mystery Writing（一九九九）で「暗号」の項目を担当したエドワード・D・ホックも、「これまで小説で扱われた最も複雑な暗号の一つ」としている。

　ポーやドイルの用いた暗号も発表当時既に時代遅れだったが、小説のテーマとしての暗号は既に袋小路に入ってしまった。暗号が社会生活上普及し、技術的に高度化した今日では、小説が読者に提供できる娯楽としての暗号は、もはやステガノグラフィーしかないし、それは実用性よりも、メッセージの特殊性や解読法のユニークさを売りにしたものにならざるを得ない。暗号の本流と言うべきクリプトグラフィーは、小説のテーマとしては、そのギリギリの限界を極めた本書をもってほぼ幕を下ろしたのかもしれない。

なお、マクロイは、The Impostor（一九七七）でも再び暗号テーマに挑んでおり、The Further Side of Fear（一九六七）は、（作品自体は暗号を扱ってはいないが）『暗号ミステリ傑作選』（創元推理文庫）の編者であるレイモンド・ボンドに捧げられている。

四　謎解きの手がかりとフーダニットのプロット

暗号のテーマばかり強調したが、本書の基本は謎解きだ。いつものように、マクロイは容疑者の数を最小限に絞る。周辺的な人物を除けば、アームストロング大佐、ロニー、ヨランダ、ジェフリー、マットの五人。

手がかりは様々にちりばめられているが、決め手はアルゴスの存在。アルゴスは、コテージの外で怪しげな音がしても、なんの反応も示さない（一〇〇頁）。その一方で、番犬として役に立たないというアリスンの先入観（一〇三頁）にもかかわらず、アルゴスはジェフリーに対しては唸り声を上げる（一一四頁）。ここから、盲目の老犬とはいえ、アルゴスは嗅覚で相手を識別し、未知の相手には警戒を示すことが明らかになる。これだけで、犯人はほぼ絞り込めるのだが、それ以外にも、動機の手がかりとして、犯人が伯父の財政状態については弁護士から聞いて初めて知った事実（四八頁）も挙げられるだろう。

手がかりを提示する順序を巧妙に操作することで気づきにくくさせるのはマクロイがよく用いる手法だが、本書でもその手法は顕著だ。タイプライターが手がかりであることは、まず、アルゴスがタイプライター・テーブルにぶつかる（一四頁）ことで示されるが、犬が盲目であり、記憶で物を避けて通る（八六、一三三頁）ことは、そのあとに示されるため、最初の手がかりでその意味に気づくのは難しい。犯人がアルゴスの存在を警戒し、アリスンに安楽死を勧めたり、犬をコテージに連れていくことに強く反対する（五七頁）意味も、そこから遡って初めて理解できる。

タイプライターの意味とアルゴスの存在が、本書の謎解きの手がかりと暗号のテーマを緊密に結びつける役割を果たし、フーダニットとしての全体のプロットにまとまりを与えていることもここから分かるだろう。ややもすると、無味乾燥な暗号の論議に陥りかねないテーマを一貫したフーダニットのプロットと有機的に関連させることで、暗号の性質や分析にも最後まで読者の関心を惹きつけて離さないストーリー展開の巧者ぶりは、いかにも脂の乗った時期のマクロイらしい。

謎の足音や足跡、影、口笛などで正体の見えない神話上の牧神を暗示し、クライマックスにおいて、巻き毛、つり上がった眉といった独特の容貌を持つ犯人の姿がそのモチーフを一気に顕在化させてテンションを高める。謎解きのプロットを超常現象めいたサスペンスで彩る上手さも、マクロイの作品の中で本作に匹敵するのは『暗い鏡の中に』

くらいではないだろうか。

五　底本の選択とテクストの異同について

本書の底本には、米ウィリアム・モロウ社刊の初版（一九四四）を用い、英ヴィクター・ゴランツ社刊の改訂版（一九七二）を適宜参照した。

マクロイは改訂版に寄せた序文で、「（執筆した）一九四三年当時の第二次大戦への時局的な言及をすべてカットした」と述べている。実際、両版を比較すると、改訂版では、ナチスへの言及をはじめとする戦時関連の描写の多くが削除され、例えば、アームストロング大佐も、登場時のドイツ人将校と比較した詳しい描写が大幅に削られている。大佐の個性をうまく表現した箇所だけにかえって惜しい。削除部分以外にも、「陸軍省」が「国防総省（ペンタゴン）」に、アリスンの訪れた国が「ドイツ」から「ロシア」に、「カルロ・フレシ」というイタリア人名が「グレゴール・ディミトレフ」というロシア人名に、ジェフリーの出征先が「シチリア」から「ヴェトナム」に変更されるなど、冷戦時代を反映した変更が随所に施されているほか、フェリックス・マルホランドの略歴をはじめ、年代も二十年ほど後にずらされている。

カート・アンダーズ（クルト・アンデルス）やガートルード（ゲルトルーデ）のよう

なドイツ系の名前の登場人物も、レッド・ヘリングの役割を果たしている面があるのだが、改訂版でも彼らの名はそのままであり、初版での意図がやや不明になっているようだ。

『あなたは誰？』のあとがきでも述べたように、著者はのちに、Twentieth Century Crime and Mystery Writers（一九八〇）に寄せたコメントで、初期作品における第二次大戦関連の言及が再刊の際に削除されていることに触れ、「これは間違いだったと考えている。こうした戦争への言及は、今日では、まさに歴史的な関心を引くものとなっているからだ」と語っている。

このため、『あなたは誰？』の場合と同様、本書についても、改訂前の初版を用いることが著者自身の最終的な意図に適うものと考え、こちらを底本とした。先に述べたとおり、大戦時における両陣営の攻防が暗号への特別な関心の時代背景となっていることを考えれば、なおさらと言えるだろう。

なお、本書には、身体障害、精神障害等の描写や表現で、現在の視点では不適切と思われる箇所もあるが、時代背景や作品のプロット等も考慮し、原文のとおりとしたので、読者のご寛恕を願いたい。

解説　謎の余韻に酔いしれる

山崎まどか

本篇を読了後にお読み下さい。

ヘレン・マクロイの書くミステリーが好きだ。でも、どういう訳か、過去に読んだ作品を思い出そうとしても、魅惑的な謎の発端については覚えているのに、その真相については思い出せないということが多い。

事件の真相がつまらないから、忘れてしまうのではない。事件と同じくらい、その解決編にもときめいた記憶だけは残っている。『暗い鏡の中に』に出てくる、女性教師のドッペルゲンガー。『二人のウィリング』で偶然に精神科医ベイジル・ウィリングが見た、自分の名前を騙る別の男。『あなたは誰？』の冒頭で、ナイトクラブの美しき歌手のフリーダにかかってくる謎の脅迫電話。マクロイの探偵役であるウィリングは驚くほど論理的にその不思議を解き明かす。しかし、からくりが分かっても「正体見たり枯れ尾花」にならないのがヘレン・マクロイのミステリーだ。犯罪の直接的な動機が金銭問題や怨恨であっても、そこには何か単純な人間の心理を超えたものが絡んでいる。パズルは解けたはずなのに、物語はまだ神秘のヴェールをまとっているかのようだ。謎が醸し出すムードが香水の残り香のように残る。私が思い出せるのは、その香りに陶然としたという事実だけだ。

今の時点では、私はまだ『牧神の影』の犯人も、このミステリーの中心となっている暗号についても、その解き方も思い出せる。でも、しばらくしたら記憶に残るのは別のものかもしれない。ヒロインのアリスン・トレイシーが深夜の電話を受け取る前の、逃れがたい運命が待っているという予感については、きっと覚えている。それはギリシア文学の元教授である伯父フェリックス・マルホランドの突然の死を告げる電話だ。アリスンがその伯父と暮らしたニューヨークのアッパー・イーストの邸宅と、周囲の家の裏庭の壁を取り払った共同庭園についても覚えているだろう。そこは伯父がなくなった後、アリスンが過ごす山荘とも共通するような、無防備な空間である。誰でも邸宅に入ってこられる。そして、邸宅に入り込んでくるのは人間と限らない。庭園に伯父が置いたギリシアの大理石のニンフ像は、ミステリアスな神話世界とこの庭園が隣り合わせになっていることを暗示しているかのようだ。不思議なものが霧のように正常な人間世界に忍び込んできて、恐怖を煽る。山荘では、それは牧神の影という形を取る。アリスンが見た牧神については、きっと私は忘れない。牧神（パン）がパニックの語源だということも忘れないはずだ。

　１９４０年代に書かれた小説らしく『牧神の影』には、戦争の気配がする。本土で銃撃戦こそないが、戦争はアメリカの人々の心をはっきりと蝕んでいる。猜疑心に取りつかれ、拠り所を求めて極端な思想に走り、被害妄想と恐怖にかられて他人を攻撃しようとする。この小説の背景にあるのは、そんな戦時中の暗い心理だ。その心理が牧神という姿で現れるという幻想性がたまらなく魅力的である。ドビュッシーの管弦楽が聞こえてきそうな、優美な謎だ。

　もちろんその謎の答えは、このミステリーの中心である暗号に記されている。でも、もう少ししたら、私は暗号を解いた時のアリスンのショックは覚えていても、暗号文に書かれていたことは忘れてしまうかもしれない。牧神の正体について考える時、代わりに思い浮かぶのはきっと「あずき色のモカシン」だ。

　私はミステリーにおける登場人物の服装や邸宅のインテリア、食事などのディテールに目がない。犯人のエラーや、秘められたメッセージ、容疑者たちのパーソナリティといったものがそういう細部に隠れている。そのディテールの描写が細やかであればあるほど、推理の過程は楽しくなってくる。ヘレン・マクロイのファッションやインテリアのディテールは豊かで趣味がいいだけではなく、事件の謎と分かち難く結びついているものが多い。だから私は事件の真相をはっきりと思い出すことが出来なくても『暗い鏡の中に』のレモンバーベナの香水は忘れないし、『あなたは誰？』のチョコレート・リキュールも忘れない。それらは事件の真実を包む美しい包装紙とリボンのようなものだ。

ヘレン・マクロイのミステリーに登場する女たちはいつも、美しい服を着ている。その描写を読むのは、マクロイの本を読む大きな楽しみのひとつだ。ファッションは言動以上に人物を物語っている。『二人のウィリング』のとある登場人物は、純金の糸で織られた裏地のついた黒いビロードのドレスを着ている。彼女が動くと、火の粉が散ったようにその裏地が服のひだの間できらめく。美しいけど、この女性は剣呑だ。触るときっと、火傷する。『あなたは誰？』で脅迫電話を受け取るフリーダは、婚約者の家にレースの縁取りのある色とりどりの繻子(サテン)のスリップを持っていく。壊れやすい女性の象徴のような繊細なランジェリーだが、婚約者の母親はそれが一流のクリーニング店でないと手入れが出来ない代物だと見抜く。フリーダはお金のかかる女なのだ。

『牧神の影』のアリスンは二十三歳で、どちらかという女学生のような服装をしている。彼女と対照的な女性として出てくるヨランダ・パリッシュの洗練されたファッションとのコントラストが面白い。ヨランダは、自分の弟であるジェフリーとアリスンが親密なのが気に入らない。彼女は白いシャークスキンの袖なしドレスに赤いベルトというスタイルで登場する。アリスンが情緒不安定だと他の人間を納得させようとする時は、白いサージのスカートに真紅のセーターだ。純白の服を着たヨランダは汚れのない女性であるかのように見えるが、シャークスキンやサージという張りのある生地を好む彼女は、決して優しくもなければ、柔らかな感受性も持ち合わせていない。触ってみるとごわっとしていて固い白い服に、欲望を感じさせる鮮やかな赤の色を合わせている。ヨランダがどういう女性か、そして彼女のファッションに気圧されているアリスンがヨランダをどう見ているかがよく分かる。ところが終盤になるとヨランダの服装は変わり、「フワフワした薄い黒服」とディテールさえも急に曖昧になるのだ。アリスンはこの時点では、彼女のことをもう脅威だとは感じていないのである。

エレガントなヨランダに対して、アリスンの服はフラットな靴が似合いそうなものが多い。伯父が亡くなった朝には、「平底のモカシン」を履いている。オックスフォードやローファーほどではなくても、柔らかな皮で作られたモカシンは1940年代でも男女共に履ける靴としてそれなりの人気があったのだろう。そしてこの小説においては、モカシンという靴が暗号と同じくらい私には大事なのだ。『牧神の影』といえば、あずき色のモカシン。それだけは多分、忘れない。その靴が内包している謎に触れたくて、何年かしたら私はまたこのミステリーを再読するかもしれない。真相を知ったミステリーをもう一度読むことは滅多にないが、私はヘレン・マクロイの作品は時折、読み返す。彼女の作品は何度読んでもミステリアスであり、色褪せない。

本書はちくま文庫のオリジナル編集です。

あなたは誰？　ヘレン・マクロイ　渕上瘦平訳

匿名の電話の警告を無視してフリーダは婚約者の実家へ向かうが、その夜のパーティで殺人事件が起こる。本格ミステリの巨匠マクロイの初期傑作。

二人のウィリング　ヘレン・マクロイ　渕上瘦平訳

本人の目前に現れたウィリング博士を名乗る男は誰か。「啼く鳥は絶えてなし」というダイイングメッセージの謎をめぐる冒険が始まる。（深緑野分）

悪党どものお楽しみ　パーシヴァル・ワイルド　巴妙子訳

足を洗った賭博師がその経験を生かし探偵として大活躍、いかさま師たちの巧妙なトリックを次々と暴く。エラリー・クイーン絶賛の痛快連作。（森英俊）

探偵術教えます　パーシヴァル・ワイルド　巴妙子訳

お屋敷付き運転手モーランは通信教育の探偵講座を受講中。名探偵気取りで捜査に乗り出すが、毎回大騒動に……。爆笑ユーモアミステリ。（羽柴壮一）

ブラウン神父の無心　G・K・チェスタトン　南條竹則／坂本あおい訳

ホームズと並び称される名探偵「ブラウン神父」シリーズを鮮烈な新訳で。「木の葉を隠すなら森のなか」などの警句と逆説に満ちた探偵譚。（高沢治）

ブラウン神父の知恵　G・K・チェスタトン　南條竹則／坂本あおい訳

独特の人間洞察力と鋭い閃きでブラウン神父が逆説に満ちたこの世界の在り方を解き明かす。全12篇を収録。新訳シリーズ第二弾。（甕由己夫）

オシリスの眼　R・オースティン・フリーマン　渕上瘦平訳

忽然と消えたエジプト学者は殺害されたのか？　名探偵ホームズ最強のライバル、ソーンダイク博士が緻密なロジックで事件に挑む。英国探偵小説の古典。

氷　アンナ・カヴァン　山田和子訳

氷が全世界を覆いつくそうとしていた。私は少女の行方を必死に探し求める。恐ろしくも美しい終末のヴィジョンで読者を魅了した伝説的名作。

郵便局と蛇　A・E・コッパード　西崎憲編訳

日常の裏側にひそむ神秘と怪奇を淡々とした筆致で描く、孤高の英国作家の詩情あふれる作品集。新訳一篇を追加し、巻末に訳者による評伝を収録。

奥の部屋　ロバート・エイクマン　今本渉編訳

不気味な雰囲気、謎めいた象徴、魂の奥処をゆさぶる深い戦慄。幽霊不在の時代における新しい恐怖を描く、怪奇小説の極北エイクマンの傑作集。

アンチクリストの誕生　レオ・ペルッツ　垂野創一郎 訳

20世紀前半に幻想的歴史小説を発表し広く人気を博した作家ペルッツの中短篇集。史実を踏まえて花開く奔放なフィクションの力に脱帽。（皆川博子）

ロルドの恐怖劇場　アンドレ・ド・ロルド　平岡敦 編訳

二十世紀初頭のパリで絶大な人気を博した恐怖演劇グラン・ギニョル座。その座付作家ロルドが血と悪夢で紡ぎあげた二十二篇の悲鳴で終わる物語。

ヘミングウェイ短篇集　アーネスト・ヘミングウェイ　西崎憲 編訳

ヘミングウェイは弱く寂しい男たち、冷静で寛大な女たちを登場させ「人間であることの孤独」を描く。繊細で切れ味鋭い14の短篇を新訳で贈る。

短篇小説日和　西崎憲 編訳

短篇小説は楽しい！　大作家から忘れられたマイナー作家の小品まで、英国らしさ漂う一風変わった傑作を集めました。巻末に短篇小説論考を収録。

怪奇小説日和　西崎憲 編訳

怪奇小説の神髄は短篇にある。ジェイコブズ「失われた船」、エイクマン「列車」など古典的怪談から異色短篇まで18篇を収めたアンソロジー。

競売ナンバー49の叫び　トマス・ピンチョン　志村正雄 訳

「謎の巨匠」の暗喩に満ちた迷宮世界。突然、大富豪の遺言管理執行人に指名された主人公エディパの物語。郵便ラッパとは？（巽孝之）

スロー・ラーナー［新装版］　トマス・ピンチョン　志村正雄 訳

著者自身がまとめた初期短篇集。「謎の巨匠」がみずからの作家生活を回顧する序文を付した話題作。驚異に満ちた世界。（高橋源一郎、宮沢章夫）

素粒子　ミシェル・ウエルベック　野崎歓 訳

人類の孤独の極北にゆらめく絶望的な愛——二人の異父兄弟の人生をたどり、希薄で怠惰な現代の一面を描き上げた、鬼才ウエルベックの衝撃作。

地図と領土　ミシェル・ウエルベック　野崎歓 訳

孤独な天才芸術家ジェドは、世捨て人作家ウエルベックと出会い友情を育むが、作家は何者かに惨殺される——。最高傑作と名高いゴンクール賞受賞作。

せどり男爵数奇譚　梶山季之

せどり＝掘り出し物の古書を安く買って高く転売することを業とすること。古書の世界に魅入られた人々を描く傑作ミステリー。（永江朗）

名短篇、ここにあり　北村薫・宮部みゆき編
読み巧者の二人の議論沸騰し、選びぬかれたお薦め小説12篇。となりの宇宙人／冷たい仕事／隠し芸の男／少女架刑／あしたの夕刊／網／誤訳ほか。

名短篇、さらにあり　北村薫・宮部みゆき編
小説って、やっぱり面白い。人間の愚かさ、不気味さ、人情が詰まった奇妙な12篇。華燭／骨／雲の小径／押入の中の鏡花先生／不動図／鬼火／家霊ほか。

とっておき名短篇　北村薫・宮部みゆき編
「しかし、よく書いたよね、こんなものを……」北村薫を唸らせた、とっておきの名短篇。愛の暴走族／運命の恋人／絢爛の椅子／悪魔／異形ほか。

名短篇ほりだしもの　北村薫・宮部みゆき編
「過呼吸になりそうなほど怖かった！」宮部みゆきを震わせた、ほりだしものの名短篇。だめに向かって／三人のウルトラマダム／少年／穴の底ほか。

謎の部屋　北村薫編
不可思議な異世界へ誘う作品から本格ミステリまで、「豚の島の女王」「猫じゃ猫じゃ」「小鳥の歌声」など17篇。宮部みゆき氏との対談付。

こわい部屋　北村薫編
思わず叫び出したくなる恐怖から、鳥肌のたつ恐怖まで。「七階」「ナツメグの味」「夏と花火と私の死体」など18篇。宮部みゆき氏との対談付。

読まずにいられぬ名短篇　北村薫・宮部みゆき編
松本清張のミステリを倉本聰が時代劇に⁉ あの作家の知られざる逸品からオチの読めない怪作まで厳選の18作。北村・宮部の解説対談付き。

教えたくなる名短篇　北村薫・宮部みゆき編
宮部みゆきを驚嘆させた、時代に埋もれた名作家・長谷川修の世界とは？ 人生の悲喜こもごもが詰まった珠玉の13作。北村・宮部の解説対談付き。

巨匠たちの想像力〔戦時体制〕
あしたは戦争　企画協力・日本SF作家クラブ
小松左京「召集令状」、星新一、手塚治虫「悪魔の開幕」、昭和のSF作家たちが描いた未来社会。そこには私たちへの警告があった！（斎藤美奈子）

巨匠たちの想像力〔管理社会〕
暴走する正義　企画協力・日本SF作家クラブ
星新一「処刑」、小松左京「戦争はなかった」、水木しげる「こどもの国」、安部公房「闖入者」、筒井康隆「公共伏魔殿」ほか9作品を収録。（真山仁）

巨匠たちの想像力〔文明崩壊〕
たそがれゆく未来
企画協力・日本SF作家クラブ
小松左京「カマガサキ二〇一三年」、水木しげる「宇宙虫」、安部公房「鉛の卵」、倉橋由美子「合成美女」、筒井康隆「下の世界」ほか14作品。（盛田隆二）

60年代日本SFベスト集成
筒井康隆編
「日本SF初期傑作集」とでも副題をつけるべき作品集である（編者）。二十世紀日本文学のひとつの里程標となる歴史的アンソロジー。（大森望）

異形の白昼
筒井康隆編
様々な種類の「恐怖」を小説ならではの技巧で追求した戦慄すべき名篇たちを収める。わが国のアンソロジー文学史に画期をなす一冊。（東雅夫）

70年代日本SFベスト集成1
筒井康隆編
日本SFの黄金期の傑作を、同時代にセレクトした記念碑的アンソロジー。SFに留まらず「文学の新しい可能性」を切り開いた作品群。（荒巻義雄）

70年代日本SFベスト集成2
筒井康隆編
星新一、小松左京の巨匠から、編者の「おれに関する噂」、松本零士のセクシー美女登場作まで、長篇なみの濃さをもった傑作群が並ぶ。（山田正紀）

70年代日本SFベスト集成3
筒井康隆編
「日本SFの滲透と拡散が始まった年」である1973年の傑作群。デビュー間もない諸星大二郎の「不安の立像」など名品が並ぶ。（佐々木敦）

70年代日本SFベスト集成4
筒井康隆編
「1970年代の日本SF史としての意味も持たせたいというのが編者の念願である」——同人誌投稿作から巨匠までを揃えるシリーズ第4弾。（堀晃）

70年代日本SFベスト集成5
筒井康隆編
最前線の作家であり希代のアンソロジスト筒井康隆が日本SFの凄さを凝縮して示したシリーズ最終巻。全巻読めばあの時代が追体験できる。（豊田有恒）

世界幻想文学大全
幻想文学入門
東雅夫編著
幻想文学のすべてがわかるガイドブック。澁澤龍彦、中井英夫、カイヨワ等の幻想文学案内のエッセイも収録し、資料も充実。初心者も通も楽しめる。

世界幻想文学大全
怪奇小説精華
東雅夫編
ルキアノスから、デフォー、メリメ、ゴーチエ、ゴーゴリ……時代を超えたベスト・オブ・ベスト。岡本綺堂、芥川龍之介等の名訳も読みどころ。

世界幻想文学大全
幻想小説神髄　東雅夫編

ノヴァーリス、リラダン、マッケン、ボルヘス……時代を超えたベスト・オブ・ベスト。松村みね子、堀口大學、窪田般彌等の名訳も読みどころ。

日本幻想文学大全
幻妖の水脈　東雅夫編

『源氏物語』から小泉八雲、泉鏡花、江戸川乱歩、都筑道夫……。妖しさ蠢く日本幻想文学、ボリューム満点のオールタイムベスト。

日本幻想文学大全
幻視の系譜　東雅夫編

世阿弥の謡曲から、小川未明、夢野久作、宮沢賢治、中島敦、吉村昭……。幻視の閃きに満ちた日本幻想文学の逸品を集めたベスト・オブ・ベスト。

日本幻想文学事典　東雅夫

日本の怪奇幻想文学を代表する作家と主要な作品を、第一人者の解説と共に網羅する空前のレファレンス・ブック。初心者からマニアまで必携！

鬼譚　夢枕獏編著

夢枕獏がジャンルにとらわれず、古今の「鬼」にまつわる作品を蒐集した傑作アンソロジー。坂口安吾、手塚治虫、山岸凉子、筒井康隆、馬場あき子、他。

グリム童話（上）　池内紀訳

「狼と七ひきの子やぎ」「ヘンゼルとグレーテル」「灰かぶり姫」「赤ずきん」「ブレーメンの音楽隊」、新訳「コルベス氏」等32篇。新鮮な名訳が魅力だ。

グリム童話（下）　池内紀訳

「いばら姫」「白雪姫」「水のみ百姓」「きつねと猫」などに「すすまみれ悪魔の弟」など新訳6篇を加え34篇を歯切れのよい名訳で贈る。

ケルト妖精物語　W・B・イエイツ編　井村君江編訳

群れなす妖精もいれば一人暮らしの妖精もいる。不思議な世界の住人達がいきいきと甦る。イエイツが贈るアイルランドの妖精譚の数々。

ケルトの薄明　W・B・イエイツ　井村君江訳

無限なものへの憧れ。ケルトの哀しみ。イエイツ自身が実際に見たり聞いたりした、妖しくも美しい話ばかり40篇。（訳し下ろし）

ケルトの神話　井村君江

古代ヨーロッパの先住民族ケルト人が伝え残した幻想的な神話の数々。目に見えない世界を信じ、妖精たちと交流するふしぎな民族の源をたどる。

ケルトの白馬／ケルトとローマの息子
ローズマリー・サトクリフ　灰島かり訳
ブリテン・ケルトもの歴史ファンタジーの第一人者による珠玉の少年譚。実在の白馬の遺跡をモチーフにした代表作ほか一作。（荻原規子）

炎の戦士クーフリン／黄金の騎士フィン・マックール
ローズマリー・サトクリフ　灰島かり／金原瑞人／久慈美貴訳
神々と妖精が生きていた時代の物語。かつてエリンと言われた古アイルランドを舞台に、ケルト神話に名高いふたりの英雄譚を1冊に。（井辻朱美）

アーサー王の死　中世文学集Ⅰ
T・マロリー　厨川文夫／圭子編訳
イギリスの伝説の英雄・アーサー王とその円卓の騎士団の活躍ものがたり。厖大な原典を最もうまく編集したキャクストン版で贈る。（厨川文夫）

アーサー王ロマンス
井村君江
アーサー王と円卓の騎士たちの謎に満ちた物語。戦いと愛と聖なるものを主題にくり広げられる一大英雄ロマンスの、エッセンスを集めた一冊。

火星の笛吹き
レイ・ブラッドベリ　仁賀克雄訳
本邦初訳の処女作「ホラーボッケンのジレンマ」を含む、若きブラッドベリの初期スペース・ファンタジーの傑作20篇を収録。（服部まゆみ）

高慢と偏見（上）
ジェイン・オースティン　中野康司訳
互いの高慢さから偏見を抱いて反発しあう知的な二人がやがて真実の愛にめざめてゆく……絶妙な展開で深い感動をよぶ英国恋愛小説の名作の新訳。

高慢と偏見（下）
ジェイン・オースティン　中野康司訳
互いの高慢からの偏見が解けはじめ、聡明な二人は急速に惹かれあってゆく……。あふれる笑いと絶妙の展開で読者を酔わせる英国恋愛小説の傑作。

分別と多感
ジェイン・オースティン　中野康司訳
冷静な姉エリナーと、情熱的な妹マリアン。好対照をなす姉妹の結婚への道を描くオースティンの永遠の傑作。読みやすくなった新訳で初の文庫化。

説得
ジェイン・オースティン　中野康司訳
まわりの反対で婚約者と別れたアン。しかし八年後思いがけない再会が。繊細な恋心をしみじみと描くオースティン最晩年の傑作。読みやすい新訳。

ノーサンガー・アビー
ジェイン・オースティン　中野康司訳
17歳の少女キャサリンは、ノーサンガー・アビーに招待されて有頂天。でも勘違いからハプニングが……。オースティンの初期作品、新訳＆初の文庫化！

マンスフィールド・パーク　ジェイン・オースティン　中野康司訳
伯母にいじめられながら育った内気なファニーはいつしかいとこのエドマンドに恋心を抱くが――。恋愛小説の達人オースティンの円熟期の作品。

エマ（上）　ジェイン・オースティン　中野康司訳美人で陽気な良家の子女エマは縁結びに乗り出すが、見当違いから十七歳のハリエットの恋を引き裂くことに……。オースティンの傑作を新訳で。
エマ（下）　ジェイン・オースティン　中野康司訳慎重と軽率、嫉妬と善意が相半ばする中、意外な結末がエマを待ち受ける。英国の平和な村を舞台にした笑いと涙の楽しいラブ・コメディー。

ジェイン・オースティンの読書会　カレン・ジョイ・ファウラー　中野康司訳
6人の仲間がオースティンの作品で毎月読書会を開く。個性的な参加者たちが小説を読み進める中で、それぞれの身にもドラマティックな出来事が――。

ジェイン・オースティンの言葉　中野康司
オースティンの長篇小説を全訳した著者が、作品中の含蓄ある名言を紹介する。オースティン・ファンもこれから読む人も満足する最高の読書案内。

星の王子さま　サン＝テグジュペリ　石井洋二郎訳
飛行士と不思議な男の子。きよらかな二つの魂の出会いと別れを描く名作――透明な悲しみが読むものの心にしみとおる、最高度に明快な新訳でおくる。

ダブリンの人びと　ジェイムズ・ジョイス　米本義孝訳
20世紀初頭、ダブリンに住む市民の平凡な日常をリアリズムに徹した手法で描いた短篇小説集。リズミカルで斬新な新訳。各章の関連地図と詳しい解説付。

荒涼館（全4巻）　C・ディケンズ　青木雄造他訳
上流社会、政界、官界から底辺の貧民、浮浪者まで巻き込んだ因縁の訴訟事件。小説の面白さをすべて盛り込み壮大なスケールで描いた代表作。（青木雄造）

きみを夢みて　スティーヴ・エリクソン　越川芳明訳
マジックリアリズム作家の最新作、待望の訳し下ろし！　作家ザン夫妻はエチオピアの少女を養女にする。「小説内小説」と現実が絡む。推薦文＝小野正嗣

ルビコン・ビーチ　スティーヴ・エリクソン　島田雅彦訳
マジックリアリスト、エリクソンの幻想的描写が次々に繰り広げられるあまりに魅力的な代表作。空間のよじれの向こうに見えるもの。（谷崎由依）

動物農場
ジョージ・オーウェル　開高健訳
自由と平等を旗印に、いつのまにか全体主義や恐怖政治が社会を覆っていく様を痛烈に描き出す。『一九八四年』と並ぶG・オーウェルの代表作。

O・ヘンリー　ニューヨーク小説集
青山南＋戸山翻訳農場訳
烈しく変貌した二十世紀初頭のニューヨークへタイムスリップ！　まったく新しいO・ヘンリーの読み方。同時代の絵画・写真を多数掲載。（青山南）

エレンディラ
G・ガルシア＝マルケス　鼓直／木村榮一訳
大人のための残酷物語として書かれたといわれる中・短篇。「孤独と死」をモチーフに、大著『族長の秋』につらなるマルケスの真価を発揮した作品集。

カポーティ短篇集
T・カポーティ　河野一郎編訳
妻をなくした中年男の一日を、一抹の悲哀をこめ、ややユーモラスに描いた本邦初訳の「楽園の小道」他、選びぬかれた11篇。文庫オリジナル。

謎の物語
紀田順一郎編
それから、どうなったのか――結末は霧のなか、謎は謎として残り解釈は読者に委ねられる。不思議な「謎の物語」15篇。女か虎か／謎のカード／園丁　他

グリンプス
ルイス・シャイナー　小川隆訳
ドアーズ、ビーチ・ボーイズ、ジミヘンにビートルズ。幻のアルバムを求めて60年代へタイムスリップ。ロックファンに誉れ高きSF小説が甦る。

猫語のノート
ポール・ギャリコ　西川治写真　灰島かり訳
猫たちのつぶやきを集めた小さなノート。その時の猫たちの思いが写真とともに1冊になった。『猫語の教科書』姉妹篇。（大島弓子・角田光代）

猫語の教科書
ポール・ギャリコ　灰島かり訳
ある日、編集者の許に不思議な原稿が届けられた。それはなんと、猫が書いた猫のための「人間のしつけ方」の教科書だった……!?（大島弓子）

バベットの晩餐会
I・ディーネセン　桝田啓介訳
バベットが祝宴に用意した料理とは……。一九八七年アカデミー賞外国語映画賞受賞作の原作と遺作「エーレンガート」を収録。（田中優子）

ボディ・アーティスト
ドン・デリーロ　上岡伸雄訳
映画監督の夫を自殺で失ったローレン。謎の男が現われ、彼女の時間と現実が変質する。アメリカ文学の巨人デリーロが描く精緻な物語。（川上弘美）